小幸运

云枝柚 —— 著

台海出版社

图书在版编目（CIP）数据

小幸运 / 云枝柚著 . —— 北京：台海出版社，
2024.3
ISBN 978-7-5168-3772-6

Ⅰ . ①小… Ⅱ . ①云… Ⅲ . ①长篇小说 – 中国 – 当代
Ⅳ . ① I247.5

中国国家版本馆 CIP 数据核字 (2024) 第 022902 号

小幸运

著　　者：云枝柚

出 版 人：薛　原　　　　　　　　　责任编辑：戴　晨

出版发行：台海出版社
地　　址：北京市东城区景山东街 20 号　　邮政编码：100009
电　　话：010-64041652（发行，邮购）
传　　真：010-84045799（总编室）
网　　址：www.taimeng.org.cn/thcbs/default.htm
E – mail：thcbs@126.com

经　　销：新华书店
印　　刷：长沙鸿发印务实业有限公司
本书如有破损、缺页、装订错误，请与本社联系调换

开　　本：880 毫米 ×1230 毫米　　　　1/32
字　　数：209 千字　　　　　　　　　印　　张：9
版　　次：2024 年 3 月第 1 版　　　　印　　次：2024 年 3 月第 1 次印刷
书　　号：ISBN 978-7-5168-3772-6

定　　价：39.80 元

目录

目录

X I A O X I N G Y U N

第一章

乌鸦文身贴

阳光透过窗户玻璃，照在女生白净的脸上，李乐妍眨了眨眼睛，被刺眼的阳光晃醒。

公交车一路晃晃悠悠，在十三中站停下，李乐妍抬手揉揉眼睛，拽着书包带子下车。

8月31日，十三中高一新生报到的日子。

宽大的校门外拉着横幅——热烈欢迎我校新生前来报到！

李乐妍撇撇嘴，看着这条横幅若有所思。

十三中是奉城诸多重点中学中最不入流的尾巴，升学率和名校指标年年倒数，但又凭百年校史和偶尔跳出来的高分种子拿到了"重点"称号。

十三中的录取分数线和李乐妍高不成低不就的成绩刚好契合。

她抿着唇，走进校门，绕过林荫道往教学楼的方向摸索。

道路两边的香樟树上蝉鸣聒噪，李乐妍也没想到，在这条路的尽头，会遇见一个人。

思绪被一声猫叫吸引，李乐妍投去视线，却因眼前的画面停住脚步。

十三中的绿化做得不错，在香樟路拐角的尽头，有一个花坛，一名少年姿态懒散地坐在上面。他的脚边，躺着一只白猫。他的指尖搭在猫耳朵上，与猫咪白色的毛发相比，是另一种更耀眼的冷白。

他低垂着眉眼，额前碎发柔软，听见飞窜出来的另一声猫叫，也跟着抬起头。

李乐妍的视线很短暂地与他对上。

周遭的蝉鸣在那一刻突然变成静音，耳边仅有的，也只是一点风吹动树叶的声音。

男生若无其事地移开视线，又低下头去摸了下白猫的脑袋，把它还给前来寻找的母猫，随即站起身走远。

李乐妍看着他离开的背影，后知后觉地回过神，继续往教学楼的方向走去。

教学楼广场上人流密集，四处可见拖着行李箱的学生和家长，李乐妍找到公示栏看分班的情况。高一一共有十二个班，她踮起脚找自己的名字，忽然听到旁边响起的议论："沈诚？星星，你和沈诚一个班！你在一班！"

"是吗？让我看看。"那个被称作"星星"的女生也跟着走了过来。李乐妍的视线在"星星"身上停留片刻，不由得抿了下唇。

她长得很漂亮。

"星星"的目光扫过沈诚的名字，环手抱在胸前，笑了一声："哟，和名人一个班呢。"

李乐妍不知道她们口中的"名人"到底是怎么回事，只是心底跟着好奇起来，不承想，下一秒也看见了自己的名字，正在方才那个"沈诚"下面。

李乐妍以为是眼花，没想到自己那点可怜的分数，竟然压线进了高一的重点班！

这是什么天赐的运气？

找到一班教室的时候，李乐妍还有些蒙，直到被教室门口"守株待兔"的男人叫住："同学，哪个班的？"

"一班。"

"一班的学生？"徐志推了下鼻梁上的厚重眼镜，把夹在腋下的花名册拿出来，"叫什么名字？"

"李乐妍。"

李乐妍说完，又抬头小心地瞥了面前的男人一眼。刺眼的阳光从眼镜片表面反射过来，一下浇灭她刚才略显兴奋的心情。

这是她的班主任啊……

李乐妍的视线小心打量着，男人却突然合上花名册，冲她看一眼，微抬下巴，说道："进去吧，咱班就差你一个了。"

李乐妍被迫经受了全班四十多双眼睛的洗礼，顶着发麻的头皮，艰难地坐到了位置上。

她的座位在走廊窗边靠后的位置，倒数第二排。

出乎李乐妍意料的是，她的同桌就是之前那个被称作"星星"的女生。

此刻，漂亮女生给她让开位置以后，冲她伸出了手，说："你好啊，同桌，我叫陈星，耳东陈，星星的星。"

李乐妍一时半会儿想不到怎么介绍自己的名字，干脆把学生卡拿出来给她看，说："李乐妍。"

陈星笑了下，说："好的，李乐妍，你真可爱。"

第一次见面就被夸，李乐妍有些愣，也跟着说了一句："你很漂亮。"

"是吗？"陈星脸上笑意更深，递给她一根真知棒，"吃糖。"

"谢谢。"

李乐妍接过后将糖揣进了校服口袋，把书包卸下来放进桌洞。这会儿还没有发教材，教室里也没见到徐志。

李乐妍忍不住环视一圈闹哄哄的教室，看到自己后面的位置还空着，忍不住问陈星道："老师不是说我是最后一个吗？后面怎么……"

"哦，那是沈诚的。"陈星咯吱一声咬碎糖，"沈诚你知道吧，就那个第一天缺考语文，还过了咱们学校重点线的……"

李乐妍不知道这会儿自己脸上是个什么表情，应该是挺震惊的。

奉城中考总分 800，十三中的重点线是 570 分，实验班分数要更高一点，要 600 分。

李乐妍刚好考了 601 分。

作为一个吊车尾进实验班的人，冷不丁后面坐个"大神"，李乐妍又偏过头去打量了下后方的位置。恰好此时教室后门传来响动，再之后，男生迈着长腿从门外进来，径自在她后面的位置坐下。

沈诚手里拿着一张数学竞赛表，眼皮淡淡地掀起，很短暂地看了她一眼。

李乐妍有点难以相信，居然是之前在花坛边的男生。

他就是沈诚？

李乐妍一时反应不过来，目光不禁有些愣怔。

沈诚见她视线一直落在自己脸上，开口问了一句："有什么事吗？"

"啊……没有。"被他问得尴尬，李乐妍迅速转回来。

一旁的陈星咬着真知棒，撞了下她的胳膊，问："认识啊？"

李乐妍说："不认识。"

陈星说："那你盯着看那么久？"

"可能是长得比较出众。"话脱口而出，李乐妍差点闪了舌头，她这一紧张说话就不过脑子的毛病什么时候能改改。

出乎意料的是，陈星并没有对她的发言进行调侃，反而叼着糖冲她眨眨眼道："你管这叫'比较'？同学，你明明不戴眼镜，怎么还近视啊？沈诚帅惨了好吧，你以为论坛里的帖子持续置顶一个暑假，单是因为这人缺考一门？"

李乐妍被陈星的话堵得哑口无言，再没勇气去看后面那张脸。

沈诚的确长得好。

她呼吸放松，把注意力放在讲台上。

那年奉城的天气异常炎热，头顶的吊扇吱呀作响，教学楼外绿色的爬山虎绵延直上，覆了满墙。

徐志背转着身，在黑板上落下粉笔。

"在下徐志，是你们的班主任。"

此话一出，陈星凑在李乐妍耳边小声说："他好像还是年级主任来着。"

李乐妍刚准备说点什么，讲台上传来粉笔落进盒里的声音。

徐志清了下嗓子，说："沈诚，上来管下纪律，我去年级开个会，大家都安静一点。"

他说完就离开了教室，李乐妍听见后排椅子挪动的声音。

沈诚离开座位，提步上了讲台，手里拿着一本类似于习题册的东西，他在讲台后坐下。

教室里的喧嚣随着他的动作，倏然静止了片刻。

沈诚脸色平静，表情冷淡，坐下以后也没叮嘱什么与纪律相关的话，动作一如之前，垂眼写着作业，但教室里却安静了下来。

有些人的气场可能生来就与旁人不同，站在台上总是能攫取别人的目光，即便是一言不发，光是立在那里，就好似罩了一层压迫感，叫人难以忽视。

李乐妍的视线在他脸上短暂停留片刻，又垂下脑袋去做自己的事情。

教室里不知何时又开始喧闹起来，声音不大，但杂音汇聚在一起，终究让人难以专心致志。

李乐妍也在吵闹的氛围中抬起了头。陈星按捺不住，想凑过来找她说话，刚伸手捅她胳膊一下，就听见讲台上传来的声音。

沈诚在黑板上敲了两下，力道不轻不重，却因为动静太过突然，仅是一瞬就吸引了众人的注意，将目光投向讲台。

李乐妍头一偏，余光瞥见他敲黑板的右手上，侧边腕骨上文了一只蜿蜒而上靠近小指的黑色乌鸦。

李乐妍不由得一愣。

看到文身的不止她一个，一时间教室里又议论四起，却听沈诚突然清嗓，他提醒大家："都安静一点。"

他的嗓音清冽，有些许低沉，是十五六岁男生独有的声音，十分动听，却又因为那点浅淡的"正经"，让人多了两分忌惮。

班上重新安静下来。

这一次，很久都没人再出声。

晚自习的时候，徐志开完会回来，叫人去教材室领了书。

才领到新教材，李乐妍难免有些兴奋，整整齐齐地把书本叠在一起放在桌角。又因为后桌的人一直在前排发书，李乐妍顺带帮他也整理了一份。

沈诚回来的时候，就看见自己课桌上摆着整整齐齐一摞新书，每一本都规整地叠在一起，连清点的工序都可以省去。

沈诚眼皮往下微垂，勾开凳子坐下。

李乐妍听见后方传来了一声"谢谢"。她不确定是不是对自己说的，没忍住回头看了下，只见沈诚的视线落在她脸上。

"不客气。"

说完这句，李乐妍僵硬地转了回去。

教材发完以后，徐志又拿着花名册点了遍名。他没让学生像其他班级那样做自我介绍，这样形成的印象太过单一，大家也记不住什么，大致点个名彼此熟悉一下，后面的交流就靠学生自己去摸索。

这样也挺好的，李乐妍不由得松了口气。她的性格其实有点矛盾，跟熟悉的人可以"语出惊人"，但真正到了公众场合，又反而容易害羞。

徐志在讲台上说着开学的注意事项，李乐妍在下面支着耳朵一边听，一边给教材署名，笔画龙飞凤舞。

"李乐妍。"

冷不丁听见自己的名字，李乐妍握着笔的手一顿，在纸上画出一道长长的痕迹。

班级组建之初，一切都很陌生，徐志行事风格诡异，直接照着花名册随机点名，看上哪个顺眼的就念，被喊到的幸运儿做一班的班委。

李乐妍不知道这运气算好算坏，总之到头来，她迷迷糊糊当上了一班的卫生委员。

徐志叫到她时，跟着说了一句话："李乐妍同学，以后我们班的卫生情况，可就全靠你监督了，好好表现啊。"

"嗯。"李乐妍硬着头皮点下头，接下这光荣的职位。

开学第一天事情不多。晚自习时，大家或是捧着新发的教材看，或是跟周围的人嘀嘀咕咕。这会儿沈诚没有管自习纪律，徐志自己在上面坐堂，沈诚在后方唰唰动着笔，不知在写些什么。

李乐妍只扫了一眼就收回视线，眼尾眉梢都染上了惊讶，这人同步练习册已经翻到对数函数那一篇。

李乐妍在对应的书本上找到那页的知识点，呆滞地眨眨眼。

这是什么神仙。

然而神仙也没施法太久，一本练习册的难题被他挑完，沈诚就倒下去睡觉了。

前方的李乐妍咬着头发啃集合的知识点，在云里雾里中下了课。

晚自习结束，李乐妍去十三中门外的公交车站等车。

她是走读生，家在奉城近郊的果园示范区，离十三中距离不远不近，来往有直达的公交车，二十分钟左右的车程。

李乐妍没想到十三中的走读生数量如此庞大，公交车站的人脑袋一颗挨着一颗，她一米六的身板费了好大劲儿才挤上公交车，堪堪站在后门边，那里人挤着人，空间狭小。

好在车辆终于发动，李乐妍靠着扶手站好，视线放在车窗外分散注意力，冷不丁看见一辆小电驴从眼前滑了出去。

男生的背影看着有点熟悉，书包只背了一边，露出被风吹得鼓鼓囊囊的校服，消失在夜色里。

被挤得快变形的李乐妍心里有说不出的羡慕。

到站以后，李乐妍隔老远就看见曾书燕女士在广场上领着人跳舞，动作倒是像模像样，只是背景音乐太过嘈杂，嘹亮的民歌压住了李乐妍喊妈的冲动，她揪着书包带自己先上了楼。

打开门，李坪正在厨房做饭。见她回来，系着围裙的男人从厨房里伸出脑袋，瞧她一眼，说："回来了？"

李乐妍卸下书包，换了鞋，嘴里应着，又问道："爸，今晚吃什么啊？"

"做了你最爱的番茄焖面。"李坪拿着锅铲笑两声，看小女儿拿着书包进卧室，出来的时候问她，"没在楼下看见你妈？"

"看见了。"李乐妍坐在茶几边喝水，"没叫。"

"那我下去叫她，你洗了手吃饭。"

"好的。"李乐妍放下水杯去洗手，玄关外传来"咔哒"一声关门声。水声渐停，李乐妍抽了张纸巾擦手，又听见房门被推开。

她挺纳闷，正感叹她爸的速度怎么这么快，出来就看见男人挺拔的身形从客厅里一闪而过。她跟着过去看，见她哥卧室的门敞着，他正在里面收拾行李。

"哥？"

李长宴闻言回头，扫她一眼，道："这么早就放学了？"

"第一天晚自习只上了两节。"李乐妍走进来，扒着书桌边的滑椅坐下，"你又要出去啊？"

"任务外调，在家乖乖的啊，别让爸妈操心。"

"我才没有。"李乐妍小声嘟囔了句，"你这次要去多久啊？"

"不知道。"

李乐妍咬了下唇，开口问："哥，你到底是什么警察啊，怎么老是往外调……"

"就一小警察，跟着师父出去见见世面。"李长宴收好箱子，过来揉她的头，"哥哥走了，别跟他们说我回来了。"

李乐妍问："你不在家吃饭啊？"

"吃过了。"

李长宴拖着行李箱出门，李乐妍跟在后面送他，门锁"咔哒"一声又轻轻合上。

李乐妍靠着酒柜叹了口气，在沙发上看了集动漫，曾书燕和李坪就开门回来了。

一家人张罗开始吃饭，李乐妍夹着焖面一口接着一口，曾书燕看见了敲她的脑袋，训道："和你说过多少遍了，女孩子吃东西要文静，哪有你这样大口大口吃的。"

"妈。"李乐妍委屈地叫一声，触及曾女士锋利的目光，又把话咽回肚子里，闷头吃饭。

李坪看着于心不忍，道："孩子正长身体，你好歹让她吃饱嘛。"

"我那是不让她吃饱吗？"曾书燕跟着就是一记"眼刀"，"女孩子家家，一点也不文静，将来长大了怎么会有人喜欢？"

"怎么没人喜欢？"李坪小声反驳，"你这样的不也嫁给我了？"

"你说什么？"

"没。"李坪急忙摇头。

战火被转移，李乐妍送给老父亲一个感激的眼神，继续大口吸溜面条。

两口子凑在一起拌了会儿嘴，曾书燕不想和丈夫唠叨，又把视线转回女儿身上，问："今天在学校过得怎么样？适不适应？"

"挺好的，班上氛围还可以。"

“在哪个班？”

李乐妍淡淡地说：“一班。”

“一班？”曾书燕的声音没忍住拔高了点，“重点班？”

“嗯。”

“你那成绩怎么进的。”虽然一向对女儿吐槽惯了，但曾女士开口就意识到这话不太对劲，她赶紧往李乐妍碗里夹了块排骨，“既然进了就好好学。一班的学生都挺厉害的吧，你多留意着点，让人家多带带你。”

“知道了。”李乐妍又往嘴里扒了两口面，想了想，终于还是说了出来，“妈，你看我这都进一班了，咱能不能……”

曾书燕问：“想干什么？”

“公交车太挤了，我今天在车上差点都挤变形了，你和我爸能不能给我买辆车啊？就那种小电驴，很方便的。”

“小电驴？”曾书燕女士放下筷子，眼光上上下下地扫了她一番，“我看你像个小电驴。坐公交车有什么不好，又安全又省事，再说，你这小身板什么地方挤不进去。不买！”

提议被驳回，李乐妍不死心地看着她爸。

李坪也无可奈何，家里的经济大权向来不在他手上，这会儿只能埋头吃饭。

晚上刷完碗，李乐妍去阳台外浇蔷薇花，顺便看看夜景。

晚上的奉城灯火璀璨，在这座城市的另一个角落，沈诚神情颓废地站在门前。

年岁久远的防盗门虚掩着，好似被风一吹就能推开。

沈诚冷峻的眼神从门前扫过，淡淡挑起的眉梢叫人看不出情绪。

但转念一想，任谁一回来就看见自家门几乎大敞着供人光顾，心情只怕也不太好。

严箐和沈振河离婚闹了十多年，如今严箐终于拿到财产分成拍屁股走人，临走前还不忘回了趟这早已离开数年的家。她现在跟的那个男人年纪不小，但家庭条件不输沈振河。严箐满心满眼都是财产家世，难得能想到他，也是够荣幸的。

沈诚闭了闭眼，推开门走了进去。

怪只怪严箐自己选错了时间，过来后找不到他人，不过她显然也没多少耐心，匆匆在这屋子里走了一圈，门都没关好便不见了人影。

沈诚倒进沙发躺了一会儿，又起来把早已落灰的主卧彻底清空，然后打电话让人换了新的防盗门。

等家里彻底清扫一空，时间已经到了半夜。

沈诚扫视着空荡不少的房间，淡淡地垂下眼皮。他洗完澡从浴室出来，倒在沙发上看着落地窗外霓虹璀璨的夜景，手腕处的文身贴已经不见踪影。

沈诚凝眸看着，半晌，没有动作。

早上六点半，李乐妍被曾书燕女士从被子里挖出来。她迷糊地洗漱完下楼，老母亲还在旁边絮叨："上高中第一天，别这么漫不经心的，在学校里好好学，把基础打好，听见没有？"

"听见了。"

话虽是这样说，但李乐妍又困倦地打了一个哈欠。曾书燕眉头一皱，开口还想继续训话，好在去十三中的公交车及时到站，李乐妍这会儿倒是跑得快，一溜烟蹿上了车。

"妈，我走了。"

"好好上课啊。"

曾女士的叮嘱在公交车的启动中渐行渐远。

李乐妍在十三中站下车，拿着学生卡刷进校门，余光忽然瞥见旁边通道掠过的一抹身影。男生腿长，即便是寻常的步速，也很快与她拉开距离。

李乐妍盯着他的背影看了会儿，意外发现，他昨天手腕处那个黑色的印记没有了。

她惊奇地睁了睁眼，以为眼花，还来不及细看，沈诚就已经上了楼。

李乐妍抿抿唇，收回视线，专注自己脚下的路，也跟着走上教学楼。

一班的位置在顶楼，李乐妍来得不算早，到的时候教室里已经来了不少人，声音嘈杂，走廊外包子、豆浆、油条的香气被吹得依稀可闻。

令李乐妍没想到的是，陈星已经在课桌上趴着补觉了。

李乐妍有些意外地拉开凳子坐下，把书包塞进桌洞里，碰碰对方的胳膊，问道："你昨晚干吗去了？这么困。"

"你来了啊。"陈星呢喃一句，有些缓慢地揉揉眼睛，"还能干吗？预习数学啊，今天第一节不是刘立的课嘛。"

李乐妍被她这番话说得有些蒙，不是很能理解预习数学和刘立的课有什么关联。

陈星清醒过来，见她这疑惑的表情，人也跟着一愣，随即开口问："不会吧，你不知道吗？"

"知道什么？"

"你没看班群？"

"什么群？"

陈星突然反应过来，说："你不会还没加吧？"

李乐妍是真的没听说过还有班群，可能昨天晚自习的时候提过，但她忙着练签名，忽略过去了。

陈星把李乐妍拉进群后，李乐妍果然看见了通知预习的公告。

李乐妍不知道这位刘老师是何方神圣，但一看陈星眼下的青色，也是心下一慌，连忙拿出数学书翻看。奈何上面的字每一个分开她都认识，但连起来就跟变了层意思一样。

李乐妍就这么恍恍惚惚地上完了早自习，见缝插针地抽了一点时间看数学，下课的时候脑子里还是乱乱的。

上课铃响，刘立走进教室，李乐妍只在心里默默念叨，祈求千万不要抽中她。

但现实往往是怕什么来什么。

刘立将一道不知从哪儿弄来的题型誊抄在黑板上，视线紧跟着在教室里扫了一圈，然后落回到花名册上。

然后，李乐妍听见自己的名字被念到。

她双腿像灌了铅一样走上讲台，硬着头皮拿起粉笔。

AB 两个集合分别用未知式表达，设有未知数，已知条件 B 包含于 A。

简简单单一排字，李乐妍却看得脑子里一片空白。

她知道该解二次方程式，可手却好像不听指挥，抖了两下没写出来，反而越发紧张。

许是看她杵在黑板前站了半天还未落笔，刘立脸上的表情也沉了下，手直接背到身后，说："昨天预习的消息，有人没看见？"

话音落地，底下越发安静。

刘立脸色沉了沉，看了李乐妍一眼。

作为数学组出了名的严师，刘立风格向来有些雷厉风行，即便是面对女生，态度也丝毫不见放软，厉声道："这才开学第一天，有人态度就这么不端正，那以后上课是不是得把你们供起来？

"说了高中阶段难度跨越大，提醒了让你们预习，一个两个当成耳旁风，写不出来自己站在旁边。

"我再点一个，要是还做不出来，一起给我去后面站着。"

教室里更安静了。

有些人恨不得将脑袋塞进桌洞里，一个个都心虚地看着课本，不敢与刘立对视。只有后门边的沈诚例外，他此刻仍不紧不慢地写着习题，好似并没有感知到周围气氛的变化。

或者说，即便是知道，也没对他造成什么影响。

刘立正在气头上，冷不丁揪到个与众不同的，直接就伸了手臂点人，想要杀鸡儆猴。他说："就那个，最后一排的男生，你，上来。"

一众学生闻言，都顺着刘立所指的方向看了过去，本来"最后一排"这个指向并不明确，但大家的目光都落在了沈诚身上。

他坐得挺拔端正，即使被刘立点了名，也没有丝毫慌乱。

李乐妍望过去的视线稍稍凝滞。

沈诚离开位置，一步步走上讲台，步伐沉稳。顶着一众同学的目光，李乐妍也没发现他有任何的紧张，他动作随性又自然。

李乐妍见他不紧不慢地朝自己的方向走过来，最后在与她相隔半尺的距离停下。他拿着粉笔，轻轻敛了下眉，随后右手抬起，粉笔头落在黑板上，写下一行漂亮的板书。

他的思路很清晰，步骤详略有致，正确答案随着最后一笔落笔，整整齐齐摆在了黑板上。

"做得不错。"

刘立的声音叫李乐妍回了神。

她的视线落在男生的侧脸上，又匆匆收回。

沈诚余光瞥见她的头似乎往旁边偏了下，倒也没太在意。

兴许是他答题的步骤太标准，刘立脸上终于和气了一些，语气也跟着缓和不少，大手一挥，放了人。

沾了沈诚的光，李乐妍也跟着有惊无险地回到座位。

讲台上，刘立开始分析题干，李乐妍认真地做笔记。

半晌，"开胃菜"讲完，刘立才打开教材给他们讲课。他刚才出的题确实存了几分考验学生的心思，知识点综合了后面空集的特殊性，显然是后面几节才会讲到的内容。但今天一来就直接摆上来，一是为检查学生们的预习情况；二来，他潜意识里认为，重点班的水平应该也跟得上。

他话里话外的意思听得李乐妍皱了下眉。她的数学成绩一向平平，中考的时候就拖了后腿，如今高中进了重点班，学习难度呈指数级增长，她只感觉，自己以后的日子会有点难过。

她微不可察地叹了口气。

下课的时候，李乐妍拿了杯子准备去接水，刚站起身就听见后排传来的女声："班长，刘老师刚才讲的这道题我没听懂，你能再给我讲一遍吗？"

沈诚是一班的班长。

李乐妍的脚步顿在原地，有点想知道他的回答，但同桌陈星猜到她要去接水，已经站起来给她让开位置。

李乐妍也不好再站着不动，迈开步子刚跨出一步，就听见他的声音——

"你可以去办公室，找刘老师再讲一遍。"

问问题的女生嘴角抽了抽，刘老师那么凶，要是能去，自己还会来问他吗？

但沈诚完全领会不到女生的用意，他说完就又低下头去做自己的事情。

女生无奈地拿起课本，又看了沈诚一眼，终于走开了。

李乐妍往饮水机的方向走去，回来的时候，见沈诚还在埋头做题。她突然想到数学课上怎么也算是他帮了她，一句"谢谢"酝酿着想要出口，冷不丁又想到他之前对女生冷淡的态度，临到嘴边的话又吞了回去。

李乐妍顿了顿，回到自己的位置坐好。

在她背后，沈诚突然抬起头，转了下手里的笔，盯着她的背影若有所思。

他在想，她刚才停顿的那下，是想说什么？

十三中的课业并没有李乐妍想象的那般轻松，至少她这一天过得有些兵荒马乱。

好不容易撑到下午最后一节课响铃，陈星在旁边捅她的胳膊："一会儿去哪儿吃饭？"

李乐妍摇头，搓了搓脸说："你先去吧，我还要做卫生。"

陈星稍滞了下，后知后觉地想起李乐妍担任的芝麻绿豆般的"小官"，向她投来一个同情的眼神，说："那你想吃什么，我给你带。"

李乐妍婉拒了陈星的提议，准备打扫完自己去学校外面吃。

同学们都去食堂吃饭了，整个教室空荡荡的，只留了一组做卫生的人。

李乐妍走到教室后面的黑板处，张贴接下来一周的值日安排。一个男生站在她身后，抱臂说道："小太阳，商量个事呗。"

冷不丁听见这阔别许久的称号，李乐妍愣了好半晌，回头一看，一张熟悉的脸映入眼帘。

"徐浩？你怎么在这儿？"

李乐妍更愣了，徐浩是她的初中同学。

徐浩的脸色垮了一下，他伸出手指对着她的脑袋戳了戳，李乐妍下意识往后退了半步，听见他开口说："我怎么不能在这儿？从你进教室起我就盯着你了，原来你没看见我？"

李乐妍问："你坐哪排？"

徐浩有点无语，他也明白过来，李乐妍是真没注意到自己。

他伸手从桌洞里掏出篮球，放在指尖上旋了旋，说："我和朋友约好了打球，待会儿扫除等我一会儿，就这么定了啊。"

说完，他也不等李乐妍回复，就一溜烟跑没了影。

李乐妍在原地呆了呆，再出去时，哪还有什么人影。

李乐妍震惊极了，在走廊外站了半天，才确认徐浩是真的走远了。她气得捏着拳头往教室走，路过后门的时候还有些气愤，脚下一个不注意用了点力，结果踩到一双白色的球鞋。

李乐妍眼皮跳了下，反应过来后迅速收了脚，刚想开口道歉，抬头看清来人时却不由得哽了一下："班、班长。"

沈诚微点下头，俊朗的脸上表情冷淡，往旁边让开一步，问："你要进去吗？"

李乐妍忙跟着往里又迈了一步，见他脸上窥不见恼意，说了声

"抱歉",迈开步子往里走。

她的步子还算镇定,但真到卫生角拿到拖把时,她才微不可察地松了口气。

这都叫什么事啊?

李乐妍在心里咆哮着,拿着拖把往外走。她将拖把扔进水池里清洗,想到逃了扫除的徐浩,手上动作更为用力。

沈诚出来就见她像只炸毛的猫,明明力气不大,还气鼓鼓地捣弄着拖把,这场景莫名让人有些想笑。

他步子一转,往水池边迈去。

李乐妍回神的时候,就见身后落下了一道阴影。她偏头一看,对方冷白骨感的手腕已经伸到眼前。

沈诚开口,嗓音偏淡,说:"给我吧。"

李乐妍眨眨眼,下意识地将拖把递过去。

沈诚接过后清洗起来,顺便抬眼瞥她一下,语气仍旧平淡,只是说出来的话稍带一点揶揄:"我来得再晚一点,你就可以去教务处换把新的了。"

话音落下半晌,李乐妍才后知后觉反应过来他话里的意思,只是这人的语气太平常,说这种调侃的话都让人无法反驳。

李乐妍噎了下,正准备开口说些什么,沈诚却已关上水龙头,看着她问:"需要拖哪里?"

李乐妍动作微滞,指了一块区域,说:"走廊外面这一片。"

沈诚拎着拖把走过去,动作自然地开始拖地。

意识到他是真的在帮忙后,李乐妍之前那点被他揶揄的恼怒一股脑飞到九霄云外,看着男生流畅娴熟的动作,她眉梢不由得弯了弯。

她笑眯眯地开口道:"班长,你人真好。"

沈诚嘴角微不可察地抽了下，刚才在水池边跟哑巴了一样，这会儿看见他帮忙，倒是知道说话了，小心思不少。

沈诚也没说什么，只开口问："负责拖地的人呢？"

一班教室卫生的安排，沈诚也知道一点，每一组的人数很均匀，不过分多也不至于少，每个人的分工都很明确，像拖地、搬桌子这样的重活也不会让女生来。

今天这样的情况，多半是负责拖地的人跑了。

果然，话一出口，就见刚才还笑眯眯的女生瞬间变了脸色，李乐妍气得叉腰哼了一声，脱口而出："本来是安排徐浩拖地的，但他溜号了……"

沈诚拖完脚下的地，抬眼看她，说："以后再遇见这样的情况，可以来找我。"

李乐妍眨眨眼，蒙了蒙。想到他是一班之长，班里的卫生情况也在他的管辖范围内，她便点点头，说："好的。"

说完，二人沉默片刻。

这时，沈诚不知道听见什么，突然把拖把递给她，俯身向她凑近一点。

"拿着。"

他的嗓音清冽，气质温润中带着一点疏离。李乐妍不由得一阵恍惚，反应过来后竟记不清他到底说了什么，就这么在原地愣住了。

沈诚说完便往后退开一步，两人距离本来也不算近，这一退便离得更远了。

拖把木柄上还残留着他握过的余温，李乐妍抬头，见他已经往水池的方向走了。

她抿了抿唇瓣，刚想开口，后方楼梯间却传来了动静。

李乐妍转身，就看见徐浩抱着篮球从楼梯间上来，正和一帮兄弟嬉皮笑脸地说着话。

看到徐浩，李乐妍咳了一声，声音落在走廊里不大不小，但因为突兀，很快便吸引了男生们的注意。

李乐妍装模作样又拿着拖把舞了两下，她这会儿脑子倒是灵光，把之前沈诚说的全想起来了。

徐浩眼皮一跳，三两步就跑过来，脸上的表情有些局促，说："不是吧，李乐妍，不是说了等我一会儿吗？你怎么自己拖起地来了，我真是……"

李乐妍闻言也来气了，用力地将拖把往徐浩手里一塞，说："再等你一会儿，检查卫生的人都来了，到时候扣了值日分，三千字的检讨你愿意写？"

被她这么一说，徐浩也是一愣，想到自己忘了这点，面上顿时有些讪讪，忙说："对不起啊，我真不是故意的，你早说找人下去叫我……"

"地都拖完了，现在说这些有什么用。"李乐妍撇撇嘴。

"我的错，我的错。"徐浩挠挠头，"这样行吗？李乐妍，你看下周，不，下下周的地我全包了！"

"不用。"李乐妍已经迈开步子准备回教室，"你下次别跑就行了。"

"那你别生气。"

"谁生气了。"李乐妍有些不明所以，嘟囔完这句就回了教室。

徐浩在原地站着看了会儿她走远的背影，这才提着拖把去了水池边，却不想在那儿碰见了沈诚，他动作散漫地洗着手，一举一动间都透着清冷。

徐浩自来熟地招呼了声班长，也只见沈诚略点了下头。

沈诚不紧不慢地洗完手，半晌，才将视线落在他脸上扫了一眼。

徐浩心里莫名打了个寒战，不知道为什么，他总感觉沈诚看过来的眼神偏冷。他怀疑自己眼花，硬着头皮再看回去的时候，沈诚已经转身往教室走了。

不过沈诚的表情虽然冷淡，倒也没有太特别的情绪。

可能就是天生一张生人勿近的冰块脸吧。

徐浩想着，不由得晃了晃头，也是，自己又没得罪班长，怎么会呢？

李乐妍回到位置后，把今天的作业汇总到便笺纸上，刚写完撕下来贴在桌角，就听见后方凳子被人拖动的声音，男生跟着坐下的动静悉数落入耳中。

李乐妍睫毛颤了颤，手心捏了捏校服袖摆，还是往后转了过去。

桌面上投下一道身影，沈诚握笔的动作微顿，抬头看她，问："做什么？"

"那个班长，今天谢谢你啊。你要喝奶茶吗？我……"

"不用麻烦。"

李乐妍感觉他语气里的疏离淡了一点。

沈诚重新低下头去写题，见她一直没转回去，终于又抬头看她一眼。

"还有事？"

李乐妍的表情透着一股淡淡的坚持，沈诚拒绝的话在舌尖打了个转，终于改了口风，说："那你帮我个忙。"

李乐妍向南和街的方向走去，然后进了一家百货店。

她在货架前蹲着选了半天，终于找到沈诚要的那款乌鸦贴纸，不太理解这人特殊的爱好，但她没深究，拿了几片准备去收银台结账。

她走了几步，想到什么似的又折返回来，蹲下身又拿了十片乌鸦贴纸，不经意间，目光被旁边的四叶草贴纸吸引。

李乐妍又蹲下来，脑袋凑在琳琅满目的贴纸前，看得专心致志。不可否认，这些奇形怪状的小玩意儿让她有点走不动道了。

李乐妍心满意足地挑完贴纸，起身去收银台结账，对自己的幼稚行为有点不齿。

连她七岁的小侄女，吃完比巴卜泡泡糖都不会将涂鸦贴纸往手上贴了，自己还买了一堆四叶草贴纸揣兜里……

但她转念又想到沈诚那张冷淡的脸，他都能有这爱好，自己买一点怎么了？

想到这点，李乐妍很快不再纠结，拉上校服拉链，回了学校。

她将沈诚的补货放进他的桌洞里，视线在教室里转了一圈，没见到对方的人影。很快，她又被陈星招手招呼过去聊天。

开学第一周的时间过得很快，虽然对李乐妍来说有些混乱，但好歹是挨到了最后一节晚自习。

徐志在讲台上交代军训的注意事项，又强调了一遍明天集合的时间。

李乐妍面上听得认真，实则心早就飞到了九霄云外。她的手指摩挲着新发下来的绿色迷彩军训服，弯弯眼角，满脑子的兴奋因子随之膨胀。

等她反应过来的时候，徐志已经走了。

随着最后一道铃声打响，教室里的学生飞快地走出门外。

虽然都知道军训不是什么轻松的事，但在课业繁忙的高中生眼里，只要不闷在教室里上课，什么事都是快乐的。所以现在他们这群高一新生不免有些兴奋，李乐妍依稀听见窗外几声"人猿"的吼叫。

她一时也不由得感到轻快。

旁边的陈星弯了下眼睛，捏捏李乐妍的侧脸，说："小太阳，明天见啊，拜拜啦！"

自从这个称呼被徐浩泄露出来后，陈星不知什么时候也开始跟着喊。

李乐妍点头应了一声，和好友告别后，把军训服塞进书包里准备转身走。不料她动作太急，一转头正好撞上男生的下颌，耳边听见对方很浅的一声闷哼。

李乐妍忙往后退开一步，问："班……班长，你没事吧？"

她知道自己的头比较硬，又想起刚才自己退后的动作，落在对方眼里会不会显得像她逃避责任一样。李乐妍这样想着，又立马往前凑了一步，却被沈诚伸手制止——他按住了她再度凑近的脑袋。

"你等等。"

"哦……"

大概过了几分钟，他才揉着下巴低下头，视线在李乐妍脑袋上停留片刻，看见一个漂亮的发旋。

沈诚的眼皮不动声色地轻垂一下，收回按住她脑袋的手掌，说："跑慢一点。"

"好的。班长，你还好吧？我头还挺硬的，会不会把你撞……"

这话乍一听没什么问题，但又觉得好像哪里不对劲，不能细究下去。沈诚见她一脸担心地看着自己，眸光不自在地往旁边偏了偏，压下心头那点异样。

"不会，没那么娇贵。"

"那就好。"

撞坏了我可赔不起——后半句李乐妍在心里小声嘟囔着。

沈诚看她一眼，拿出桌洞里的书包挂在肩上，按灭教室里的灯："走吧，明天记得不要迟到。"

"好，班长再见。"

"再见。"

见沈诚确实没有撞出什么问题，李乐妍便溜之大吉。

晚上，李乐妍洗完澡出来，陈星和她煲电话粥。

视频里，陈星换上了军训服，在屏幕那边转了个圈，问："怎么样，好看吗？"

"好看。"李乐妍笑着夸赞，"超级帅气！"

"是吗？"陈星的语调有些惊喜，看得出来挺高兴，"十三中这次的军训服版型还挺好，你试了吗？"

"还没。"李乐妍手上正擦着头发，闻言跑到书桌边拉开书包。

她刚拿出迷彩服摊在床上，门外就响起曾书燕女士敲门的声音："几点了还不睡，明天不是还要军训吗？"

"马上。"李乐妍匆匆和陈星又说了两句便挂断电话，盯着床上的军训服看了眼，咬了下唇。

只能明天再试了。

光线明亮的书房里，沈诚写完最后一张试卷，捏着玻璃杯抿了一口温水。

他的视线落在落地窗外，奉城临江，夜景璀璨，江岸两侧灯火长明，倒映在江面上，仿佛一簇簇温暖的星光。

沈诚只看了一会儿，便不甚在意地收回视线，杯中的水见底，他去饮水机前续杯。

腕骨右侧的图案已经斑驳，应该是那会儿他揉下巴的时候蹭到了。沈诚没什么情绪地接完水，转身向卫生间的方向走去。

水流漫过指节，他缓慢地擦拭干净，下意识拉开抽屉，想换个新的贴纸，临了又想到明天军训，伸出去的手一时有些犹疑，视线忽然被一张安静地躺在抽屉角落里的四叶草贴纸吸引。

简单的四瓣小叶子被细茎连在一起，留白是一点细碎的花边，正下方贴了一句简单的英文。

A Little Happiness. 小幸运

沈诚动作一顿。

第二章

铁盒润喉糖

早上七点，李乐妍被曾女士从被窝里揪出来。

她迷蒙着一双睡眼刷牙，隔着卫生间听见她妈"叮叮咚咚"做早饭的声音，以及日常的念叨——

"小姑娘家家的，一天天懒得厉害，睡四十个小时对她李乐妍来说，简直就是小意思，不知道哪儿来那么多觉！

"也就我脾气好，十里八乡模范妇女，伺候你们爷几个……"

絮絮叨叨的动静让李乐妍终于醒了神，她加快动作洗漱完，从卫生间里探出脑袋，问："妈，今天早上吃什么啊？"

"吃盘子！能吃什么，再不出来你爸都快吃完了……"

李乐妍拉开椅子坐下，随手捏了颗水煮蛋小口咬着，不忘瞥一眼老父亲，问："爸，你怎么又惹我妈生气了？"

"我哪敢啊。"李坪往她的方向凑了凑，"还不是因为你哥，你妈前几天给他打电话，让他回家吃饭，醋熘鱼段都做好了，你哥那边没说两句就挂了，支支吾吾的，你妈能不气吗？"

李坪放下筷子，叹气道："你哥这一天天神出鬼没的，又背着我们跑外边去了吧。老大不小的人了，净让人不省心……"

李坪说着，状似无意地瞥她一眼，忽然想起什么，问："这事你是不是早就知道？和你哥一起瞒着我和你妈？"

"我哪能知道……"李乐妍差点被噎，心虚地说，"我天天在学校作业都写不完，哪有时间知道这些？"

李坪目光狐疑，盯着她审视了一会儿，又低下头去喝粥，说："也是。"

李乐妍提起来的心刚落下去，又听见他问："你在学校，作业写不完？"

可真会挑重点。

但好歹也算敷衍过去了。

这边父女俩说着话，那边曾书燕女士又拿了一盒藿香正气水过来，放在李乐妍手边。

"这两天气温不低，防晒记得涂，实在坚持不了要打报告，别硬撑。这个是防中暑的药，别忘了带去学校。"

"知道了，谢谢妈妈。"

"东西都带齐了吗？你那个丢三落四的毛病，吃完饭再去检查一遍有没有落东西……"

"知道啦！"

"知道就好。"

李乐妍囫囵吞了两口饭，然后离开座位，说："妈，我去收拾东西了……"

十三中规定早上八点在操场集合，时间还有半个小时。

李乐妍去卫生间换好军训服，她性子慢吞吞的，一点都不着急，对着镜子整理衣领，听见洗手台上的手机振动了两下。

李乐妍抬手接起，是陈星给她打来的视频。陈星说："小太阳，还没出门啊？"

李乐妍闻言一蒙，说："你到了吗？"

"当然啊，我现在在教室呢，好多人都来了。"陈星举着手机，将镜头简单转了一圈，某个熟悉的身影一晃而过。

李乐妍还没来得及看清，陈星又转了回来，撑着下巴问："你什么时候过来啊？我快无聊死了。"

"快了，马上就来。"李乐妍嘴上这么说着，却并不着急，将镜头对准自己，转了个圈，"星星，看我穿这套好看吗？像不像教官？酷毙了的那种？"

那边久久不见回应，李乐妍疑惑，忍不住又问了一遍，等了一会儿，还是没听见陈星说话。李乐妍这才忍不住凑近了看屏幕，只见镜头前陈星不知何时没了踪影，入目的是教室白色的天花板。

手机应该是被陈星放在课桌上了。

李乐妍不禁嘀咕："去哪儿了啊……"

话音刚落，那边似是忍耐不住，镜头外传来一声很短促的笑声。

沈诚的下巴从屏幕里一晃而过，紧跟着是男生熟悉的嗓音，含着忍俊不禁的笑意："那应该是没有——这么矮的教官。"

军训队伍在教学楼广场前集合。

李乐妍终于踩着点赶到了学校。

广场上，放眼望去，一片绿色迷彩服的汪洋。陈星站在李乐妍旁边，感受到她的欲言又止，终于没忍住回头看她一眼，问："怎么了，我脸上有什么东西吗？"

"没。"李乐妍一噎，跟着摇摇头，但又疑惑，最终还是在陈星的注视下开了口，"星星，你早上和我视频的时候，中间有一段时间干什么去了？"

"你说早上啊。"陈星说着往后看了一眼，李乐妍顺着望过去，看见几个女生，陈星下巴微微一抬，"早上她们几个腰带扣不紧，我过去帮了下忙。"

说完又似想到什么，陈星看她一眼，问："不过你后来怎么把视频挂了？"

"我没听到你说话，以为信号不好……"

"这样啊。"

两颗脑袋凑在一起嘀咕着，在她们前方，突然投下一道阴影。

两人抬头，沈诚一袭绿色迷彩服映入眼帘，肩宽腿长，扣子扣到脖颈处，手里拿着签到表向她们走过来。

沈诚的嗓音清冽，声线一如既往的干净，念她名字："李乐妍，过来签到。"

他将笔和纸递给她。

"啊……好。"李乐妍接过中性笔签上名字，动作有些慌乱，等签完以后，才发现名字的笔画都快歪出姓名框了。

她把笔递给陈星。两人都签完后，沈诚拿着签到表去了别处。

李乐妍看着他离开的背影，手心似出了一层薄汗，偏偏这时陈星又拐了拐她的胳膊，问："小太阳，看看我流鼻血没？"

"没。"李乐妍摇摇头，"怎么了？"

"天气太热了。"陈星说着掏出小镜子照了照，忽然又感叹起来，"不过班长穿军训服还挺好看的，你觉得呢？"

李乐妍有些不好意思回答，只反问她道："你喜欢班长这种类型的？"

"不是。"陈星抿唇笑了起来，"他这样的太清冷了，身上没什么人气儿，不太好接近。"

陈星从外套兜里掏出手机，点开相册给她看，说："看见了吗？还是这样的比较接地气。"

李乐妍把脑袋凑过去，照片里，一名少年单手插兜靠在围墙上，嘴里还叼了根棒棒糖，看见镜头也不避讳，懒散地笑着。

那模样散漫嚣张，和清冷的沈诚简直截然不同。

李乐妍认出了那是隔壁职高的校门。

李乐妍有些惊讶，瞥了陈星一眼，压低声音道："可这是隔壁的职高……"

"职高怎么了？都是地球人，谁比谁差了？"陈星掐了一把她的脸，"看不出来啊，小太阳，你怎么还戴有色眼镜呢？"

"我没有。"李乐妍揉揉被掐的脸，"就是听说他们喜欢打架，感觉有点不安全……"

"那不会，你这是偏见。"陈星一摆手，收了手机，"周铮从不主动惹事，当然了，别人找上他，他也不怕。"

"好吧。"李乐妍没再说话了。

正好操场这会儿已经响起广播，开训仪式即将开始，一班作为第一方队，很快列队集合。

到固定的位置站好以后，李乐妍抬头瞥见演讲台上，已经站好了总教官和十三中的领导们，一个个都笑容和蔼。

开场惯例是各位领导依次发言，胖胖的校长拿着话筒抑扬顿挫地演讲起来，手中的稿纸哗哗翻了好几页都没念完。

李乐妍的思绪开始神游天外，陈星扯着她的袖子将她拉回来，给她推荐自己昨天听的广播剧。

"来，听听这个，我'男神'的新剧，还有配套的'充电提示音'。"陈星点开耳麦凑到她耳边。

一道略显熟悉的男声从听筒里传出来，夹杂着些微的暗哑——

"姐姐，电量已耗尽了，请尽快充电哦。"

李乐妍倏地往旁边挪开半步，脸上跟着飞上两朵红云，活像被什么东西给刺到了。

陈星被李乐妍这反应吓得蒙了一下，不解地收回手机，看她一眼，问："怎么了这是，我手机里有脏东西？"

"没……"

李乐妍不知道该怎么开口，总不能说她听见语音的第一时间，觉得这声音像某人吧。

她总算镇定了一点，退回到自己原来的位置，摸了摸耳朵，说："没，就是觉得……这声音有些好听。"

"哦，我还以为怎么了呢。"陈星撇撇嘴，"不好听怎么当我'男神'，声音可不得'蛊'一点……"

陈星的话在耳边飘着，李乐妍却有些心不在焉，忍不住侧头往后想看一眼那人。

却不料视线所及，半分不见男生的影子，取而代之的是徐志几乎放大在眼前的脸，他半弯着眸子，亲切地问："找什么呢？"

不出意外，李乐妍和陈星被徐志叫到操场后边罚站。

她们两个靠着栅栏网，徐志来来回回走了好几圈，在她们耳边反复强调纪律的重要性。

陈星左耳朵进右耳朵出，表情懒散，对比之下李乐妍模样乖巧，只是心思早已不知飘到了何处。

沈诚正在主席台上拿着话筒念稿子，他是这一届的新生代表。

李乐妍和陈星接受完徐志老师的思想教育后，一人带着一份三千字的检讨回班。重新站回位置上，斜后方之前还空着的位置如今也站了人。

李乐妍的视线在他指尖握着的稿纸上停留一秒，又收回。

倒是陈星见他下来，主动开口打了招呼："班长，你讲完啦？"

"嗯。"沈诚微不可察地点下头，视线掠过陈星，不着痕迹地落在旁边的女生身上。

看见她脖颈上附着的细密汗珠，沈诚下意识地问："刚才徐老师找你们干什么？"

"快别提了。说小话被抓了，我和小太阳一人三千字检讨才能把我的'小心肝'赎回来。"

"小心肝"是陈星的手机。

沈诚闻言微默，刚准备说什么，就见陈星一个闪身转了回去，她说："老徐来了！"

他没机会开口。

一直到总教官把注意事项都交代完，各个方阵的年轻教官分散开来，队伍被打乱。

男女生分属不同的方阵，分开训练。混乱之中，陈星牵着李乐妍的手准备分队。

身后忽然落下一道阴影，紧接着，男生熟悉的嗓音落在耳边，沈诚抬手往李乐妍手里塞了一包湿巾，说："给你。"

李乐妍直接一呆。

她回头，却见沈诚大步流星往他的方阵方向跑去，没回头多看她一眼。若不是手心突然多出来的黄瓜味湿巾，她真的会以为，刚才的那一幕是幻觉。

但即便是这样，李乐妍仍旧有些恍惚。

教官开始清点人数和编队，陈星用手掌扇风的同时不忘看她一眼，问："乐妍，你脖子上怎么出这么多汗啊？要不要一会儿去买个小风扇？"

"是吗？"一语惊醒梦中人，李乐妍的指尖在脖子上摸了下，果然感受到一点湿意。

沈诚给的湿巾派上用场，李乐妍抽出一张递给陈星，自己也用了一张。

湿巾触感冰凉，贴着后颈缓慢移动，李乐妍抬头往某个方向看了眼。

视线所及，男生在最后排的位置，站姿笔直。

军训第一天，训练强度不大，站军姿站了没一会儿，教官就吹哨让女生们休息。

李乐妍和陈星找了块树荫坐下。一班的女生不算多，她们被分到和二、三、四班的女生一起，所以这会儿除了李乐妍和陈星，周围坐着的女生都是别班的，彼此间也没有搭话的意思。

李乐妍安静地坐着，旁边的陈星正拿着 MP3 在看小说，陈星身上的电子设备极其多。

李乐妍看一眼好友，抿了下唇，视线在操场上漫无目的地逡巡着。男生方队的教官并不如女生这边的那般温和，满脸刚毅，鹰隼一般的目光来回打量，盯得烈日底下的男同学们身子直得跟桩子似的。

李乐妍的目光扫到了沈诚，看见他额头上也沾了汗珠，原本白皙的面色被晒出了潮红。

她心想，他们这个教官好凶，怎么还不解散，这样下去他会不会中暑？

李乐妍正想着，男生方队的教官终于吹哨，整齐的队伍齐齐发出一声如释重负的哀叹，"桩子们"一个个按捺不住四散开来。

中午的休息时间格外珍贵，李乐妍和陈星去学校外面买了小风扇和湿巾。

路过奶茶店，许是知道学生军训需求大，店内加大力度营销推出了第二杯半价活动。

李乐妍路过时脚步顿了顿，终于顺从内心走了进去。

再出来时，她手里拿了两杯柠檬气泡水，余光忽然瞥见一抹熟悉的身影从对街晃过。

李乐妍稍怔，脚下迈开步子准备跟上去。

她刚往前跨了两步，一旁树底下的陈星开口叫住她："小太阳，我在这儿，你往哪儿走？"

"啊……星星。"李乐妍被强行叫住，只能拐了个弯，走到陈星面前。

陈星看着她手里提着的两杯柠檬气泡水，轻车熟路地接过来，插上吸管喟叹一声，捏捏她的脸，说："小太阳，什么时候观察得这么仔细了，连我最爱喝的口味都知道。咦，还加了冰呢，谢啦！"

陈星说完在李乐妍脸上"吧唧"一口，顺手往她手心塞了颗旺仔牛奶糖，说："走吧，外面太热了，跟我回家吹空调去。"

陈星搂着李乐妍往自己家走，李乐妍步伐跟跄地跟着，好友的性子大大咧咧，她只能匆忙向对街的方向再看一眼，恰好看见少年的衣角擦过某餐馆的门帘。

小餐馆空间狭窄，头顶的风扇摇晃着，驱赶着室内的燥热。忽然，玻璃门被推开，夏天的燥热就这么涌了进来。

刘胜提一袋冰镇汽水从外面进来，额头冒着细汗，拉开椅子在沈诚面前坐下，将里面的冰水拎出来，往前一推，说："诚哥，喝水。"

沈诚说："辛苦。"

"跟我客气什么。"刘胜随手抽了张纸巾擦汗，又往风扇的方向挪了下屁股，等迎面吹来的凉风褪去一身暑气后，方才开口，"这几天到底是什么天气啊，就我刚才往外跑这一圈，你们看。"

刘胜把后背转过来给他们看，说："我这跟去蒸了桑拿似的，衣服都快能拧出水来了。"

周遭响起几声笑，徐浩笑得浑身直颤，他说："不是我说，胜儿啊，你这不去说相声真是可惜了。"

"滚滚滚。"刘胜笑着骂了句。

两人你来我往地打了个来回，桌上的菜也刚好上齐。

沈诚接过消毒筷递给他们，捧着陶瓷碗开始吃饭。

说来也玄，这群人明眼人瞧着都觉得天南不通地北，感觉都不是一路人，偏偏沈诚融在这闹闹腾腾的喧嚣里，也并不觉得违和。

他与徐浩等人正式熟起来是在体育课上的篮球赛，当时一直和徐浩他们打球的邻班男生请了病假，在班里随便拉的人都不太默契。

一群血气方刚的男孩子为这事儿闹得不太愉快，又不甘心就这么散场，在球场上来回徘徊了一阵子。

沈诚迈着步子走上去，点了点徐浩的肩，问："加我一个，可以吗？"

然后，他们就这么凑在一起打了场球。

其实当时沈诚拍他的时候，徐浩也是很意外的。

徐浩对沈诚印象深刻，第一天上课时他维持纪律的气场，让徐浩还是有些发怵的。

一个高中生开学第一天手腕上就画了东西，再加上沈诚之前在论坛上的那点传闻，学校里说什么的都有。

有说沈诚在学校外面结交了一帮三教九流的朋友的，也有说这人看着就不是什么善茬的，中考失利或许就是因为惹了什么乱子，这传得就过于离谱了，徐浩没信，但心里多少是受了点影响。因此，之前到哪儿都能迅速和班里同学打成一片的徐浩，这次却没敢主动去搭理沈诚。

倒是没想到，有些缘分拐着弯都能找上门。不可否认，沈诚手搭上他肩的那一瞬，徐浩连口水都吞了一下，以为沈诚是看他不顺眼要修理他，但对方只是轻飘飘地在他耳边落下一句——"想打个球。"

一群人就这么开了局，结果当然是出人意料，沈诚运球的动作熟练，打法灵活多变，即便是第一次和他们配合，也能切换自如。

几个篮板抢下来，芥蒂也放下不少，许是那天的配合太过默契，后来上体育课的时候，他们又一起打了好几场，关系自然熟稔不少。

男生之间的友谊也挺奇怪，几场球就打出了一帮兄弟，后来了解得多了，徐浩也隐约知道谣言不是那么回事。

但沈诚对此没有多提，他也不好靦着脸问。

总归人家不愿说，问多了也没意思。

徐浩对这点看得挺清，从来没问过沈诚什么，一伙人就在一起愉快地打球，一晃到军训，又分在了一个连队，就跟葫芦娃爷爷扽了条藤似的凑在一起了。

这会儿徐浩和刘胜两人一来一去说个不停，沈诚正专注地挑着眼前的芹菜肉丝，冷不丁又听见刘胜说了句："不过就这大热天，柠度门口都还有人排队呢。"

柠度是南和街的一家奶茶店。

刘胜夹了一块鸡翅，接着说："听说是搞什么第二杯半价的活动，本来我准备去打包几杯柠檬水的，一看那阵势，实在挤不进去，这才转头去买汽水了。"

刘胜说完又塞了一口鸡肉，接着说："不过要说挤这种场合，还得是她们女孩子，你们猜我刚才看见谁了？"

"谁啊？"旁边的男生配合着接话。

刘胜一拍桌子，说："陈星和李乐妍啊。"

刘胜语气里的兴奋不加掩饰，徐浩听得又是一阵肩膀直颤，笑着咳了两声，接过沈诚递来的水，喝了两口才缓下来。

徐浩往刘胜的方向看了一眼，说："没见过女同学？看见她俩激动成这样。"

刘胜被他说得脸皮一热，瞪了徐浩一眼，继续开口道："你懂什么，当时我刚过马路，李乐妍就提着奶茶从店里钻出来了，那么多人都挤得进去，也是够小一只的。"

"是不如你块头大。"徐浩继续补刀。

刘胜把这人当空气，接着说："不过她们走得也是够快的，我还没来得及过去打个招呼，陈星就拉着李乐妍走了……"

"是吧，早知道多走两步了。"

打趣的声音一个接一个地传来，有人琢磨出一点不对劲，八卦道："胜哥，你该不会是……"

刘胜面上表情有点不自在，咳了两声道："没有，我就是觉得，同学遇见了打个招呼不过分吧……"

"那也要看是和谁打招呼了？"起哄的声音当即就被点燃了，"毕竟咱班的班花……"

"没有……瞎说什么呢。"

"谁瞎说了？"一桌人不知谁接了一句，"班花长得漂亮，性格也好，谁遇见了不想上去打个招呼啊？总不能走过去找李乐妍吧？那小腿短的。"

话音刚落，陶瓷碗沿就被人拿筷子敲了两下，徐浩眼神不爽地望着说话的人说："人身攻击就没意思了吧。"

"啊……是是。"对方闻言也滞了下，讪讪笑了两声，"一时嘴快没个把门，说错话了。"

氛围一时有些尴尬，刘胜见状出来打圆场："其实李乐妍长得也挺好看的，小小的一只，还蛮可爱……"

"吃饭。"

刘胜话说到一半，又一道声音穿插进来。

沈诚冷淡的语调没什么情绪，只是略微点了下表，说："快两点了。"

刘胜跟着笑一声，点了下头，低下头去吃饭，一桌人也跟着安静下来。

陈星家在十三中外面的学区房，靠近学校东门。中午放学的时间有限，李乐妍怕来回折腾时间不够，加之天热她也懒得动，就跟陈星在她家里追了小半集剧，两人在沙发上简单睡了会儿。

闹钟一响，她们就又出门了。

打开门迎面就是一股热风，陈星被热得皱了下眉，带上水杯锁了门，说："见鬼了啊，这么热，还要军训我真是要疯了！"

两人说着往电梯走，李乐妍手举起来给陈星扇了扇，说："给你降降温。"

"哈哈哈，谢谢小太阳。"陈星依照惯例掐掐她脸，电梯"叮"一声到一楼，两人走出去，一股比居民楼里更汹涌的热浪扑在脸上。

阳光径直照下来，李乐妍眯了下眼睛，脑子有一瞬间的发晕，转瞬又恢复如常。

她没太在意地摇摇头，继续往操场的方向走。

下午的太阳像火烤，她们运气不错，连队的教官看她们是女生，带着去树荫底下歇了好几回，但熬不住其他连队铁打一般站着，被巡逻员看到，告到总教官那里，被罚在阳光最毒的一块操场站军姿。

被带过去罚站的时候，陈星脑袋一仰，都想直接这么晕了，但无奈身体素质太争气，只能手贴着裤缝站好。

李乐妍其实也在心里流泪，她这一副小身板，还是靠着躲了几次树荫才撑到现在，这会儿又被拎出来罚站，还是在太阳最毒的时候。

她也不知道自己还能坚持多久，但余光又瞥见旁边方队里站着的人，动作略微一滞。

李乐妍眼睛眨了眨，沈诚标准的军姿就这么出现在眼前。

咦，这么巧？

李乐妍想着，身子不由得站直了些，嘴角不自觉弯出一点弧度，但还没等她对处罚的抵触降下去，头顶的烈日就暴晒着，让人的信念摇摇欲坠。

二十分钟后，李乐妍眼前闪过一片黑影，嗓子里的那声"报告"都没来得及喊出来，人就直直往后一倒。

恍惚中，只隐约听到周围的喧闹，以及闻到一点海盐的味道。

她中暑了。

李乐妍醒来的时候，盯着白净的天花板发了会儿呆，思绪一时半会儿还未回拢。

陈星凑过来，在她眼前摆摆手，说："醒啦？"

她迷迷糊糊被陈星扶着坐起来，说："星星，我睡了多久啊？"

"快一个下午了。"陈星坐回原位剥了根香蕉，"还好校医说你没什么大事，你是不知道，你刚开始往后仰的时候，我心脏都快吓停了。"

"对不起啊，星星，吓到你了。"

"你没事就好。"陈星又倒了杯温水递给她，"好在当时班长就在我们旁边连队，察觉不对立马就过来了，要不是他反应快，你这小脑袋指不定得磕着。"

"我晕得……这么吓人？"

"那可不，回头请班长喝杯奶茶。"陈星见小同桌被她说得攥紧了衣摆，声音更温柔了两分，"你也别太往心里去，这会儿醒了就好。刚才老徐已经来过了，说让你醒了去趟办公室，看后面军训还能不能坚持……"

就这样，两人又在医务室待了会儿，其间校医又来了一趟，确定李乐妍没什么问题后，给她开了点中暑的药就走了。

李乐妍提着小药袋和陈星去了食堂吃饭，吃完后回了教学楼。李乐妍将药袋塞进桌洞，去了徐志的办公室。

和徐志一番沟通下来，决定军训还是和连队一起，只是碰见高强度的活动，李乐妍被允许在树荫底下休息。

听到这个消息，李乐妍心里松了口气，连回教室的步伐都轻快了些。路过后门时，她窥见那抹熟悉的身影，脚下的步子稍稍一滞。

"班长。"李乐妍叫了他一声。

沈诚回头，正在喝水的动作停下，抬眸睨她一眼，站起身来碰了下她额头，指尖的温度擦着额心，一触即收。他说："还晕吗？"

李乐妍被他掌心的温凉一触，久久回不过神，反应过来后，连说话都有一些恍惚："不……不晕。"

沈诚有些狐疑，又仔细地看她一眼。

李乐妍这才想起自己连句"谢谢"都还没给人家说，忙不迭道谢："班长，之前在操场，谢谢你。"

男生微点下颌以作回应，不动声色挑开话题："刚从徐老师办公室出来？"

"是的。"

"他怎么说？"

李乐妍把后面的安排给他大致讲了遍，见沈诚点点头，他说："不舒服要记得请假。"

"好。"

终于回到自己的位置坐下，李乐妍翻出军训前布置的作业，英语作文刚写了个开头，后背又被人点了两下。

沈诚拿着一盒冰凉贴递过来，说："拿着。"

"不用了，班长。"李乐妍见状忙摆手，"我现在感觉挺好的……"

"留着以后用。"男生的语气公事公办，倒不像是掺了私心，"后面还有几天，晕倒了怎么办。"

"哦。"

许是有了一次晕倒的经历，后面几天的军训，李乐妍过得格外轻松。

像走方阵、练军歌这样比较轻松的活动，她都能和连队站在一起，更严苛一点的拉练、军体拳，李乐妍则会被早早提溜出去，在树荫底下坐着。

好在这片是固定的"病号营"，每个连队体弱多病的学生都在这儿，李乐妍不禁又松了口气，至少不用单独被人观赏了。

每逢这个时间，李乐妍都会把之前欠的那三千字检讨拿出来写，这回刚绞尽脑汁编了一页，眼前就罩下一道身影。

拉练的队伍刚解散。

李乐妍笔尖一顿，抬头看清来人，说："班长？"

沈诚轻点头，在她旁边坐下，问："你现在有时间吗？"

李乐妍虽然不知道他要干什么，但还是如实地点了点头说："有的。"

"那帮我个忙。"

南和街，柠度奶茶店。

服务员将打包装箱的奶茶推出来，李乐妍坐在高脚凳上，沈诚迈着长腿走到前台，李乐妍滑下凳子跟在他后面。

看见他把那箱奶茶抱起，李乐妍的视线在他侧脸上滞了滞，湿漉漉的双眸柔润。

沈诚余光瞥见她欲言又止的样子，想了想，将那袋打包好的奶盖递给她，说："你拿这个。"

李乐妍闻言愣了半秒，还是乖乖点头，提着袋子跟他回了学校。

一路上，两人走在开学时李乐妍绕路的那条小道上，她手上的重量约莫可以忽略，两人一路过来都很安静。

　　盛夏的绿树罩在头顶一片阴凉，空气里夹杂着一点未知名的花香。

　　沈诚快她半步走在前面，李乐妍在后面踩着他的影子，不时踢到两颗石子，内心深处有一道声音在回响，不禁又想到开学那天，在这条路上遇见他时的心情。

　　难以形容。

　　正想着，低垂的脑袋没有注意前路，她一个不经意撞上男生清瘦的后背。

　　李乐妍闷头哼了一声，抬起眼看他，说："班长？"

　　她这才发现沈诚不知何时停了下来。

　　"李乐妍。"

　　不可否认，名字被他念到的那一瞬，李乐妍心尖上有一种羽毛划过的柔软，可还不等她产生什么想法，沈诚又跟着接下一句——

　　"帮我摘一下帽子。"

　　沈诚在她面前把头低了下来，李乐妍愣了半秒，稍显匆忙地帮他把帽子拿下来，然后伸手递给他。

　　沈诚却摇摇头，淡漠的嗓音听不出太多特别的情绪，他说："你戴上。"

　　"啊？"李乐妍都快怀疑自己幻听了，但触及对方淡淡的视线，疑问的话又悉数吞了回去。李乐妍迟疑地将帽子戴在了自己头上。

　　见她戴好，沈诚空出一只手给她理了下帽檐，这才重新提起脚步，解释的话淡淡散在空气里："戴好，别又中暑了。"

　　高一（1）班。

　　陈星叼着根老冰棍走进教室，一眼看见窗边走神的李乐妍，只见她手肘撑在课桌上，手托着脸，唇边挂着一丝意犹未尽的笑意。

陈星眨眨眼，有一瞬间以为自己走错教室了，退出去一看班牌，确认是"高一（1）班"，那怎么好友脸上是那副表情？

陈星有些狐疑，走过去见李乐妍还在看窗外，手伸过去，在她眼前晃了晃，问："看什么呢？"

"啊？"李乐妍总算是回了神，身子坐正了点，"没，星星你回来啦，外面很热吗？"

"超级热。"陈星扔给她一包冰草莓，漂亮的脸倏地凑近，"小太阳，你不对劲。"

"有吗？"

"有。"陈星笃定地点点头，"老实交代，你刚才在看什么？"

"没。"李乐妍支吾着，避开陈星的眼睛，咬了一颗草莓，"好甜呀！"

陈星冷眼看她扯开话题，把凳子往后退了退，抬手环在胸前，说："看不出来啊，我们家小太阳都有秘密了。行吧，不说也行，你检讨写完了吗？借我抄下。"

"给。"侥幸逃过一劫的李乐妍迅速从书堆里找到自己的检讨，麻溜地放到陈星的桌子上，眼睛瞪得大大地看着陈星。

这模样让陈星很受用，大笔一挥开始抄检讨，没再追究她的不坦诚。

李乐妍也松了口气，手放到桌洞里，摸到那顶迷彩帽，又弯了下唇。

十五分钟后，陈星检讨抄到一半，兜里的手机突然振了两下，显示进了新的消息。她之前的手机被徐志扣下了，这是她从家里偷偷拿出来的备用机。

陈星夹着笔漫不经心地点开屏幕，在看清微信内容的下一瞬变了脸色。

凳子"刺啦"一下划出一道声响，陈星站起身拍了下李乐妍的肩："帮我抄一下检讨，我这会儿有点事，得出去一趟。"

"什么事啊？"

"一句两句说不清楚，我先走了啊，回来给你带好吃的……"陈星说着步子已经往外迈，动作匆忙。没一会儿，李乐妍就见不到她的人影了。

李乐妍的眉心微不可察地蹙了一下，又晃晃脑袋，拿起陈星之前没写完的检讨开始补。

不知道过了多久，李乐妍揉揉写得有些发酸的手腕，眼前空旷的桌子上突然多出一杯奶茶和一份煎饼果子。

男生手长，长臂微弯，精准地将这两样东西放在她的桌角。李乐妍不由得回头，脸颊擦过他的衣角，熟悉的海盐味飘入鼻腔。

只一瞬，沈诚就往后退开，坐回自己的位置，说："陈星买的，你没吃晚饭？"

李乐妍点头道："检讨的时间快截止了，怕来不及交。"

沈诚微一敛眉，问："还有多少？"

"现在已经写完了，等星星回来一起去办公室就可以交了。"

"那趁热吃。"

"谢谢。"李乐妍拿着煎饼果子小口啃了起来，慢吞吞往嘴里塞。然而等她把晚餐解决完，又写了一张数学小测，陈星还是没有回来。

之前那点不安的预感越发明显，眼见着快要到六点的晚休，李乐妍终于没忍住转过去问沈诚："班长，你遇见陈星的时候，她有告诉你，要去哪里吗？"

晚休铃声打响的时候，两人走出校门。

李乐妍跟在沈诚身后，往南和街西巷的方向走，那里靠近利嘉职高，沈诚说在路上遇见陈星后，就看见她往这个方向走了。

李乐妍脚下步子加快，又想到陈星出去的时候那副着急的模样，隐约感觉会发生什么事。

女生的第六感有时真的很准。

李乐妍有点着急，在转过一个拐角，看到马路对面利嘉职高的校门时，脑子里没想那么多，步子一迈就要过去。沈诚迅速伸手将她拉住，李乐妍的脑袋撞上他肩膀，鼻子被撞得一酸，还没反应过来，就听见他低沉冷淡的声音：“不要命了？”

话落耳边便是一道疾驰的风声，眼前的车流穿梭不止，李乐妍脸色一白，这才意识到自己刚才差点闯了红灯。

后知后觉的羞恼和后怕涌上来，她飞快地低下头道歉：“对不起，我没注意。”

她的声音清透，透着诚恳的歉意和一丝委屈，指尖绞着衣摆，模样看着有些令人心软。

沈诚一愣，皱了皱眉，生出一种错觉，他刚才是不是太凶了？

“没有怪你的意思。”沈诚往她的方向凑近两步，语气软和下来，“抱歉，刚才太着急了。”

没想到他会凑过来，李乐妍往后退了退，紧张地拉开一点距离，说：“没……没有。还是要谢谢你，班长。”

等红灯的间隙，时间一分一秒都过得很慢，两人自那之后便没再说话，李乐妍心里着急，盯着红灯的秒数一点点减少。

终于等到可以通行，沈诚和她一同去了对面。

利嘉职高这个时间虽然也在上课，但校门口进出的学生却不少，男生们三五成群、勾肩搭背，女生则化着精致的妆，穿着漂亮的短裙，所到之处空气中都好像残留着一股甜味。

两人穿着十三中的军训服，与这里的一切格格不入，但李乐妍现在显然顾不了那么多。

她顶着素净的一张小脸，一溜烟融入人群，找到一个短发女生问路。

沈诚站在原地，隔老远看见她张牙舞爪地比画着，不知听见了什么，焦急的神色有所缓和，眉梢略微一松。

李乐妍打听完，快步跑回沈诚跟前，两人转头去了利嘉职高后门偏僻的石巷。

他们在那里看到了陈星。

陈星几乎被堵在巷子角落，周遭都是些不怀好意的男生，每个人头上都顶着染成五颜六色的头发。

陈星眉心紧皱，脸上表情显然能看出她这会儿心情不好。

为首的黄毛不知说了什么，围着的一群人笑作一团，李乐妍皱了一下眉头，直觉告诉她肯定不是什么好话。

李乐妍越发看不下去，眼看就要往前冲，被沈诚从后按住肩膀，他半拽着将她拉回来，说："别冲动。"

"可是陈星……"

"你现在过去，好让他们多一个欺负的对象？"

这话说得在理，但李乐妍还是着急，说："那怎么办……"

沈诚从兜里拿出熟悉的乌鸦贴纸，食指一抬按在手背上，又把外套脱下来递给她。

然后，他将整齐的裤腿凌乱地向上卷了两圈，柔软的碎发随意拨了拨，拍了下她的肩，说："在这儿等我。"

说完，他就迈开步子走了出去。

李乐妍全程目瞪口呆，反应过来见他已经走远，背影在小巷里带着点落拓，周身的气质神奇地转了个大弯。

品学兼优、乐于助人的班长大人，这会儿像个吊儿郎当的小混混。

李乐妍都快看呆了。

不知怎的，她又想到开学第一天沈诚管纪律的模样，联想到之前众说纷纭的校园论坛，李乐妍突然就明白为什么那些谣言虽然离谱，却仍旧有人相信了。

就像现在，她盯着他这散漫的背影，都能感受到两分动摇了。

沈诚不会真混过吧？不然这动作怎么能这么驾轻就熟……

沈诚脚下的步子不紧不慢，仿佛真的只是个碰巧经过看热闹的路人。

他成功混入那堆人里，左手微抬，拍拍前面正在围观的混混之一，气势拿捏得很足，问："你们干什么呢？"

混混闻言回头，上下打量沈诚一眼，眼神里不掩疑惑，见这人明明穿着十三中的军训服，气质却与利嘉职高的人像了个十成十。

混混转念一想，随即开口呵呵一笑，说："哥们儿这衣服找人弄的吧，十三中里面好玩吗？"

"还行，除了无聊没什么体验。"沈诚顺势接下，语气再正常不过。

一句话打消混混的疑惑，对方眼角眉梢飘了点自得，心想都是一道人。

不过按他的气质，以前怎么没在学校听说过？回去了得好好找人打听打听，不能得罪人。

那混混想着，龇着大牙又是一乐，见沈诚没有要走的意思，目光越过他们，依稀落在里面的女生脸上。

混混脑袋转得很快，紧跟着过来搭话："感兴趣啊？"

沈诚步子一抬，注意到这边动静的人都往旁边让开。沈诚的目光落在陈星脸上不冷不热，语气略微上扬，说："陈星？"

为首的黄毛转过身，满腹疑惑地问："你是谁？"

"我是谁？"沈诚略一挑眉，"我是谁不重要，关键是你们欺负我妹妹，算怎么回事？"

这话一出，黄毛表情更蒙了，问道："你妹妹？这不是周铮的发小吗？"

沈诚上前把陈星往墙上重重一推，一只手卡着她下巴，顺势凑近低声说："演。"

因为沈诚高挺的身形遮盖住大片盲区，围观众人只听一声闷哼，女生被重重推到墙上，表情痛苦地被迫仰着头，完全看不到垫在陈星后背的手臂和根本没用力的掌心。

看上去确确实实还挺像那么回事。

黄毛犹豫片刻，之前和沈诚搭话的红毛小混混飞快地上来出主意。"大哥，这女的不会真是他妹妹吧？"说完又压了压声，"照这模样，我看是没猜错，你看那男的应该也不是什么好货，看起来就不好惹。大哥，要我说今天就先撤吧，到时候哪怕周铮算起账来，也不好对付……"

这话说得在理，黄毛咬了下唇，他和周铮有点矛盾，在一次争执中，黄毛落了下风，咽不下这口气，又不知从哪儿听说周铮有个从小一起长到大的小青梅，漂亮得跟天仙似的，歪主意就这么打到了陈星头上。

把人堵到小巷子里是想给人点颜色瞧瞧，但黄毛也是第一次找女生麻烦，一时间有点没摸上道，一直拖到现在。

黄毛想到小弟说的话，跟着点了点头。

也是，要让人知道他都沦落到找女生的麻烦了，这脸还往哪儿搁，黄毛想着拐了红毛小混混一胳膊，说："你上去跟他说。"

红毛小混混没忍住吞了下口水。

不说别的，沈诚现在的状态确实挺唬人。

但他想到刚才好歹也和沈诚搭过话，于是壮着胆子走了过去，脸上挂着笑说："实在对不住了，兄弟，我们这也是碰巧，没别的意思，你们要有什么想解决的，不用顾及我们。"

"嗯。"沈诚又扫了一眼，"谢了。"

红毛小混混被看得心底发毛，转身带着人退到一边。

沈诚在这时也终于松开了对陈星的"桎梏"，单手插进裤兜，往后退开一步，说："出去聊？"

陈星点下头，脚下步子有些发软，强撑着和沈诚一起往外走。

就在两人快要走到巷子口的时候，后面黄毛突然喊了一声："等会儿。"

两人步子微顿了下，黄毛继续说："好像不太对吧，你是利嘉的吗？"

"不是。"沈诚闻言极淡定地回头，语调仍旧平静，"我十三中的。"

说完不待黄毛反应过来，他就拉着陈星跑出了巷子。

他速度极快，陈星被他带着往前，到约定好的转角，李乐妍蹿出来把陈星拉进去，一同躲进了木板后的缝隙里，沈诚很快又转了方向跑入旁边的巷子。

身影在转角一晃而过，不知是不是故意，红毛小混混眼尖，往这边激动一指，喊道："在那边！"

黄毛带着人追过去。

木板外，一群人的脚步声跑远。

等彻底安静下来，两人才敢把呼吸放松一点，陈星紧绷的情绪终于放松，一向洒脱的大小姐抹了抹眼睛，说："都怪我，给你和班长添麻烦了。"

李乐妍说："你别这么说，星星……"

"我去找周铮。"陈星说着又吸了下鼻子，从木板后面钻出去，"你在这里等我。"

李乐妍摇头，她根本不可能任由朋友们陷入危险而无动于衷。

于是，两个女生都从木板后面钻了出来，又折返回了之前陈星被堵的那条巷子，这里靠近利嘉职高的后门，陈星本来是准备从这里翻进去找周铮的。有人给她发了一段周铮与人打架的视频，虽然视频里周铮不是落下风的那个，但据说被带去了办公室。

陈星这才着了急，满脑子想的都是周铮，视频里看着没受什么伤，谁知道实际上到底有没有事？

所以，她才急得立即去利嘉找周铮，直到被堵了路，她才知道自己遇上麻烦了。

她这会儿又气又恼，大小姐生平头一遭被人暗算，恨不得把那几个彩色头发拖出来挨个揍一顿。

但这会儿最重要的是赶紧去搬救兵，陈星两步助跑，轻松翻上围墙。

李乐妍腿短，一米六的个子在高大的围墙前显得有心无力，只能在旁边着急地看着。她说："星星，你小心点……"

"没事，这里我常翻，都有经验了。"

陈星掌下一个用力，刚要翻到围墙上头，猝不及防与里面翻出来的人撞了个正着。

陈星疼得眼前金星直冒，退回巷子里，李乐妍忙从旁边扶住她，陈星揉着脑袋准备骂人。

一张神情散漫的脸出现在墙头，周铮从围墙上跳下来，问："你怎么在这儿？"

陈星瞪了他一眼没说话，周铮的脸凑近过来，说："我看看，撞哪儿呢？"

"都怨你，狗铮！"陈星见到罪魁祸首，大小姐脾气没绷住一通骂。

周铮被说得一愣，反应过来后脸也沉了两分，问："谁欺负你了？"

"还能有谁，不就是你们学校的。"陈星说着渐渐回来两分理智，拽着周铮就站起来，"你跟我来。"

李乐妍也连忙跟上。

一同的还有从围墙上翻下来的周铮的朋友。

他们快步赶去沈诚之前为了引开人进的那条小巷，小巷尽头的情况太过混乱，沈诚寡不敌众，正以防御的姿态把之前的那个小混混按在身前，借助墙角的遮挡吃力地应付着。

他打架的姿势并不熟练，但胜在反应很快，看着好像没吃什么大亏，但擦破的嘴角渗出的那抹血色还是让李乐妍一下就失了控，她喊完一声"班长"就往里冲。

许是这一声的冲击太大，混乱的众人被叫得愣了下，沈诚顺着声源抬起头，一眼看见小姑娘义无反顾往这边冲。

那一瞬，实在说不上是什么感觉，心上好像漏了一拍。

她真的很冲动。

昏黄路灯底下，李乐妍拿着棉签给沈诚消毒，抬起来的眼眶有些红。

沈诚愣了下，掀起眼皮看她一眼，语气很轻地说："我没事，你别哭。"

李乐妍微低下去摇摇头，用棉签蘸了药水，去处理他擦破的嘴角，不料药水刚碰上去沈诚就"嘶"了一声。

李乐妍动作微滞，手往后移，问道："我力道是不是太重了？"

"没有。"沈诚敛着眉，"是我自己怕疼。"

头一次听男孩子把"怕疼"这种事说得如此坦诚，饶是李乐妍今天经历了这么多，也还是有点蒙。至少在她的认知里，很少听说有男孩子毫不避讳地承认自己怕疼的。

许是她的眼神太直白，沈诚的眼神向这边扫过来，问道："很丢脸？"

"没有。"李乐妍忙摇头，像是怕他误会，"不丢脸，我也怕疼，还怕打雷。"

"为什么？"

这话好像是在问她为什么怕打雷。

"因为小时候觉得，那种轰隆隆的雷声可能会把天砸下来扔我脑袋上。"李乐妍说着偏开头。沈诚的视线一动不动地凝在她脸上，李乐妍耳朵上的温度后知后觉地往上攀升。

李乐妍说得有些窘，但还是小声地补充道："所以……怕疼，不丢脸的。"

"那我克服一下。"沈诚说完，将脸凑了过来。

李乐妍呼吸一紧，盯着他近在咫尺的脸，黑睫毛密如鸦羽，桃花眼清隽有神。

李乐妍敛下心神，强迫自己把注意力放在他擦破的嘴角上。

棉签重新触碰到伤口，她动作放得很轻，沈诚却没忍住，喉结滚了下。

一切处理完，李乐妍找了块创可贴，快要贴上去时，手忽然停住，看了他一眼，问道："那个……你要自己贴吗？"

伤口已经处理完了，再贴这个未免……

青春期的女孩子心思总是太敏感，但沈诚没想那么多，见她停下动作，他只淡淡地扫上一眼，说："我看不见。"

李乐妍小心地帮他贴上了创可贴。

终于收拾完，陈星也走了过来，蹲下来坐在他们旁边，说："出去吃点东西吗？耽误这么久，晚饭还没吃呢。"

李乐妍闻言点点头，转身看沈诚，他也轻点下颌。

几人进了一家面馆。

一路上，两个女孩子并排，周铮和沈诚之间相隔半米，周铮举着手机不知在和谁讲电话，沈诚手插兜跟在她们身后。

陈星凑在李乐妍耳边问："小太阳，你一会儿想吃什么？"

李乐妍说："不知道，我都可以。"想了想，还是没忍住补充，"那些人怎么样了？"

"哦，这个啊，你不用担心。周铮给他哥打电话了，反正不会再去找你们麻烦的。"

李乐妍点了下头，没再多问。

这会儿时间不凑巧，已经过了饭点，几人辗转着进了一家面馆，沈诚点了一碗芹菜猪肉饺子，李乐妍爱吃炸酱面，陈星和周铮都点的牛肉面。

点的食物还没端上来，沈诚抽了张纸巾仔细擦拭桌面，两人坐在同一条板凳上，李乐妍有点紧张，放在桌子下的手不由得摩挲起了裤缝。

她抬头将视线放在对面，尽量降低旁边的人难以忽视的存在感。

尽管这样作用不大。

对面的周铮刚剥了根白桃味棒棒糖递给陈星，大小姐虽然生气但还是勉为其难接了过去。

李乐妍见状，忍不住偏过了头，视线不知道往哪儿放，干脆盯着眼前被擦得一尘不染的桌面，锃亮锃亮的，还反射着头顶的光。

她呼出一口气，变得自在不少。

服务员很快将他们点的东西送了过来。

李乐妍低下头去吃炸酱面，她吃得很专注，一碗堆成小山似的面转眼少了一半。她终于抽空抬起头，看了周围一眼，见周铮正把碗里的牛肉一块块往陈星碗里夹，李乐妍视线一转，又去看旁边。

沈诚吃饭的时候很安静，店里的饺子包得大，一口咬下去，他的腮帮鼓起了一点弧度，看着有点像河豚。

怎么有点可爱？

李乐妍一时看得有些怔，沈诚的视线向她扫了过来，她心下微惊，匆忙收回目光，囫囵又吸了一口面。

这一口吸得略仓促，一不小心脸颊都鼓了起来。

沈诚转过头，就见她略费力地咀嚼着，柔软的脸颊微鼓，像只土拨鼠。

他嘴角不由得向上勾了下。

从店里出来，几人分别，周铮和沈诚加了微信好友，那边陈星又和周铮说了两句，简单聊过一阵后，几人一起往十三中的方向走。

周铮把人送到校门转身往回走，三个人刚进校门，耳边就响起了第一节晚自习的上课铃。

李乐妍脚下步子一顿，十三中军训期间，高一新生倒没有强制留校自习，但因为军训前布置的作业太多，还是有不少同学都去了教室，因此这会儿，校园外游荡的人格外少。

陈星听见铃声也跟着愣了下，反应过来蹭了下她的胳膊，说："走吧，回去补检讨。"

李乐妍说："检讨已经补完了。"

"这么厉害啊！"陈星高兴得直接在她脸上吧唧一口。

沈诚提醒道："距离八点还有七分钟。"说完这句，他就径直往前走了。

听到这话的两个女生很快也跟了上来。

回到教室，大部分同学都在赶作业，但也有三五一群凑在一起聊天的，他们从后门回来倒是没引起太大的动静，陈星和李乐妍拿了检讨就往徐志的办公室走。

喊完"报告"进去，徐志正在写教案，见她们过来，撂下手里的笔，说："来交检讨了？"

"料事如神啊，徐老师。"陈星两步走进去，拉着李乐妍站在办公桌前，把两份检讨都放在办公桌上。

徐志的视线在两份整齐的字迹上扫过，也没有要翻开的意思，只问："都是自己写的？"

"当然啊。"陈星在这方面应对自如，"忏悔之心天地可鉴，哪还敢让人代劳啊。"

"陈星啊，口才好是好事，就是要用到正道上。"徐志说着又往后瞧了一眼，"下次可不要再让我抓住了啊，你这小同桌，也怪不容易的。"

陈星被说得脸皮一热，点了点头道："知道了，老……徐老师。"

从办公室出来，陈星终于拿回了被没收的手机，第一件事便是开机把相册里的照片备份到百度云。

因为是隐私，所以李乐妍看到后迅速偏过头，虽然只有短短几秒，但她还是看清了，上面都是陈星和周铮自拍的大头照。她忽然有点羡慕这两个人从小到大的友谊。此时她的视线刚好挪到后门边，沈诚清瘦的背影撞入眼帘。

李乐妍的睫毛很轻地眨了一下。

军训转瞬到了尾声。

这天，十三中举行结训仪式。

首先是军体拳，然后是方块数字板轮番拉练，李乐妍一套拳打完，手臂酸得不行，不免庆幸终于等到了最后一天。

所有汇报表演结束后，依照惯例是领导讲话点评，一篇篇厚厚的稿件念完后，轮到标兵代表发言。

沈诚接过话筒上台的时候，底下无一例外又是一阵喧闹。

新生代表和标兵总结是同一人，有点厉害了。

沈诚的发言风格依旧，遣词造句都很精简，篇幅不长不短，嗓音低沉。陈星为此还特意摘下了耳机，又凑到了李乐妍耳边感叹："哇！我的广播剧'音替'！"

李乐妍望向台上，沈诚的短发被风吹过，轻轻飘荡，明明相隔不远的距离，却差点划出两个世界。

他太优秀了……

李乐妍思绪飘忽着，突然被前排的议论声拉了回来。"你听沈诚这个声音是不是感冒了啊？感觉有点哑……"

"不是吧，听说好像是帮他们连队的教官喊口令弄成这样的。"女生讨论着，拐拐同伴的胳膊，"我们可以去药店买点润喉片，送去一班。"

"啊，我不敢。"

"试试嘛……"

哑吗？

随着男生最后一句总结落下，李乐妍的眼睫毛也颤了下，好像是感觉不太舒服……

之前听得太入神，都没太注意到。

要不要去买盒润喉糖？

李乐妍心里犹豫着，台上所有总结终于宣告结束，一声解散之后，十三中高一年级军训，圆满落下帷幕。

陈星一边拉着她往操场外面走，一边说："小太阳，出去吃？"

"嗯。"

两人去了家米线店，点完单后，李乐妍抿了下唇，开口道："那个，星星，我感觉有点不舒服，去隔壁拿点解暑药。"

"啊？不舒服啊？"陈星闻言凑过来摸摸她的额头，"是有点烫，我陪你过去吧，免得你又中暑了。"

"不用，很近，我很快回来。"

"那好吧，别在外面待太久，挺热的。"

"知道啦。"李乐妍拨开米线店的门帘，转身进了隔壁的南和平价药店。

第三章

藏青色雨伞

早上七点，李乐妍趴在桌子上补觉。

军训结束以后，正常上课的时间比军训提前了一个小时，李乐妍早上定三个闹钟都没用，最后还是曾书燕女士絮絮叨叨地把她从被窝里揪出来。

可还是好困。

李乐妍迷糊地吃完早饭，天不亮就去了公交车站，在车上闭着眼睛睡了一路。

进校门后，她直奔教室，趴在桌上争分夺秒地补觉。

直到耳边的窗户被人推开，有一盒金属盒制的东西擦着她的脑袋飞进来。

本来安稳的睡眠被打断，李乐妍茫然地抬头，见窗户外的走廊上站了两个女生，是军训时站她前排的那两个。与此同时，身后的课桌边响起一道很轻的落地声。

女生扎着高马尾，见她抬起头，拍拍她的肩膀说："同学，帮我捡一下。"

李乐妍问："什么？"

"那个小盒子。"

李乐妍顺着她指的方向看过去，一个扁平的长方形小盒子落在沈诚的课桌边。

李乐妍弯腰捡了起来，指腹触碰到盒面印制的三个凸起——"润喉糖"，她动作稍顿，捡起地上的东西递给对方。

不料，女生却摇摇头道："你帮我放在他桌上吧。"

"可是他人……"

"我知道，你帮我放他桌上就行，谢了啊。"女生留下这句话，头也不回地走了。

李乐妍皱了下眉，手里的金属小盒乍然间成了烫手的山芋，一时间进退两难。

要知道，在昨天，她拿起这个小盒时，心情都不是这样的。

李乐妍最后还是把那盒润喉糖放到了沈诚桌角，随即又转回来垂下了头，视线在自己课桌里那盒相似的包装上停留半秒，伸手将那盒子往里推了推，藏进去。

沈诚今天下楼的时候，遇见同楼的奶奶求助，她老伴突发脑梗，家里年轻人在外出差。沈诚帮忙打了120，陪护着一同送到医院。

等他忙完再回学校时，已经到了第二节大课间。

李乐妍刚跑完操回来，额上出了一层薄汗，一直有点心不在焉，直到回到教室，看见那抹熟悉的身影终于出现，心情才放松了点。

刚到位置上坐下，李乐妍抽了张湿巾擦汗，肩膀上就被人用笔尖点了点，那人说："李乐妍。"

"嗯？"

她转头，见沈诚拿着那盒润喉糖问："有看见是谁放的吗？"

"一个女生。"

"叫什么？"

"李琪。"

沈诚眉头稍稍皱了下，问："几班的？"

"三班。"

"她进来放我桌上的？"

"她开窗户扔的，掉地上了，我帮忙捡起来的。"

沈诚没再说什么，拿着那盒糖出了后门。再回来时，他手里已经没有东西了。

那一刻，李乐妍说不上来到底是什么情绪，既庆幸他对此刀枪不入，又害怕他为此一视同仁。

李乐妍继续埋头写题，肩膀又被他从后面点了点，只听沈诚说："下次再有这种情况，你就告诉她们，不收礼物。"

话音刚落，陈星偏头接话道："这么无情啊，班长大人，那以后我们给你送礼物，也不收？"

"看情况。"沈诚淡淡地说。他抽了张竞赛习题，拔开笔帽开始做题。

李乐妍也转了回去。

只是思绪再一次被打断，耳边的窗户又被推开，宣传委员在外面喊："李乐妍，徐老师叫你去趟办公室。"

"干什么？"

"好像是商量板报的事情。"

李乐妍检讨上的字迹让人看得赏心悦目，正逢开学也要筹备新的板报，宣传委员提了这件事后，徐志就把李乐妍叫到办公室去问了一下。

这种能为班级服务的事情李乐妍也挺愿意做的。

她从办公室出来后，就和宣传委员讨论起了板报的布局，然而这对话被教室里传来的一声巨响打断。

两人齐齐停下步子，接着跑回教室，刚迈进后门，李乐妍就见自己的课桌倒在地面上，上面还躺了一个徐浩。

事情要追溯到十分钟前，因为下节课是体育课，徐浩抱着篮球来找沈诚，坐在李乐妍的凳子上晃悠着聊天，不想一个不慎，连人带球往后一摔，还好前排的女生出去上厕所了，只误伤了李乐妍一张桌子。

但这声巨响还是让教室里的人都愣了一下，李乐妍的脚步也定在后门边，看着满地的狼藉呆了呆。直到看到沈诚把徐浩拉起来，蹲下身去帮她整理课桌，李乐妍的瞳孔才迅速缩了一下。

李乐妍用平生未有的速度跑过去，慌忙按住男生的掌心，说："那个……我……我自己来。"

沈诚的手下是一本语文练习册，边角的位置藏了一个硬邦邦的小盒。

李乐妍吓得头发都快竖起来了。

她手上用力，将练习册抽了出来，连带着润喉糖一起抱在怀里，说："我自己来吧，有些顺序被打乱了不好。"

见她坚持，沈诚也退出来站在一边，帮她把桌子扶起来。

李乐妍蹲下来慢吞吞地整理。

一旁龇牙咧嘴、刚摔了个四脚朝天的徐浩揉着腰过来道歉："对不起啊，李乐妍，我真不是故意的……"

刚才差点被发现，李乐妍窘迫到正愁没处发泄，见徐浩过来，抬头就凶巴巴瞪他一眼，说："你再厉害一点，我桌子都能被你压散架了。"

突然这么凶？

徐浩不敢开口，本来就把人家桌子弄得一片狼藉，愧疚心更重了。于是他说："那要不我请你吃饭吧？或者你喜欢喝什么？白桃乌龙？"

"没事，你下次注意就好了。"李乐妍说完见周围几道视线都看着这边，她不由得摆摆手，"快上课了，你们先去操场吧，都围在这里我不好收拾。"

徐浩还想再说点什么，就被沈诚拎着后衣领给拉走了。

等沈诚的背影完全消失后，李乐妍紧绷的肩膀也跟着往下塌陷了一点，松出一口长气。

还好她反应快。

沈诚领着人去了操场，体育老师让他们自由活动，女生三五成群拿着拍子去打羽毛球，男生则拍着篮球勾肩搭背。

李乐妍和陈星都没有什么运动细胞，班级解散后，两人直接躲在树荫底下乘凉去了。

陈星拿着手机在打游戏，李乐妍靠着栏杆睡觉，操场上的天空蓝得很温柔。

陈星一局游戏结束，捅李乐妍的胳膊，问："去不去超市？"

"走！"

这么热的天气，适合去买根冰棍吃，奈何陈星来了例假，打死不去冷藏区，李乐妍当着她的面大摇大摆地挑起了雪糕。李乐妍推开冰柜门，手刚要抓到绿豆沙冰，就被男生修长的手抢先拿走了。

李乐妍疑惑地抬起头，冰柜门被他关上。然后他问："不是感冒了？"

她什么时候感冒的？

茫然的思绪在脑子里转了两圈，见沈诚的表情不像在开玩笑，李乐妍倏地反应过来——完了！桌子里那盒润喉糖肯定被看见了！

想到这儿，李乐妍往后退开一点，磕巴道："啊……我忘了。谢谢班长提醒！"

李乐妍说完就头也不回地往零食区走了，跑得比兔子还快，活像后面有什么在追。

沈诚一头雾水，他有那么可怕吗？

李乐妍从冷藏区出来，拉着买好棉花糖的陈星回了操场，她们在最大的一棵老榕树下坐好，李乐妍抱着膝盖叹了口气。

陈星不明所以，往她嘴里塞了颗棉花糖，一丝淡淡的甜意在舌尖化开，却化不开她心底的那抹慌乱。

她还是没有勇气。

哪怕只是一盒小小的糖，都不敢像其他人那样，光明正大地送给他。

李乐妍的情绪好像有点怪，从体育课上回来，就有点闷闷不乐的。陈星问她怎么了，她也只说天太热了，感觉有些不舒服。

陈星将信将疑，但细想又没什么奇怪的地方，也就没再多想。

一直到下午放学，宣传委员过来，找李乐妍一起画板报。

李乐妍按照宣传册上的标记语录开始摘抄，直到教室里的彩色粉笔不够用了，才放下手册出来洗手。

她一转眼就看见徐浩在外面走廊拖地，方块地板被他拖得锃光瓦亮。见她看过来，徐浩推着拖把，邀功似的跑过来，问道："怎么样，李乐妍，我这地拖得够干净吧？"

"挺好的。"

"那你还生我气吗？"

李乐妍闻言有些莫名其妙。她问："我什么时候生气了？"

"那不生气最好，你现在还没吃饭吧，要不要一起去吃饭？学校外面新开了家烤鱼店，味道还挺不错的。"

"感冒了不适合吃太油腻的。"一道声音在两人的对话间横插进来，沈诚不知何时站在了水池边，左手上提了一份包装精致的海鲜粥，向李乐妍递过来，"吃这个吧，感冒会好得快一点。"

李乐妍鬼使神差地伸手去接，等她反应过来时，已经坐回了位置，桌上的海鲜粥只剩一小半，炖得软糯的米粥混合清淡的鲜虾，十分美味。

黑板报完工的那天，是一个平淡舒适的周五，学校即将放假。

因为想赶在放假前把板报画完，李乐妍和宣传委员放学后留了下来，认真仔细地把每一处细节都处理完，两人才关好教室的门窗下了楼梯。

门外有宣传委员的朋友在等她，和她告别以后，李乐妍背着书包走出教学楼。

十三中周五放学很早，六点左右的光景，校园里人影稀疏。

李乐妍穿着白色的帆布鞋，踩着地上掉落的秋叶。奉城九月的天气宜人舒爽，在香樟路熟悉的拐角，少年正蹲着喂猫。半截火腿肠被他撕成细小的碎丁，可爱的田园猫"咕噜噜"发出愉悦的声响，慵懒的母猫在旁边惬意地翻着肚皮晒太阳。

李乐妍脚下步子一停，盯着那人熟悉的背影，说："班长？"

沈诚转过头，看见她时，嘴角弯了下，问道："怎么还没走？"

"留下画板报。"李乐妍走过去蹲在他旁边，摸摸小猫脑袋，"它都长这么大了啊。"

"营养好，学校还挺多人喂它们的。"

李乐妍问："也包括你吗？"

沈诚笑笑没说话。

两人又安静地逗了会儿猫，李乐妍揉着猫耳朵，说："我家也有只类似的猫，只是经常神龙见首不见尾，喜欢出去玩。"

"是吗？那还挺好的。"

沈诚不知想到什么，后面的语气有些低。李乐妍没太听清他说的话，看了眼他的侧脸，鬼使神差地问了句："班长，你很喜欢猫吗？"

沈诚微点下颌，说："小时候喜欢。"

小时候喜欢？那现在呢？一系列的好奇升起，李乐妍转头，看着沈诚近在咫尺的侧脸，最终还是没有问出口。

又喂了些吃食，小猫崽子似乎终于吃饱了，舒服地眯起眼睛，和猫妈妈摇着尾巴走了。

两人把地面清理干净，分开后，李乐妍往公交车站的方向走。

十三中建校地址比较偏僻，来往路线只有固定的几路车，每一站之间相隔距离还不短。

李乐妍因为画板报错过了放学高峰，连公交车站都空荡荡的。

她揪着书包带，百无聊赖地等着，突然听见身后响起了一道喇叭声。

沈诚穿着夏季校服,露在外面的手臂干净清瘦,柔软的碎发压在头盔下面,只露出那双清澈的眼睛看着她。

"送你一程?"

话音落下半秒,李乐妍反应过来,忙摆手道:"不用了,我再等等,公交车很快会来的。"

"可是上一班刚走。"沈诚说着又把小电驴往前开了一段,正好停在她脚边,取下头盔递过来,"上来吧,正好顺路,我去奶奶家,南水公馆那边。"

南水公馆靠近果园示范区,是南水路那边的近郊富人区,清一色的欧式白漆别墅。

李乐妍没再推辞,戴上头盔上了车。

他好像用的是芦荟味的洗发水,头盔刚罩上脑袋,那股味道就萦绕过来。

李乐妍感觉脑子有点晕,被沈诚骑车送回家这种事,实在出乎她的意料。

她的脚下好像踩了两朵云,坐上电动车后座,轻飘飘地抓住沈诚两侧的校服衣角,说:"好了。"

脚下车辆发动。

耳边风声渐起,露在外面的头发被风吹得肆意舞动。

李乐妍的思绪变得很缓慢,透过反光镜看见沈诚认真开车的脸,他目光专注地看着前方,无暇顾及周围的视线。

李乐妍又偷偷往反光镜里看了一眼。

小电驴驶向沿岛环线,护栏边的公路外是一片蓝色的海,头顶白云不见,只有远处的夕阳映照着半边天空。

日落大道上,她悄悄弯了眼。

"我回来啦！"

李乐妍推开门回到家，在玄关处换上拖鞋，抱着书包就进了房间。

曾书燕女士系着围裙出来没见到人，又转身回厨房，冲丈夫嘀咕："你姑娘这是咋了，跟打了兴奋剂似的，回来吼这么大一嗓子，兴高采烈的。"

李坪不以为意地说："小孩子嘛，放假了能不开心吗？"

曾女士白他一眼，说："有你这么当老爸的吗？我看隔壁家，那在一中上学的小姑娘，哪次回来脸上表情兴高采烈的，不都时时刻刻绷着脸吗？"

"我就觉得咱姑娘现在这样挺好的，无忧无虑，你别老想着跟别人家孩子比，对她要求这么高……"

"我哪对她要求高了？我生的，有几斤几两比你清楚。"曾女士说着还嫌气不过，拧了一把男人的耳朵，"我那是怕她不把心放在学习上，小姑娘现在这个年纪心思最容易跑偏！"

"你想那么多干吗，我上周还看见妍妍回来看《甜心格格》呢，哪像你说的有那么多心思……"

曾书燕说："我懒得跟你说！老东西！"

……

厨房里父母的辩论赛李乐妍毫不知情，实际上这会儿，她本来是准备进来把书包放下写作业的，但刚掏出两本练习册，就被窗户外的猫叫声吸引住了。

是她养的那只闲云野鹤的冒险猫。

"你怎么回来了？"李乐妍声音里透着显而易见的惊喜，走过去两步把猫抱在怀里。

冒险猫是一只中华田园猫，因为花色复杂，不知它爹娘是什么品种，李乐妍干脆省事给它取名"小花"。

李乐妍抱着许久不归家的"小野猫"揉了揉，小花舒服得快要闭上眼睛，突然又被李乐妍举在半空观察起来。

那双湿漉漉的大眼睛盯着它，又耷拉下眼角，她叹气道："早知道不给你做绝育了。"

生只小猫也好呀。

李乐妍在心里嘀咕，小花不明所以。

房间外，曾女士的声音隔着门板传进来，她说："李乐妍，洗手吃饭了！"

"来啦！"李乐妍放下猫进了洗手间。

饭桌上，望着满桌可口的饭菜，李乐妍眼睛发光。她爸心领神会，给她盛了满满一大碗米饭。

曾书燕女士看了直皱眉，但也没阻拦，只是嘴上不饶人，她说："吃这么多也不怕长胖！"

"长胖了再减嘛……"李坪说着，又往女儿碗里添了一只鸡腿。

"说了不听，你们爷俩。"曾书燕女士很快抛开这茬儿，边给女儿盛了一碗鸡汤放在边上，边说，"现在这么高兴，我看等考完试，你还能不能再吃这么多。"

"什么时候……"

"你还不知道？"曾书燕女士把手机翻开，找到一班的家长群递给她，"自己看看吧，你们徐老师发的通知，说是国庆放假前要月考。"

李乐妍这顿饭吃得有点噎，一下午飘飘然的心情瞬间落地，洗完碗飞快溜回了房间，在网上戳陈星。

李乐妍：星星！要考试了，你知道吗！

陈星：什么？

李乐妍：国庆前月考，老徐在班群里说了。

没有什么比突然通知考试更悲伤的事了，李乐妍整个周末都过得有些"心梗"，星期一去学校的时候，还和陈星抱在一起号了一通，然后才被迫接受了这个现实，开始认命地复习。

不知是不是错觉，毕竟是开学后第一次考试，班里到底是什么水平都不太清楚，一个班的氛围都有些紧张。

这让李乐妍心里更打鼓了，毕竟虽然没有看过分班时的成绩单，但一班限制的分数线是明摆着的，而她是刚超一分吊车尾进来的。

都是同一个教室上的课，李乐妍虽然没什么大追求，但要是真考了垫底她也接受不了，所以最近这段时间学得格外认真，恨不得下课连上厕所的时间都节省了，就长在教室里。

好在她这魔怔的状态也没持续太久，月考的日子就到了。

考试的前一天晚上，徐志在教室里讲完注意事项，又让沈诚贴好考试分配表，然后开始让人布置考室。

一班有四十五人，秉承"从头开始向高考看齐"的原则，每间考室只有三十张桌椅，靠近走廊的三列课桌都要挪出去。

回到位置，沈诚收拾完课桌，见李乐妍还坐在座位上没动，点点她的肩膀问："干吗呢？"

"马上，再有两分钟就好了。"

沈诚站在她身后，看见她正往橡皮擦上画四叶草，留白的位置还写上了"lucky（好运）"。

"这是什么？"他问。

意识到他是在和自己说话，李乐妍愣愣地抬头，语气有些不好意思地说："就是迷信啦，我每次考试前就喜欢画这个。"

"有用吗？"

沈诚眼睛亮亮的，澄澈明亮的眸子里写满疑惑，很认真地在问她。

李乐妍回答得也很认真，她说："应该有吧，算是积极的心理暗示？"

"这样啊。"沈诚表情似有思索。李乐妍不知道他在想什么，刚准备转身收拾桌面的时候，沈诚却突然把手伸了过来。

"可以帮我也画一个吗？"

李乐妍直接呆住了，有些结结巴巴地说："啊……画手、手上吗？"

"可以吗？"

男生白皙而骨节分明的手递得更近了点。

李乐妍的心快跳到嗓子眼，从来没有哪一次觉得四叶草能这么难画，明明就是几片叶子而已，她的手却有一点发抖，好在最后出来的成品没画歪。

沈诚收回手的时候还笑了下。

风透过窗户缝隙，吹动柔软的浅蓝色纱帘，浅色系被窝里，女生呼吸轻软，齐肩的短发随意地披散在枕头上。

国庆长假第二天，李乐妍正闭着眼睛做梦。

"唰"的一声在耳边响起，昏暗的室内照进一缕浅金色阳光，曾书燕女士进来叫她起床。

"睡睡睡！都快十点了还不起床！你外婆都去镇上赶了趟集回来了！"

在曾女士连珠炮的一顿输出下，李乐妍被强行从被子里挖出来，睡眼蒙眬地洗漱好下楼，一眼见到院子外正在晨练的外公。

李乐妍步子稍顿，跑到堂厅去看上面的大挂钟。

明明才八点半！

"妈！"

"妈什么妈，八点半你以为很早吗？家里就你一个人没起了，收拾收拾去吃早饭，等会儿和你表哥一起去池塘挖藕。"

李乐妍说："我不去，我又不会挖。"

"挖的时候你不去，吃的时候你比谁都积极！"曾女士说着又叹了一口气，在她脑门上戳了戳，"谁让你哥走的时候，你瞒着不给我们报信，现在好了吧，往年都是你哥和表哥他们去挖，现在你哥不在，你就去把你哥那份挖了。"

李乐妍不服，但她反抗不了。

吃完饭，表哥牵着一只柴犬带李乐妍去挖藕。早晨的乡下温度凉爽，越走近，越能闻到泛在空气中的荷叶清香。

李乐妍穿着人字拖，牵着柴犬旺财，看见不远处的鱼塘边，她爸正守着鱼竿在和几个舅舅侃大山。

李乐妍有些惆怅，原本国庆提议去老君山旅游，被曾书燕女士一票否决，一车运回了乡下外婆家。倒也不是外婆家不好玩，只是中考毕业的那个暑假，她就陪外婆采了两个月的杨梅，蝉鸣声听在耳边当起床铃。

十五六岁的小孩，也不喜欢总闷在一个地方。

察觉到她情绪有些消沉，表哥揉揉她的头，以为她是不想下去挖藕，毕竟池塘底下的淤泥多，又是女孩子，便开口安慰道："妍妍，你一会儿就带着旺财在这边等我吧。"表哥随手指了一处田埂，"等弄完了我们一起回去。"

"好的。"李乐妍在心里给表哥竖个大拇指，牵着旺财去了一边，扔树枝给它玩。

本来逗傻狗一来一去好不自在，旺财也特别喜欢捡树枝，但在她又一次扔出去细枝的时候，旺财隔了好久都没回来。

李乐妍察觉不对，顺着扔树枝的方向跑过去，一眼看见山坡底下不知哪家喂的鸡群，旺财正摇着尾巴在里面叫得欢快。

半山坡的鸡被它吓得乱扑翅膀，李乐妍眉心一跳，喊了一声旺财，但没什么用。旺财像掉进了狗的天堂，每一只鸡都比树枝好玩。

李乐妍的太阳穴突突直跳，气得跑过去拉它，但旺财这会儿显然比较兴奋，反而还越跑越欢。

李乐妍八百米体测都没这么认真过，愣是追着一只狗跑了半个山头，最后以脚下湿滑、不幸摔进藕田滚了大半身泥告终。

李乐妍被表哥从藕田里扒拉出来，素白的小脸上歪七扭八地沾了一捧泥，头发虽然幸免于难，但也在追赶中散落下来。

一路闹出的动静不小，连在隔壁钓鱼的李坪都赶了过来。

见到李乐妍从藕田里灰头土脸地爬起来，李坪第一反应不是过来扶她，而是拍着她舅舅的胳膊，笑得眼睛弯成了一条缝，说："像不像个小乞丐？"

李乐妍气到失语，头也不回地跑回了家。

到家又被曾书燕女士抓着好一通絮叨，等到她洗完澡，曾书燕女士都还在念："藕没挖回来，自己倒成泥人了……"

李乐妍心里越想越气，十分想把旺财抓回来胖揍一顿，但现在狗子被表哥带去洗澡了，李乐妍只得深吸一口气，又喝了杯金银花茶，才抱着半个西瓜上楼了。

房间里窗户半开，李乐妍抱着西瓜坐在书桌前，支着平板正追剧，突然桌子上的手机振动两下，点开一看是陈星的消息。

陈星：小太阳，放假都在干吗呢？

气愤的情绪再度回笼，李乐妍打字诉说了一番自己的悲惨遭遇。

陈星发了两个摸摸头的表情过来安慰她。和好朋友倾诉过后，心情舒畅了很多，李乐妍也没再去想那点丢脸的事，反过来问候陈星。

李乐妍：星星你呢？上洲那边好玩吗？

陈星：挺好的，沿海和内陆区别还是蛮大的。

陈星：哦，对了，我昨天在朋友圈发的科技展你看了吗？钛合金神眼都给我闪瞎了，周铮这个不懂欣赏的，居然说自己看不懂……

李乐妍：还没来得及，现在就去看！

陈星：那我先退了，你慢慢欣赏。

退出和陈星的聊天框，李乐妍点开朋友圈刷新往下翻，找到陈星说的那几张照片看了一遍，又随意顺着往下翻了翻。

她的指尖漫不经心地划着，在某一张照片上意外地停下了，是沈诚发的动态。

李乐妍眼睛陡然睁大，第一反应是自己看错了，再仔细戳那个边角的头像，又发现，真的是他。

这有点颠覆她的认知，她本来以为沈诚是那种不怎么会发朋友圈的性格。

李乐妍其实很少刷朋友圈，空间动态都是什么时候想起来才去看一次，所以这会儿翻开沈诚的动态，才发现里面居然这么丰富。

他应该学过一点摄影方面的知识，发的照片虽然大多是一些简单的构图，但都拍得很有质感，有瓦巷墙头睡意慵懒的橘猫，消防栓边上沿墙缝生长的紫色牵牛花，一朵形状像苹果的云，一场灯光明亮的演唱会。或者是一些竞赛试卷上李乐妍根本看不懂的题，被他用水笔圈出了题号，留白的位置写上解法，过程简洁工整，最末尾的位置写了个"嗯"。

嗯？是觉得这题不错吗？

李乐妍继续往下翻，照片的色彩风格都是偏向明朗的，带着一点浪漫气息，直到眼前突然出现一片乌云，角度像是在阳台上随手拍的黑沉沉的天，配文也很简单：快下雨了。

时间是6月15日，中考结束的第二天。

是发生了什么吗？

李乐妍眉心微不可察地蹙了下，但再往前翻，又是一些零散的照片，风格依然明亮。

唯有那片漫天密布的乌云，十分反常。

李乐妍的思绪飘忽不定，抓不着头绪。

她下意识点开和沈诚的对话框，想了想还是什么也没问，正准备返回他的朋友圈，却不料在碰到他头像的那秒，对话框显示出一排字：我拍了拍沈诚说一起喂猫吗？

李乐妍眼皮一跳，紧跟着对面就弹出了一条消息。

沈诚：怎么了？

李乐妍生平第一次，想剁掉自己的双手。

这该怎么解释！

她看着屏幕咬了下手指，脑子里飞速运转着，又想到吸引她点进来的那张照片，看样子是在游乐园拍的，于是试探着发了一句话。

李乐妍：哈哈哈，班长你在线呀。那个，迪士尼乐园好玩吗？

沈诚：还可以，小孩子比较喜欢。国庆有出来旅游吗？

话题跳转得太快，李乐妍被他反客为主的问话弄得有些慌乱，反应过来忙打字回复。

李乐妍：没有，在外婆家挖藕。

沈诚：挖藕？

李乐妍：嗯，还摔了一跤。

屏幕那边的人指尖稍稍一顿，过了一会儿，又发了一句。

沈诚：有受伤吗？

李乐妍：没有。

虽然知道他多半是顺口的关心，但李乐妍心里还是很感激，正打算回复一句什么，楼下传来外婆喊她下去吃饭的声音。

"来啦！"李乐妍一边应着，一边在手机上飞快打字。

李乐妍：班长，我先去吃饭啦，国庆假期愉快！

沈诚：嗯。

像是觉得不够，他顿了会儿又补充一句。

沈诚：你也是。

今天的饭菜很丰盛，外婆煮了一锅甜酒汤圆，李乐妍很喜欢吃，没一会儿工夫便消灭一碗，她端着碗走过去盛第二碗，就看见坐在小锅旁边的李坪正用手写输入法打字，往对话框里回复了个"收到"。

李乐妍不免多看了两眼，支着脑袋凑过去问："干什么呢，爸？"

"这不你们徐老师发了假期防溺水通知，家长群里在回复收到嘛。"李坪说着还把手机递了过来，"你也好好看看这个通知，不要去危险的地方玩。"

"知道了，爸，我又不会游泳，肯定不会去水边的。"李乐妍往屏幕上看了一眼，倒是真没想到，就这一眼，也能让她愣住。

李乐妍的视线牢牢锁定在她爸的微信头像上，感觉呼吸有点紧。

不过是用她摔进藕田的照片换了个头像而已，也没什么。

冷静。

不！她冷静不了！

李乐妍把陶瓷碗放在桌面上，看着她坑娃的爹很是不平。她说："爸，你怎么能用这张照片当头像呢！"

"不可以吗？爸爸觉得挺好看的啊。"李坪说着还将头像点开，放大观赏，"说实话，爸爸看到你这个样子，就想起当年和你叔叔在工地搬砖那年头，当年……"

不想听她爸缅怀往事，李乐妍态度坚决，一定要李坪换回原来的花开富贵图。

李坪当然不干。

父女俩就这般僵持着，最后谁也不肯让步，但女儿老盯着自己玩手机也不是个办法，最后李坪想出了个折中的解决方案。他问道："我把照片发给你妈妈好吧？要是她觉得可以，我就不换。"

"不行！"

"那免谈！"

"爸！"到最后，李乐妍只能松了口，因为她想到当初的荷花图可是曾书燕女士最喜欢的，她被朋友圈里的人洗脑，爱莲之出淤泥而不染。

如果知道李坪背着她换了头像，怎么说都应该站在自己这边！这般想着，李乐妍也有了点底气，退到旁边看老父亲发照片。

李坪慢吞吞在相册里找到照片，然后在她的注视下，非常行云流水地把照片发到了班群。

是她眼睛花了？

老父亲也转过头来看她一眼。

"啊，发错了！"

李乐妍蒙在被子里，曾书燕女士的声音隔着棉被传来："我说过你爸了，照片也都撤回来了，两分钟内没多少人看见的，下去吃饭……"

小山丘一动不动，李乐妍想就这么厥过去算了，她已经不想待在这个星球了。

曾书燕耐心告罄，扒拉开被子把她揪出来，说："再有这事你就直接来找我，我帮你收拾他！看把我姑娘委屈得……老东西！"

关键时候还是妈妈好。

这场短暂的乌龙后，国庆假期也一晃到了尾声，收假那天去学校，李乐妍怀着忐忑的心情走进教室。

几个女生热情地和她打招呼，并没有什么异样的目光落在她身上，李乐妍笑着一一回应，卸下书包到位置上补作业。

数学卷子实在太难了，七天假期发了十五张卷子，她紧赶慢赶都还是差了一张。

刚落笔写下一个选项C，陈星就在她旁边坐下了，陈星扎着漂亮的马尾辫，脑袋凑过来戳她，问："补作业呢？"

李乐妍点点头。

"你这么认真啊，作业都是自己写的，我都是昨天熬夜赶的奇迹！"

"假期无聊就写了。"

陈星咂咂嘴，摸摸她的脑袋道："真是好孩子呢。"

说完，陈星又似想到些什么，说："不过作业可能不会检查得太较真，我听说十三中的老师放假都去旅游了，月考的卷子还是今天才上机阅的。"

李乐妍闻言表情微微一滞，假期太长，她都快忘了还有月考成绩这回事。

晚上，陈星的话语果然应验，徐志进来就把化学的选择题答案誊抄在了黑板上，然后让他们拿出试卷开始讲题。

许是因为成绩还没出来，全班都听得很认真。

两节自习课占完，最后一道化工流程题也推出答案，李乐妍用红笔改掉一个方程式，陈星凑过来感叹："天啊！你是什么神仙，一张卷子就只错了一道方程式？！"

"也没有，有些答案记不清了，就没改。"她挠挠头。

陈星看她的眼神喜滋滋，说："哎呀呀，那也很厉害了！以前怎么没发现你化学这么好！以后我做不出来的题你可得教我！"

李乐妍被夸得有些不好意思，脚踩着桌底横杆弯下唇，将卷面整理好夹进书页，继续低着头写那张没做完的数学试卷。

两人的对话飘进沈诚耳朵里，沈诚抬了下头，写字的笔尖不知不觉停下来。

这么厉害吗？

后面几天都是各科老师在评讲试卷，十三中出成绩的效率很慢，时间越往后推，教室里的氛围也越加躁动，毕竟是全年级最好的一个班，学生们都很好奇考试成绩，像李乐妍这样的乐天派都深深被班里的氛围给弄紧张了。

她的焦虑体现在她无措绞着衣摆的指尖，心思早就飞到了九霄云外，面前课桌上摆着已经批改过的数学试卷，满篇密密麻麻的红笔字迹几乎叫人瞪大眼睛。

李乐妍知道自己这段时间数学课听得云里雾里，连在考场的时候也很恍惚，但可能是其他几科考得还行，给了她太过良好的错觉，以至于在接受现实的击打时，心底会有一种很难接受的落差感。

脑子里不知道在想什么，耳边的窗户就被人推开了，门外的男生在说话："班长，徐老师让你去办公室拿成绩条。"

话音甫落，教室里瞬间就炸开了锅。

一道道视线整齐地往后看过来，李乐妍背脊微僵，一时间忘记动作。

她不敢转过去，只听见后面传来响动。

沈诚起身离开座位，走出后门。

他走后，李乐妍后背都没有放松下来。

沈诚去了很久，回来时带回了一沓成绩条，按座位依次发放，轮到她这里的时候，他的眼睫毛垂了下，将成绩条折好压在她桌角。

他似乎是想说什么，但还没来得及，后门又有人叫他："班长，徐老师说还有一本竞赛资料没给你，让你过去拿一下。"

"嗯。"

话题被迫截断，临走前，沈诚又往她的背影上投去一眼。

李乐妍没发现。

事实上，李乐妍此刻正紧握着拳心，头微垂着，让人看不清情绪。徐浩恰好路过后门看见，勾了个板凳在她课桌边坐下，脑袋凑过来问："李乐妍，你怎么了？"

李乐妍摇摇头，没说话。

徐浩凑得更近，余光瞥见桌面一角的试卷，摸了摸鼻子，说："多大点事啊，我数学才考48分，我都没伤心呢。"

可是她只考了37分……

说完见她还是没有反应，徐浩有些莫名其妙地问："这都安慰不到你啊？那行吧，我给你看个东西，保准看完就笑了。"

徐浩从兜里掏出手机，指尖在屏幕上戳戳点点。

李乐妍听见他这样说，终于抬起头来看他一眼，问道："什么？"

徐浩把手机递过去，是图库里的一张照片，接着说："我特意保存的，惊喜吧？"

照片是刚从藕田里被挖出来，出淤泥而全染的她。

见她没有反应，呆呆地盯着屏幕上的照片，徐浩还有些意外，说："这你都不笑——"

话还没说完，李乐妍眼泪就滚下来了。

让人气恼的照片和令人羞愧的成绩一股脑儿压下来，让李乐妍本就泛红的眼眶此刻突然变成泄了闸的水阀。眼泪一串串往下滚，李乐妍抬手抹了两把，匆匆跑出教室，与刚从对面办公室出来的沈诚撞了个正着。

李乐妍脚下步子失去平衡，被他扶着站好。

沈诚抬头，看见后面紧跟着从教室里跑出来的徐浩，眉心不由得一敛，他脸色冷下来，声音也透着寒意，问道："怎么回事？"

徐浩被问得脚步一顿，刚想开口，李乐妍已经自己站稳，头也没抬，一下跑进卫生间。

走廊寂静无比。

五分钟后，李乐妍才从卫生间里出来，脸上用水清洗过，表情平静，除了眼眶周围还残余着一点薄红，看不出来其他异样。

李乐妍安安静静地走回来，坐到位置上，把订正过的数学试卷收进桌洞，低头开始写上午预留的作业。

忽然，她的后背被人点了点。

沈诚递来一张折过的试卷，说："语文小测。"

他说完起身盖上水笔，离开了教室。

下节课是体育课，教室里的学生大多都去了操场。

李乐妍抬头看了眼黑板上方挂着的钟，见时间还早，准备留下来写完生物作业。她垂下眼，视线落在桌面上的语文小测上。想了想，她最后还是拿了过来。

她打开试卷，放上垫板，水笔的芯又重新换了一根，目光却忽然定住。

两片四叶草贴纸夹在折起来的试卷里，留白的位置写了两个字——

别哭。

李乐妍的指尖蜷起。

简短的一声口哨过后，是体育课的自由活动时间。

陈星搂着李乐妍的胳膊，替她愤愤不平，说道："都怪老徐让我去办公室数卷子，耽误到现在，我才知道徐浩干的好事！"

"你怎么知道的？"李乐妍抬眸看她。

"他自己跟我说的，让我来哄哄你。这还用他说？不过你放心，"陈星捏捏她的脸，"徐浩现在估计都不敢在你面前晃悠了，你说他这什么'直男'，拿女孩子照片——"

陈星及时截住话头，又说："哎呀，反正你别太往心里去，徐浩已经跟我说了，他想来给你道歉，但怕你现在看见他心情不好，没敢凑上来……"

"知道啦，我现在已经没事啦。"

"哎，我们可怜的小妍妍，来，姐姐抱抱。"

"抱抱。"

最后一节课是英语晚自习，多媒体上放映着英语老师整理的月考优秀范文。

第一篇就是李乐妍工整的衡水体，行文流畅，卷面整洁，三段式首尾呼应，应用了许多高级的句型，句子表述完整。

英语老师对此给出了很高的评价，从头到尾做了分析，还让全班同学用笔记本抄下来作为借鉴，对李乐妍微笑的次数比这一个月上课的总和都多，据陈星总结说。

李乐妍笑笑，周围的同学都在感叹她好厉害，只有她自己知道，她的英语成绩也不过尔尔，只是相比起其他科目来说，显得更加突出而已，她并不是那种成绩名列前茅的学生。听着讲台上老师的夸奖，她十分不好意思，试卷被手足无措的她折出一个角。

月考的光荣大榜还没贴出来，大家都只知道自己的成绩，关系好的同学可能会彼此透露一点，但总体的水平都不得而知。所以这会儿，当全班同学投来或羡艳或崇拜的目光时，李乐妍心虚地低下了头。

她知道，等年级大榜出来的那天，这些目光就不会再有了。

许是察觉到她目光的躲闪，周围的同学都讪讪转了回去，只有沈诚，在一切都平息下来的时候，在后面叫了她名字。

"李乐妍。"

"嗯？"

"周末有时间吗？"

沈诚约她一起补习。

晚上，卧室的灯光昏黄。

李乐妍处理完今天的作业，想了想，又将压在扉页里的语文小测翻出来，视线停留在那两片四叶草贴纸上，看了许久。

最后，她撕开贴纸，认认真真地贴在了卧室书桌上。

今天要早点睡，明天要去晴天书店和沈诚补习。

第二天上午，李乐妍吃过早饭就坐公交车到了晴天书店。她本来以为自己来得应该算早，但进去以后发现，沈诚已经坐在窗边埋头学习了。

李乐妍捏了下帆布书包，她今天没穿校服，一件米白色针织毛衣配藏青色背带裤，半长的短发扎成了可爱的丸子头，站在桌前，和沈诚打招呼："班长，你来得好早。"

沈诚抬起头，视线在她的丸子头上一扫而过，接着问道："吃早饭了吗？"

李乐妍点点头。"在家吃过了。"说完又想到什么，"班长你呢？"

沈诚也点点头道："吃过了，那现在开始吧。"

两人坐在外面的遮阳伞下，这里不像书店里面要求安静，可以大声交流。

在补课开始前，沈诚坦然承认自己的英语作文写得一般，李乐妍知道他不是在谦虚，她之前看过他的答题卡，确实扣了五分。她对此没有多想，认认真真地给沈诚讲自己平时积累词句的方法。

沈诚听得很认真，这让李乐妍心里稍稍放松了一点，自己讲得应该没有太差。

作为交换，沈诚在她的讲解结束后，也给她讲了数学，但显然没有她给他讲英语时那般轻松。在李乐妍第三次表达出自己的困惑时，沈诚终于放下笔问她："带教材了吗？"

李乐妍点点头，从书包里拿出数学必修一递给他。

沈诚接过，翻开书本，修长的指节握着笔，在上面认真地做起标记，不一会儿，把书递还给她。

"一些重要的知识点我给你画出来了，你先仔细看一遍定义定理，有什么不懂的地方就问我。"

"好。"李乐妍乖乖点头，翻开书认真看。

出乎她的意料，沈诚标的重点并没有她想象的那般晦涩深奥，都是一些很基础的概念定理，连她这种对数学超级不敏感的人，竟然也能看得下去，而且越看越觉得眼熟。

这不是她月考写错的题吗？

她难以置信，目光落在沈诚的身上。

他刚才好像只是粗略扫了一遍她的试卷吧？是怎么做到一道不漏地把所有的错题知识点找出来的？他是机器人吗？

她写了这么大一篇笔记，红笔芯用掉半管都没搞清楚的地方，他只用扫一遍就知道了……

这就是"学渣"与学霸的区别吗？

李乐妍被震撼到了，崇拜的眼神一直停留在男生的侧脸上。

许是她的视线太过炙热，沈诚终于没忍住，偏了下头问："我脸上有东西？"

李乐妍拨浪鼓般摇头。

"没！我一时半会儿看不懂，再等一会儿……"

"不急，你慢慢看，认真理解。"沈诚说完，利落地转了下笔，在正在做的习题上填下答案。

李乐妍决定不再去看，免得再被降维打击。

一上午的时间过得很快，可能是基础知识又被重新梳理了一遍，等沈诚给她讲完做错的例题，李乐妍再回头重新去做月考的试卷，解题思路顺畅得不止一星半点，有些地方连她自己都感觉错得离谱。

虽然最后总分下来还是只有 74 分，但李乐妍已经很满足了。

要知道她第一次才考 37 分。

这是多么跨越性的进步！奖励她晚上加个鸡腿！

沈诚察觉到她由内而外散发的愉悦，也跟着弯了下唇，问道："去吃饭吗？你饿不饿？"

李乐妍赶紧讨好道："班长你想吃什么？我请你，就当是谢谢你帮我补课。"

沈诚闻言停下脚步，认真地回应道："不用，你也教了我怎么写作文。"

李乐妍脸上表情羞赧，相比起沈诚一遍又一遍地帮她讲解数学错题，她教沈诚写作文根本没用到太多时间。沈诚很聪明，把她平时积累的高分词段过目以后，很快就灵活运用，写出了一篇作文，她挑不出什么毛病。

眼下李乐妍也不好再辩驳，厚着脸皮没否认。

两人去前台结完账后，一起走出晴天书店，意外的是，这时外面下起了雨。

李乐妍表情呆滞，沈诚见状也皱了下眉，问道："你有带伞吗？"

她摇摇头。

沈诚在自己包里摸了摸，掏出一把黑伞，说："应该是我姑姑放进去的。"

他说完，将伞柄撑开，刚要罩在两人头顶，余光却瞥见李乐妍下意识往后退了一步。

沈诚略怔，眉心不自觉敛起，心头浮起一点异样。

他想了想，转头留下一句："在这里等我一下。"

李乐妍只来得及看他撑伞走进雨幕里的背影。

三分钟后，沈诚折返，手里多了一把藏青色的雨伞，递给她。

李乐妍接过，说了声"谢谢"，然后说："班长，我明天把伞还给你。"

两人并肩走进雨幕里，沈诚腿长，步子配合着李乐妍的速度放慢，视线在触及比自己略低一头的雨伞时，会有片刻的怔忪。

他好像是此时此刻才突然清晰地认识到——

李乐妍是女生，是不方便和他一起撑伞的异性。

而这一点，不知道从什么时候开始，就被他下意识地忽略掉了。

第二天，李乐妍特意提前了半个小时，背着书包往晴天书店走。

沈诚透过落地窗看见了她，直到她拐进门口看不见人，才缓缓收回视线。他状似无意地扒了扒额前垂下的碎发，目光有意无意地往入口的方向扫。

不想等了五分钟，也没见人上来。

从书店门口到二楼就两段楼梯，怎么这么久？

沈诚放下笔起身离开位置，穿过一排排书架往入口的方向走，目光在触及到那个意料之外的人时，脚步忽然滞住。

徐浩不知从哪儿知道了李乐妍和沈诚在晴天书店补习的消息，一大早就来了晴天书店等她，手里还抱着一个看不出来是什么的东西。

李乐妍上楼，徐浩专门守在入口处叫住她，吞吞吐吐地说："李乐妍，上次的事情对不起，之前一直没找到机会给你道歉，听陈星说，你喜欢哆啦A梦……"

他把抱着的那件东西往前推，蓝乎乎的一团，如果不是亲耳听见他说哆啦A梦，李乐妍绝对猜不到这是一只机器猫。

这造型，真有点说不出来的……

"是有点丑。"徐浩把她的心里话说出来了，他讪讪地挠下头，语气有些无措，"这是我做得最好的一个了，你别嫌弃……"

"知道了，我现在不生气了。"李乐妍的视线在徐浩脸上停顿半秒，"礼物就不用了，这只机器猫你自己拿回去吧。"

"你是不是嫌它丑……"

徐浩耷拉着嘴角，神情难掩失落。

李乐妍赶紧摇头否认道："没有。"

"那你收下它，这是你们女孩子喜欢的东西，给我带回去也不合适。"

"好吧。"话说到这里，李乐妍也不好推辞，伸手把机器猫抱进怀里，"谢谢你啊，徐浩。"

"没事，你喜欢就好。"徐浩笑得露出一口白牙。

二人的氛围正融洽，背后突然响起一道男声——

"李乐妍。"

沈诚清冷的声线突兀地响在空气里，李乐妍回头，见他站在书架旁边，不知道来了多久，有点怔。

"班长，你来了啊……"

他怎么每次都到这么早？明明她已经提前半个小时了……

李乐妍内心腹诽着，抱着机器猫跟徐浩告别："你先回去吧，我去找班长写作业了。"

她说完就转身走向书架。

徐浩看着她略显匆忙的步伐，急忙在后边喊道："小太阳，班长，我就先回去了，明天见啊。"

"明天见。"

沈诚点下头以作回应，随即转身回了位置。

李乐妍背着书包走过来，见他坐在书桌边看书，表情专注，轻轻拉开一边的凳子坐下，说："班长，不好意思啊，耽误了一点时间……"

"没事，我也刚到。"沈诚说完，手下的书又翻了一页。

李乐妍好奇，忍不住凑过去看了看，问道："这是什么书啊？"

"你要看吗？"沈诚将书推过来，"在书架上随便拿的，还挺有意思。"

听他这样说，李乐妍内心好奇的火苗更加旺盛。书是背面朝上倒扣在桌面，李乐妍伸手拿过来一看，封面上赫然的五个大字映入她眼帘——

《善变的女人》。

什么意思？

李乐妍满脸问号，只觉得沈诚今天有点奇怪。

她盯着沈诚近在咫尺的侧脸，思绪神游天外，下一秒，脑袋上就被人用笔轻轻敲了一下。

李乐妍吃痛，迅速捂住头。

沈诚看着她，面色微冷，问道："我刚才讲到哪里了？"

"我……没太注意听。"

"自己再看一遍题。"沈诚把她的作业推了回来。

李乐妍擦掉上面被他圈出来的错题，悄悄用余光扫他一眼。

沈诚表情冷淡平静，虽然他平时就是这么一副神情，但李乐妍就是觉得，周围有些冷。

她无心看题，不知从哪儿来的勇气，大着胆子问："班长，你是不是心情不好？"

沈诚没有立刻回应，而是缓慢地将视线从竞赛习题转移到她身上。

四目相对，李乐妍有些绷不住地想偏过头，却突然听见他开口道："为什么觉得我心情不好？"

"就是感觉……"

"没有。"

沈诚光速否认，李乐妍也没有再开口追问他，只得低下头去重新看错题。

好在后面沈诚那点怪异的气场终于消散，如常地教她写了一天的题。

为表感谢，两人一从书店出来，李乐妍就去超市买了两瓶饮料，递给他一瓶蜂蜜柚子茶，杏眼微微弯起，说："班长，喝点水。"

沈诚没应，半晌，却突然笑了一声。微微荡开的嘴角，让那张素来冷淡的面容瞬间生动，李乐妍离得太近，一时没反应过来。

沈诚晃晃手里的蜂蜜柚子茶，心情似乎很好，伸手在她头顶上摸了一下，说："之前下手太重了。"

李乐妍呼吸微滞。

二人一起走到公交车站，沈诚自己骑了车来，不用搭车，只是走路送她一程。

李乐妍走向回家的公交车，回身冲他挥手道："班长，我先回去了。"

"再见。"沈诚懒懒地挥了下手回应。

李乐妍投币，在公交车最后一排落座，等车辆启动，与他距离越来越远的时候，她才突然扒着座椅转过身，贪婪地看着沈诚的身影。

他还在原地，夕阳落满肩头，仿佛为他镀了一层金边。

第四章

海盐味外套

周一，十三中惯例的升旗仪式。

一班的教室在教学楼顶层，学生们三五成群地下楼梯，校园里广播声回荡。

陈星挽着李乐妍的胳膊，同她咬耳朵："学校不知道又要搞什么活动，今天早上，我在校门口看见领导的车开进来了，问我爸是怎么回事，他还不告诉我。"

陈星的父亲在政府任职，小道消息总是灵通一点，但也只知道个大概，所以这会儿不免好奇。

学校里已经有各种各样的猜测，有人说是十三中的新校区批了块地皮，李乐妍对这些事情不太感兴趣，也没太在意，和陈星聊着天就到了操场，在高一（1）班的位置站好。

升国旗结束以后，是惯例的学生代表讲话，今天做演讲的是高三一名学姐，主题是珍惜时间。

这与现阶段念高一的他们暂且关系不大，陈星没什么兴趣听，见老徐不在，又在李乐妍耳边播报小道消息："听说本来这次讲话，学生会定的人是班长的，但他说这两天嗓子不舒服，学生会就把次序调后了……"

陈星说完没忍住，往后扫了一眼，又迅速转回来，说："我看班长也不像感冒的样子啊，怎么会嗓子不舒服？"

作为"被补课对象"，李乐妍再清楚不过，不免有些心虚，说："可能是话说太多了吧。"

"他的话还多？"

陈星咋舌，她宁愿相信沈诚是感冒了，也不相信他是话说得太多，把嗓子说哑了，但好在她对这个问题没太深究下去，好奇了一下，很快注意力又被演讲台上正和校长寒暄的人吸引过去。

陈星眼睛倏地亮了下，拍了拍李乐妍的胳膊说："记者！还是奉城电视台的！这是要拍什么啊？"

此话一出，周围听到动静的学生都往那边看了过去，只不过还没发出议论，就被朝这边走过来的徐志吓得咽回了肚子里。

李乐妍也好奇，这么大的阵仗，是要干吗呢？

随着时间的推移，疑问慢慢有了答案。在学生代表下台以后，话筒交由年级主任做了上周学生情况总结，再然后，并没有像往常一样，直接宣布解散，而是由年级主任将话筒递给了守在一旁的工作人员。

主席台上，中年男人接过话筒，在一片好奇的目光中站上演讲台，温和沉稳的嗓音从话筒里传出来。

男人脸上表情和煦，眉梢眼尾带了点笑，他说："同学们，在这里耽误大家一点时间，说一件事情。"他说到这里，又清了清嗓，"6月11日这天，想必在座的各位同学都不陌生，这是奉城每年中考的第一天。

"而就在这一天，你们十三中高一年级的沈诚同学，作为准考生，在去往考场的路上，骑车经过栾冰河分级水库，遇见两名落水儿童。他挺身而出，用自己的实际行动，诠释了见义勇为、不怕牺牲的高尚品质，并因此挽救了两个家庭。"

男人话到这里，又停顿片刻，视线在台下一众人身上扫过，最后定格在身形挺拔的男生身上，脸上笑意更深。

"沈诚同学，我想请你上来一下。"

徐志走过来，拍拍沈诚的肩，面上表情和煦，双眸中却不掩骄傲，说："去吧。"

沈诚的校服擦着她的衣角一晃而过，海盐的香气清淡冷沉。

周围早已爆发出源源不断的讨论声。

陈星也凑在李乐妍耳边，难掩震惊地说："我的天！这是什么神仙！学校贴吧又该爆了吧，那可是栾冰河！那里七月份的水都凉得能冰镇西瓜，沈诚还能下去救人！我收回以前觉得班长'高岭之花'的言论，这哪是'高岭之花'，这简直能在人心上炸烟花了……"

"我看论坛里那些说他坏话的垃圾评论还怎么立足！"陈星说完还觉得不平，掏出手机进贴吧发评论，俨然已经成了沈诚的头号迷妹。

李乐妍就这么静静地听她在旁边喋喋不休，视线追随着男生的身影。

沈诚手里拿着红色的荣誉证书，正对着台下奉城电视台的摄像镜头。他并没有笑，脸上表情只是一如既往的温和。

站在台下的李乐妍第一个鼓了掌，带起台下的一片学生后知后觉地鼓掌。

她手掌拍得发红，掌声淹没在这片喧嚣里，思绪也跟着放空。

她的视线隔着人群，落在他的脸上。

明明就在眼前，明明也不是那么远，但他们之间的距离，却是那么遥远。

课间解散以后，学校里的议论声久久没有散去。

陈星和李乐妍走上教学楼，周围的女生三五成群，谈话间不时蹦出那个熟悉的名字。

李乐妍混在人群中，脚步慢慢地向前走。在拐角的地方上楼时，陈星因为没看路，脚下跟跄了一下，好在李乐妍抓着她才没摔。

"小心看路。"李乐妍提醒她。

陈星的目光却紧盯着前面的公告栏，说："年级大榜出来了，走，看看去。"

李乐妍被陈星拉着往前。

公告栏前已经站了不少人，氛围谈不上安静，惊叹声此起彼伏。李乐妍顺着人声望过去，视线在年级第一的位置定住了。

高一（1）班 沈诚

语文 131 分 数学 150 分 英语 143 分 物理 102 分 化学 96 分 生物 94 分 历史 87 分 地理 98 分 政治 90 分

总分 991

级排：1 班排：1

他英语 143 分，根本不是写不好作文。

意识到这点，李乐妍又在年级大榜里找到自己的成绩。

高一（1）班 李乐妍

语文 123 分 数学 37 分 英语 146 分 物理 52 分 化学 98 分 生物 87 分 历史 64 分 地理 67 分 政治 81 分

总分 755

级排：60 班排：27

两人的名字刚好处在一条对角线。

十三中这次月考难度不低，和一、三、八中四校联名考试。高一科目繁多，总分 1050 分，整个奉城重点高中里，分数能过 900 分的，也就一中的学生多一点。

沈诚直接甩了第二名 103 分。

陈星看得目瞪口呆，当即拿出手机拍了两张照片，和李乐妍回教室的时候，都还在念叨："以前那个帖子，总是说他缺考一门也考进了重点班什么的，一直没个实感，今天算是给我开眼了。991 分！这哥们在一中也是火箭班的吧？"

陈星感叹着"啧啧"摇头，接着说："十三中是建在什么风水宝地上吗？怎么隔几年就能有这种天降奇兵来给它保重点……"

"这你就不知道了吧。"刚巧路过的男生接过话头，"学校食堂污化池那块，后面靠着好大一片墓地呢。"

"真的假的？"

"真的，骗你们干吗。那儿听说风水可好了，一块地值这个数。"男生说着比了个数，继续嘟囔，"好多人想买！"

风水的问题暂且揭过，几人进教室的时候，发现徐志已经在了，正和他们的数学老师站在一起讨论什么。

两位中年男老师脸上都如沐春风，徐志要更夸张一点。

陈星形容他像朵正在晒阳光的向日葵。

两名老师你一言我一语地说了很久，快到上课的时候，数学老师才走进来告诉他们原因。

原来沈诚国庆去上洲参加全国统一命题的奥数比赛，因成绩优异入选进省队，于 12 月底参加冬令营。

鉴于十三中历来没有竞赛培训资源，所以沈诚这两个月会和省队的其他队员在奉城特训中心进行培训。

此话一出，全班的视线齐刷刷看向后排，却并没有在那里看见沈诚的身影。

位置上没有人。

数学老师笑着抿了口茶，又敲敲黑板说："别看了，人去教务处交资料了。你们啊，也都好好和沈诚同学学习一下。不管是道德人品还是成绩，沈诚同学都是很优秀的，大家要向他看齐，知道了吗？"

底下整齐的一阵回答过后，数学老师翻开了教材，然后说："把书翻到 71 页，我们接着讲……"

书页翻动的声音萦绕在耳边，李乐妍垂眼握紧水笔。

沈诚是在上午最后一节课前回来的，他刚一坐下，陈星立马就转了过去，问道："班长，班长，听说你要去特训中心了？"

"嗯。"沈诚闻言点了下头，"听谁说的？"

"刘老师啊，不过班长你也太低调了，进省队这种事，要是换我，上学第一天就恨不得去昭告天下，你居然还能瞒到现在，佩服！"

陈星冲他拱了下拳。

见他专注地收拾着自己课桌里的东西，陈星问："班长，你是要走了吗？"

"不是，学校还有一些流程没走完，还有两天。"

"这样啊，那你在特训中心好好加油哦，争取拿个大奖回来！"

"我尽力。"

沈诚将桌洞里的书本装进收纳箱，指尖却摸到一片文身贴纸，他下意识地看向前桌的人。

李乐妍坐在位置上，正认真地写着题，没有要转过来的意思。

沈诚叫了她名字："李乐妍。"

"嗯？"

"我要去特训中心了。"

"我知道。"

"好好听课，有什么不懂的可以问我。"

李乐妍终于转过身说："你也……考试加油。"

"嗯。"

李乐妍清晰地听到了他滑开凳子的声音,但始终没敢再抬起头。

沈诚背着书包起身，李乐妍余光瞥见那双白色的球鞋动了下，她悄悄地往后看了一眼，看见沈诚走到后门边，身影消失了。

沈诚两天没来学校了，在省队忙着熟悉特训中心，一中贴吧发了他坐大巴离开的照片。

李乐妍安静地听陈星念叨着，听完又去做题。

陈星察觉到她最近勤奋了许多，李乐妍只说数学太差了，在补基础。

年级大榜排完以后，刘立和物理老师都找过她。李乐妍的成绩其实有点棘手，数学和物理严重偏科，但又有几门特别拔尖的科目，选理的话有些风险，选文又太过平平无奇。

最后，徐志给出的建议是，让她好好把弱势的科目补齐，又给她讲木桶效应，话里话外都是只要拉分科目上去了，成绩提升根本不是问题。

这些道理李乐妍都懂，可还是会在深夜做不出题时急红眼眶。

想到沈诚的成绩，她内心又涌上深深的挫败感。

真的好难。

连续熬了两个大夜后，李乐妍终于撑不住了，在放学前的最后一个晚自习多眯了一会儿。

就这么一会儿，她竟然做了个梦。

她梦见后方的凳子被人拉开，沈诚回到座位，整理剩下的书籍，临走前，很安静地在她桌前站了一会儿。

梦境太真实，以至于她闻到了空气里飘散的海盐味。

李乐妍倏地惊醒。

可睁开眼睛时，周围根本没有那道身影。

李乐妍拍了拍脸，保持清醒，教室里的人走了大半，她把桌面整理干净，刚准备把书包从桌洞里拉出来装作业，一个手办就顺势滚了出来。

李乐妍动作一滞，弯腰把手办捡起来。

罗小黑大大的眼睛与她对视。

李乐妍一怔。

这只黑猫她以前见过，沈诚有一支黑色的猫猫笔。

日子转眼就过去了，很快元旦就要来了。

李乐妍正在教室埋头做着题，陈星突然的出声打断了她的思路。

"小太阳，元旦有什么安排没？"

李乐妍摇摇头道："还没想好。"

她重新低下头去写数学周测。

陈星见状都愣住了，摇了摇头，过来拽她的胳膊，说："别写了，你都快学魔怔了，我好好奇老徐那次找你都说什么了，回来就变成这个样子。"

要知道李乐妍自从那次办公室谈话回来后，已经刻苦学习好久了。

陈星一开始以为就是普通的"打鸡血"，没想到李乐妍彻底化身学习机器，除了吃饭上厕所，恨不得屁股都黏在座位上，活像一头扎进题海的高三生，连体育课自由活动的时间都在写物理卷子。

陈星这段时间都被她感染得背起了单词。

好在她还尚存几分理智，元旦法定的三天假期一棒子敲醒了她。

还有什么是比放假更重要的？

这珍贵的三天，当然是要好好出去放松一下啦！

陈星死皮赖脸地扒拉着李乐妍的胳膊，嘴里念念有词："再这么下去，你会学成书呆子的，元旦和我一起出去玩吧，去长江大桥看烟花？"

"可是我作业还没写完。"

"作业找时间再写嘛，你就陪我出去玩一下，我们都好久没出去玩过了……"

"可是……"

"没有可是！说，你是不是在外面有别的朋友了……难怪你不跟我出去玩。"

陈星捏着李乐妍的袖子撒泼打滚，见对方表情似有松动，正准备进一步发力的时候，手机群里接二连三地冒出消息：惊！奉城数竞复赛成绩喜人，点击查看详情……

群里有人分享了一条链接，很快就炸开了锅。

底下清一色的庆祝恭喜，比过年还热闹，一群学生在下面刷屏。

同学1：恭喜班长拿下数竞一等奖！

同学2：不愧是学霸！榜样啊！

同学 3：蹭蹭学霸的智慧！

议论声连续刷屏，陈星点开看了眼，滑到链接底部，下面附有数竞复赛的获奖名单，沈诚的名字在一等奖那栏。

陈星看完，激动地加入了"恭贺"队伍。

生活委员发了一句：正好班长是 31 日的生日，放假前一天，我们要不要给班长过个生日？

这个提议得到了全班同学的拥护。

同学 1：好！

同学 2：举双手赞成！

同学 3：臣附议！

同学 4：可是在哪儿过呢？教室总不行吧，到时候保安上来赶人怎么办？

陈星：没事，我去订个包厢，想来的同学在群里戳我。

陈星发完这条，后面立马跟了一串回复。

陈星没再回复，压着李乐妍的胳膊给她看手机屏幕，问道："是给班长过生日好呢？还是写枯燥无聊的试卷呢？"

李乐妍咬着下唇，非常轻地点了下头。

陈星假装看不见，故意逗她道："去不去啊，不说话就当你回家写作业了？"

"我去。"

"这才对嘛。"陈星得到想要的答案，满意地伸手捏捏她的脸，"记得来啊，要是敢忘就找人揍你！"

李乐妍被陈星的恐吓弄得哭笑不得，点点头道："我会去的。"

陈星说："这还差不多。"

时间转瞬来到 31 日晚上。

李乐妍打车来到聚会地点，坐电梯上楼，找到陈星发过来的包间号。她推门进去，昏暗的光线一时让她在门口顿住了脚步。

等视线好不容易适应了昏暗，李乐妍刚想迈开步子往里走，一声礼花乍然在耳边响起，漫天的彩带从天而降，星星点点地飘在她的头顶、肩上。

李乐妍愣了下，包厢里也安静半秒，不知谁先开了口："怎么搞错人了……"

"没弄错，谢谢大家。"

一道清冽的男声在背后响起，李乐妍转身，看见许久不见的沈诚就在她身后站着，距离靠得极近，昏暗的包厢内只有一盏小小的镭射灯，她闻见了他身上惯有的海盐味。

陈星凑过来解围道："没搞错，没搞错，这不是班长也来了吗？都围在门口还玩不玩了，快点进来唱歌！"

气氛又重新热闹起来，围在门口的人陆续往里走。

李乐妍往旁边让了让，也准备进去，却没注意到脚下散落的气球。

羽绒服帽子被人很轻地拉了下，李乐妍脚步一顿，看见徐浩迎面向这边走过来，和沈诚打招呼。

李乐妍和沈诚一起站在光线昏暗的门口，头发上的碎屑被他轻轻拨掉。

似乎只是很短暂的一瞬，沈诚继续往前走。

等人离开后，李乐妍才重新提了步子往里走。

她坐到皮质沙发的角落里，包厢里有人在唱歌，小吃零食摆满一桌。陈星手机铃响，出去接了个电话，再回来时，和一个男生带着定制的奶油生日蛋糕走进来。每人手里分到一根小蜡烛，点燃后插在蛋糕上。

灯光昏暗的包厢内，有人切了《生日歌》。

沈诚俯身吹灭蜡烛，很认真地道谢。

李乐妍隔着长桌，看见徐浩把奶油抹在他脸上，他没有在意，嘴角轻轻向上勾了一下。

包厢里氛围和睦，学委带着几个女生来问沈诚竞赛的事情。

李乐妍隔得远，安安静静地吃着眼前的樱桃。

旁边的女生为了和人换麦克风，裙摆不慎扫到了蛋糕，有一点沾在李乐妍的衣摆上。李乐妍去包厢自带的卫生间清洗，隐约听见门外响起的敲门声。

她再出来时，没见到沈诚的人影。

陈星坐在旁边和她咬耳朵，说刚才有几个高二的学姐在外面敲门，说是知道沈诚在这里过生日，过来送礼物。

他已经出去好一会儿了。

李乐妍闻言眨了下眼睛，刚刚清洗过的外套下摆湿哒哒地黏在腿上，有点不太好受。

沈诚去了十五分钟才折返回来，包厢里沉寂的氛围瞬间又变得热闹，后来顺其自然地进行到尾声。

不知是不是因为礼物已经送到，反正包厢的门没有再被人敲响过。

李乐妍的蛋糕碟已经扔进了垃圾桶，陈星说再给她切一份，她摇头说已经吃饱了，蛋糕上的奶油太腻。

后半场，李乐妍没吃太多东西，只动了一点面前的樱桃味汽水，等结束的时候，已经快晚上九点。

散场后大家各自回家，陈星家里的司机来接，本来想送李乐妍一程，李乐妍却笑着摇头，说不顺路。

陈星无奈，摆摆手关上车窗，渐渐消失在夜色里。

这边与果园示范区隔得不远，晚上打车不安全，李乐妍在公交车站等公交车。

这座城市的夜景灯火璀璨，对面写字楼的显示屏上挂着几个变幻的文字——新年快乐。

再过一会儿，就是新年了。

夜里的冷风从脸颊刮过，李乐妍的眼睛被风吹得有些红，她低下头，巴掌大的小脸被高领毛衣遮了大半，余光瞥见有一道身影向这边走了过来。

李乐妍眨眨眼，以为自己眼花了。

但沈诚确实停在她面前，他手里拿着一块巧克力蛋糕，红色的樱桃点缀在上面，被透明盒子包装得很漂亮。

她抬头，迟疑地喊道："班长……"

"生日蛋糕。"沈诚将蛋糕放在她的掌心。

冬日的早晨，天边刚泛起鱼肚白。

李乐妍坐在桌前，用小夹子整理期末考完的试题，等着开学第一天评讲。

时间一晃又是新的学期，开学这天，教学楼里闹哄哄的，拖拽桌椅、聊天八卦的声音混在一起，空旷了一个寒假的教室此刻满是生机，前桌女生带来的卤味香味传遍了整个教室。

李乐妍的桌上放了一小盒鸡翅，可惜手臂被陈星压着，动作不由得放慢。

她刚拿起一个鸡翅，就被门外传来的声响惊得掉了回去。

不知是谁开口吼了一嗓子："有转学生进了老徐办公室！"

消息不胫而走。

班里同学的情绪不由得兴奋起来，甚至有几个男生结伴，打着和人说笑的幌子在办公室外面来回晃悠，最后被徐志嫌烦，一把关上门轰了回来。

男生们什么也没看见，悻悻地回了教室坐好。

小插曲一晃而过，教室里又重新热闹起来，动静打扰了陈星的美梦。她睁开眼，蹭蹭旁边李乐妍的胳膊，目光有些无神地问："出什么事了？怎么突然这么吵？"

"听说来了个转学生。"

"转学生？"陈星的眼睛一下睁得溜圆，"在哪儿呢？男的女的，转来我们班吗？"

"应该是吧，听他们说，已经去徐老师办公室了。"

话音刚落，后方的位置就坐下个人。

李乐妍顺势往后看了眼，沈诚戴着蓝色的针织帽，搭配一身深蓝色羽绒服，黑色的运动裤，脚踝被一双白色袜子包住，浑身上下包裹得严严实实。

陈星愣了下，下意识地问："班长，你感冒了？"

"嗯。"

沈诚轻点下头，感冒后的嗓音比之前更显低沉。

李乐妍将一杯红糖姜茶放在沈诚桌子上。

"味道可能有点苦，但对感冒挺有用的。"

"谢谢。"

沈诚道了谢，接过姜茶，温度还是滚烫的。他扬唇冲李乐妍笑了下，皮肤本来就白，一身蓝色衬着，气质更显清冷。

旁边的陈星跟见了鬼一样，沈诚向来一副冰块脸，居然也会笑？

是感冒让人变得亲和了吗？

陈星正惊疑不定，思绪就被门口的声音打断。

"来了！来了！"

"什么来了？"

"转学生啊！"

"还是个美女，漂亮得跟明星似的！"

"哪儿呢？让我看看……"

"就跟在老徐后头呢，往教室这边过来了。"

讨论的声音此起彼伏，一瞬间将大部分人的注意力吸引到门外。

不多时，徐志进了教室。

李乐妍和陈星一同转回位置。

教室里瞬间安静下来，徐志厚重镜片后的目光一寸寸从教室里扫过，最后开口道："都安静下，说点事情。这学期，我们班新转来一位同学，我让她做个自我介绍，大家欢迎一下，尽早让新同学融入班级。"

徐志说完就冲教室门外挥了挥手，空气寂静两秒，一个女生迈着长腿走了进来。

早春三月的天气，奉城的温度其实还很低，但女生只穿了一条及膝的黑色丝绒裙，上面套着一件白色卫衣，脚踝以上的位置包裹着一双中筒袜，踩着黑色的小皮鞋。

李乐妍愣了下。

陈星倒抽一口冷气，说："她不冷吗？就这天气，我妈说不穿秋裤都不让我出门！"

李乐妍点头附和，全世界的妈妈都一个样子。

女生在一众打量的目光中并不怯场，双手揣在卫衣兜里，语气闲散，声调也懒懒地道："双人徐，诺言的诺。"

说完这句，她没再开口。

陈星眯起眼睛，表情有些讳莫如深，说："这位新同学不会是老徐的亲戚吧。"

李乐妍一脸不解地看向她。

"你没见她态度都这样了，老徐也没说什么吗？两人都姓徐，说不定真的沾亲带故。"

李乐妍的视线往讲台上移去两秒，见女生仍旧淡定地站在讲台上，教室里依稀可闻窃窃私语的声音。

徐志背着手走上讲台，抬手往后门的方向一指，说："徐诺，你先坐那里，后面月考会换位置。"

徐诺点了下头，拎着书包走了下来。

一时间，陈星和李乐妍都下意识坐直了一点。

徐志指的位置，在沈诚旁边，那是教室里唯一的空位。

徐诺落座以后，教室里的氛围一时安静，大家又往这边打量过来。

徐志拍了拍讲台说："别看了，你们一个个都还挺闲？上次期末联考自己什么成绩心里没数？马上就要文理分科了，要是还这么吊儿郎当，到时候掉出一班了，丢的可不是我的脸。"

此话一出，如一盆冷水兜头泼下，登时熄灭了不少将欲燃烧的八卦之魂。

同学们一个个都灰头土脸地安分下来，教室里总算清静了，但并不包括陈星。

陈星眼尖地发现李乐妍桌上摆着的卤鸡翅，夹了一个，又压低声凑过来问："要不要分她一点？"

"谁？"

李乐妍有些没反应过来，见陈星往后努了努嘴，这才明白过来她的意思。

"试试？"

陈星点点头，满眼的跃跃欲试。

李乐妍拿着那盒卤味鸡翅转了过去，看着徐诺问："同学，你要吃吗？"

徐诺扫来一眼，看清透明盒子里颜色略深的鸡翅后，摇了摇头道："我不吃，谢谢。"

她的嗓音清冷，连拒绝人都这么好听。

李乐妍弯唇冲对方笑了下，又转了回去。

陈星立马凑过来说："还挺挑啊。"

陈星又伸手去夹了个鸡翅，余光却始终关注着对方。见徐诺用了快半包湿巾纸擦桌子，陈星眉心突突跳了两下，道："这么讲究？"

徐诺的纸巾用完了，在随身带的小包里翻找了一阵，还是没找到，终于向旁边的人开了口："同学，有纸巾吗？"

沈诚从桌洞里拿出一包抽纸递过去。

前排的两只耳朵竖得老高，听见徐诺似是停顿了下，沉默后又问："你也是学表演的吗？"

话音一落，陈星立马转过身说："不是，这是我们班长，年级第一的学霸。"

"哦。"徐诺脸上没什么表情，轻飘飘点评道，"长得挺好看的。"

她见陈星趴在了自己桌子上，忍不住提醒道："你碰的那里有水，我还没有擦。"

陈星气呼呼地转了回去。

下课后，陈星和李乐妍从南和街回来，还在愤愤不平，陈星说："徐诺是什么'直女'啊！桌子上有水我能不知道吗？还非要说出来，本小姐的脸都丢光了！看我等会儿见到她不……"

话没说完，教室里突然蹿出的人影吓得陈星直接闭嘴，和李乐妍一起在原地呆住。

过了半晌，陈星才回过神，问："刚才从教室后门跑出来的，是徐诺吗？"

"嗯。"李乐妍点点头。

不光是徐诺，还是穿着沈诚校服的徐诺。

"发生什么事了？"陈星进教室后拦住一个路过的女生问。

对方解释说，今天的值日生打扫桌子时没注意，不小心把新同桌课桌上的果茶碰倒了，洒出来的水淋到了新同学的卫衣上，班长把校服借给她了。

陈星听完点点头问："那她没事吧？"

"应该没事吧。"女生也不是很清楚，"果茶里的水不烫，应该就是衣服被泼湿了。"

几人正说着，徐诺已经从卫生间清理完出来了，李乐妍见状给她递了包纸巾。

徐诺摇摇头没接，眼神掠过李乐妍，落在旁边的男生身上，说："校服我干洗完还你。"

沈诚点点头，继续低下头去看书。

李乐妍捏着纸巾的那只手在半空中停顿许久，才收回来。

第二天一早，李乐妍卸下书包，看见沈诚桌上已经放了一只干洗店的专用袋，除此，还摆了一盒海鲜粥和玻璃蒸饺，打包盒上印着"宴食记"的字样，空气中飘着淡淡的甜香。

后排的两个位置都是空着的，但昨天徐诺随身带的手包已经放在了桌子上，沈诚的练习册右下角也折了一道痕。

很明显，这两个都没待在位置上的人，一起出去了。

徐诺和沈诚是在预备铃响的时候回来的，今天早上要听写单词，陈星忙着抱佛脚，没空注意后面。

英语老师踩着小高跟进来，陈星头皮一麻，嘴里念叨着："完蛋！唐女王今天怎么来这么快……"

"开始默写。"

教室里的同学随着这一声令下都陆陆续续拿出单词本，陈星拐了拐李乐妍的胳膊，说："靠你了啊！"

李乐妍点了下头，眼神却有些放空。

听写在十分钟后结束，各排的听写册依次往前传，沈诚的指尖轻点下她的肩膀。

李乐妍微侧过身，只伸了只手出去。

沈诚盯着她悬在半空的指尖，不解地皱了下眉，片刻后，将自己的手放了上去。

指尖上陌生的触感传来，如过电流一般，李乐妍"噌"地转过头。

沈诚问："怎么了？"

李乐妍还没想好该怎么说，讲台上的英语老师开始催促道："磨磨蹭蹭干什么呢？再抄多少有什么用，真以为我不清楚你们有几斤几两？小组长呢？都往后催一催，看还有谁没往上传的……"

话音落地，李乐妍匆忙抽回手，说："听写本。"

沈诚把听写本递给她，她接过后就转了回去，一直到下课都没再转过来。

沈诚望着前面的背影发了会儿呆，旁边有人推开玻璃窗喊："李乐妍，唐老师让你去趟办公室。"

李乐妍走进办公室，英语老师唐玲微笑着看她，问道："知道我为什么叫你来吗？"

李乐妍点点头道："知道。"

唐玲见她态度还算端正，火气压下一点，但开口仍不减锋锐，说："李乐妍，老师知道你英语基础很好，可以说你现在的成绩，英语这门的优势不可忽视。老师也知道，你最近在补其他短板学科，但这里有一点建议我不得不说，不要一味追求短板而忽略优势学科。像今天这样，听写 80 分的情况，我不希望再出现。"

"知道了，谢谢唐老师。"

"去吧。"唐玲继续批改着刚才的听写，"多放点心思在学习上面。"

听到这句话，李乐妍心头难以抑制地涌出一分心虚。

李乐妍心不在焉地回到教室，没注意座位前站了个人，徐浩一米八的大高个在过道里晃悠着，嘴里叼着早上摆在沈诚桌上的宴食记蒸饺。

见她回来，徐浩的眼睛亮起星星，两步跨过来坐到她桌子前，说："李乐妍，你可回来了！"

李乐妍不解地抬头，问："有什么事吗？"

"校园广播之声，这期要筹备诗文朗诵，轮到高一年级了，就从咱们班开始。"

徐浩是校园广播站的,学校鼓励学生自由发展兴趣爱好,除了广播站,还有十三中校刊等不同社团。

每一期的校园之声,除开毕业年级,都是轮流安排的,这次轮到他们班,这件事情自然交到了徐浩手上。

李乐妍隐约猜到他的用意,正想找个什么借口拒绝。

陈星听到谈话,赶在她开口前凑了过来,问:"妍妍,你以前是广播站的吗?"

徐浩说:"对!李乐妍以前在初中还是校园之声的主持人!好多人喜欢听她广播呢!"

以前的旧事被提起,李乐妍羞红了脸,忙开口解释道:"没有那么夸张,就是照着念稿子……"

"那也很厉害了,我就觉得妍妍你声音好听。去嘛,我还没听过你念广播呢!"

"那都是初中的时候,我好久没再念过稿子了。"

"趁这次机会再试试,而且校委马上就要来拿名单了,你就当帮我个忙。"徐浩冲她作了个揖。

李乐妍没办法,勉强点头答应了。

徐浩开开心心填完报名表,交到校委去了。

心里的石头总算落地,徐浩又叼了只蒸饺,在沈诚的桌子前晃悠,说:"走啊,打球去。"

沈诚明显有些心不在焉,点了下头,跟徐浩一起走了下去。

到球场的时候,沈诚拍拍手里的篮球,状似不经意地问:"校园之声的那个朗诵,人选定好了吗?用不用再帮你找几个人?"

"不用了,班长大人。"徐浩扬起嘴角,"都搞定了,小太阳已经答应我了。"

"不是要两个人？"

"是啊。"徐浩从他手里接过球，跑到篮圈下投篮，"还有一个就是我啊。"

话音一落，沈诚却突然转了身。

徐浩有些莫名，看着往外走的沈诚，愣了一下，喊道："你干吗去，不打球了啊？"

"去洗个手。"

沈诚说完，大步迈向出口。

徐浩挠了挠头，有些不明所以地问："打球之前还要洗手的吗？"

水流漫过指尖，浅浅洇湿护腕，沈诚捧了把水冲脸，水滴从额前的碎发下滑落，眼眶被水刺激得微微发红，镜子里映出穿着校服的他，眸中闪过一丝微不可察的疑惑。

他心里有轻微的烦躁，却又不知这股烦躁从哪儿来。

回球场的时候，队伍刚好集合，沈诚一站到后排，徐浩就凑过来说："诚哥，你刚干吗去了？等你这么久都不见人。"

"洗手时间有点久，不好意思。"

"没事，你一会儿多让我两个球就行了。"

"嗯。"

最后，徐浩还是没实现被沈诚让球的美梦，因为这次体育老师吹哨后，并没有宣布自由活动，而是带来了一个让学生们哀鸿遍野的消息——开学体测。

李乐妍皱着一张小脸，听老师安排完顺序。女生的 800 米分为两组，她难改体测前就紧张的毛病，两腿都有些打哆嗦。

好在自己是第二组，把水杯递给陈星后，她去了趟厕所。

再回来时，她看见树荫底下眉心紧皱的徐诺。徐诺顶着一张漂亮的脸，表情怎么也算不上开心。

徐诺刚想问"你来干什么"，才说了两个字，便见李乐妍抱着不知何时放在她旁边的杯子，仰头灌下一大口水。

"你刚才说什么？"李乐妍喝完问她。

"没有。"徐诺摇头。

见她没有再开口的意思，李乐妍也没再多问。

这会儿第一组的女生还在跑圈，李乐妍一眼就捕捉到操场上健步如飞的陈星。她又看看坐在地上的徐诺，后知后觉地冒出一点疑惑。

"你不去体测吗？"

徐诺怪别扭地挪了下自己的腿，说："跑不动。"

李乐妍顺着她的动作看过去，只见她白皙的小腿上擦出了一条红痕，白色的袜子被勾破了线头，看样子可能是摔了。

李乐妍摸摸校服口袋，从里面掏出一张云南白药创可贴，说："给你。"

徐诺抬眸在李乐妍脸上扫视一眼，伸手接了，说："谢谢。"

李乐妍点点头，在她旁边坐下。

操场上阳光太刺眼，反正一组还没跑完，李乐妍本来是为了遮阳才在这里坐下，倒是没想过徐诺会突然和自己搭话。

徐诺身上有一股淡淡的栀子花香，靠过来的时候最为明显，她先是盯着李乐妍看了两眼，然后蹦出一句李乐妍始料未及的话："你和沈诚的关系很好吗？"

"还……还行吧。"李乐妍险些被水呛到，"就是普通同学的关系。"

徐诺眼神狐疑地问："真的假的？"

李乐妍说："真的。"

徐诺抿了下唇，问道："我想和他做朋友，你能牵一下线吗？"

"什么？"李乐妍感觉自己的频道有点跟不上她，"你为什么不自己……"

只是做朋友而已，为什么不自己去说，反而要她帮忙？

李乐妍十分不解。

徐诺苦恼地皱了下眉，说："他太高冷了，不怎么理人。"

李乐妍听到这里释然地笑了，确实是这样，但凡是第一次见到沈诚的人，都会觉得他这人冷淡疏离，不太好接近，但只要相处久了，就会发现沈诚这人热心助人，又不端架子，实在是很好的人。

她对徐诺说："没关系的，你不要怕他。班长人可好了，一点也不凶，你要是上课有什么不懂的，都可以问他……"

她一说起沈诚的优点来，便滔滔不绝，徐诺都找不到插话的时机，突然看见不远处走来的人，目光一闪，正打算出声提醒，沈诚就笑着开口了。

"真的吗？我在你眼里有这么好？"

李乐妍卡了下壳，扭头看见忍俊不禁的沈诚，顿时愣住了。

还有什么比拍马屁时被正主抓到更让人丢脸的事吗？

李乐妍脸上一红，捂着脸慌不择路地跑了，连自己的水杯都忘了拿。

沈诚看着她落荒而逃的身影，抑制不住地想笑，俯身拿起她的粉红水杯，打算等下课了，帮她带回教室。

徐诺还站在原地，多少也有些尴尬，毕竟是她先跟李乐妍打听的沈诚。

她伸出手说："杯子给我吧，我拿给她。"

沈诚说："不用。"

随后，他拎着水杯若无其事地走了。

李乐妍跑回起点，还在平复丢人后的情绪，抬眼又看见沈诚迈着长腿慢悠悠地走来，他小指上还挂着她的水杯，她的脑子直接空白。

"预备——跑！"体育委员下令。

李乐妍的心跳提到嗓子眼，还来不及反应，人已经跑出去很远。

兴许是今天把一年的脸都丢尽了，她这次跑得倒是十分快，进了小组前十名。

也算是因祸得福了吧。

她欲哭无泪地想。

校园之声的广播在周三下午。

周三下午的最后一节课，李乐妍提前和徐浩一起去了广播站，对好要念的稿子后，电台里放出了一首铺垫的音乐。舒缓的调子打在人的心上，时长三分钟的舒缓纯音乐结束，两人开始广播。

"亲爱的同学们、老师们，大家下午好。"

"伴随着悠扬的开场曲，本期校园之声又和大家见面了，我是今天的广播员，来自高一（1）班的徐浩。"

"我是高一（1）班的李乐妍。"

"新学期伊始，学校为了改善我们的学习环境，校园之声第一期诗词朗诵广播正式上线，今天分享的第一首诗，是唐代诗人杜牧的《题乌江亭》……"

···········

一首首演播诗目结束，广播逐渐走到尾声。

李乐妍再次捏着声麦开口道："不知不觉，本期校园之声即将迎来尾声，在结束之前，广播站整理了不同投稿，向大家推荐本期书目一——《杀死一只知更鸟》，以下为节选片段……

"勇敢是当你还未开始就已知道自己会输，可你依然要去做，而且无论如何都要把它坚持到底，你很少能赢，但偶尔也会。

"即便知道好结局不会每每降临在自己身上，但也仍然选择热爱和坚持，也会被沿途的迷茫打压到抬不起头，但总会有一刻，光亮是属于自己的。

"推荐人，徐志。

"本期推荐书目二——《你当像鸟飞往你的山》，以下为片段节选……"

···········

广播里的声音已经停下很久，沈诚顺手将这个书名写在书角，反应过来后垂下了眸子，又将竞赛习题随意合上。

徐诺因为小腿擦伤的原因，晚休时间并没有选择去挤食堂。

虽然这点小伤在陈星看来实在聊胜于无，但想到徐大小姐一贯的作风，她也没有多说什么，临走前还难得良心发现，关心了一下病号，点点徐诺的桌子。

"要不要一起去吃饭？"

她本来也只是随口一问，没想到徐诺还真的答应了，站起来说："走吧。"

就这样，陈星和李乐妍的饭搭子又多了个人。

想起转学第一天，徐诺擦桌子用掉半包纸巾的事，陈星估计她吃饭也挺讲究，便带了新同学去校外一家寿司店。

三人同桌吃饭的氛围说不上多好，倒也没想象中那么怪异，加之三人都是同龄女生，很快就找到了话题。

几天下来，陈星觉得徐诺这人虽然有点公主病，但整体来说人还不错，三个人迅速熟稔起来。

时光飞逝，一转眼就到了文理分科的日子。

夜里，桌边台灯还亮着。

曾书燕女士悄悄隔着门缝，往里观望一眼，心中有些懊悔。

早在吃晚饭时，她就看见了班群里通知分科意向单尽早交回执的事情，可她的脑子对这事没有印象。

李乐妍分科这事没跟家里商量，自己就决定好了要选理科。这让曾书燕有些气结，一是这么重要的事情瞒着没和他们说，二是李乐妍的成绩确实不太好选科。

她一生气，话就忍不住说重了些。

曾书燕其实更偏向选文，毕竟李乐妍文科每一门都不偏不倚，成绩再稳妥一点，也能上个一本，再选个好一点的专业，日子安安稳稳。

父女俩的想法明显跟她不一样，李坪坚持认为，理科只要把弱势科目补齐，指不定还能冲个名校。

这事要是换在十年前，曾书燕二话不说让李乐妍选理。

没有哪个家长不希望自己的孩子成龙化凤的，可真等到大儿子从警校毕业以后，曾书燕就没再这么想过了。

儿子李长宴毕业第三年，被调至云城工作，回来第一面却是在医院见的。

虽然如今回想起来，也过了这么多年，但曾书燕至今都存着几分后怕，当初她也在家里吵过闹过，但抵不过李长宴一门心思扎在人民警察的队伍里出不来，伤一好，又跟着他师父走了。

曾书燕为这事还生过一场大病，病好后，对一切都看淡了许多，也一改之前的严厉压迫，对小女儿睁一只眼闭一只眼。

她不求李乐妍以后有多大的出息，也不想女儿去出人头地，一辈子安安稳稳能养活自己，比什么都强。

她早就当自己只有这一个女儿的。

这些话曾书燕从来没对李乐妍说过，一是当年出事的时候李乐妍还小，加上小孩子性子活泼散漫。这么多年，李长宴到底是还没出什么大事，那些陈年往事也就不想再提了。

可看着一向懒散的女儿，为了分科的事天天熬夜刷题，曾书燕心里就隐隐地担忧起来。

兄妹俩毕竟都是她生的，虽说小时候性格天差地别，但也真说不准会不会走同一条路。

李乐妍拿着笔坐在书桌边，背对着卧室房门，早在曾书燕过来推开房门的那一刻，她就注意到了。

但她不明白的是，明明只是一张意向表的事情，曾女士的反应怎么会这么大。

早在家长会的时候，她就说过一次比较喜欢理科了，可大人的记忆有时候就像鱼一样，她当初说的时候，也没见她妈有什么意见，怎么等真要分科的时候，反而过来骂她，说她脑子本来就算不上灵光，现在还异想天开，本来就是运气好才留在重点班，留在重点班也是跟不上……

这些不好听的话仿佛一把把利刃，尽数往她心窝子戳。

一丝丝委屈从胸腔蔓延开，李乐妍的肩膀轻轻抖着。

眼眶早已红得不像话，泪水却始终克制着没往下落。

十六岁的李乐妍还不明白，为什么妈妈要这么说自己，明明……明明她每一次考试都有进步的。

李乐妍想到这里，心脏又是一痛。

她烦躁地拉开抽屉，把耳机戴上听歌。

门外的曾书燕动作稍滞，顿了顿，她还是关上门离开了。

听到房门落锁时很轻的一声响，李乐妍抬手暂停了音乐。

繁忙的课表终于熬到最后一节，徐志夹着卷子进来交代了注意事项，然后将李乐妍叫了出去。

徐志找她是因为她下午化学课打瞌睡的事，和她谈了快有半个小时的心，话里话外虽然没多责怪，但声调里的语重心长，李乐妍还是听出来了。

徐志还告诉了她另一个消息。

分科后的一班可能会实行小班制，人数还不确定，但肯定没有现在这么多。

李乐妍本来还怀着几分侥幸的心又狠狠往下沉了沉。

从办公室出来的时候，教室里的人已经走光了，空旷明亮的教室里只吊着几盏荧白的灯。

已经下课很久了。

意识到这点，李乐妍又在教室门外徘徊了会儿，这才进去收拾了自己的书包，关好门窗下楼。

校园里寂静一片，路灯昏暗，将她的影子拖得斜长，李乐妍刷卡走出校门，微抿着唇。

公交车站也没什么人。

一切都空落落的。

那些刻意压抑着的情绪被打开了闸门，如山洪暴发一般倾泻出来，李乐妍背着沉重的书包，双肩往下垮，突然觉得有些无力，好像有些事情无论她付出多少努力，都不可能实现。

因为重度缺少睡眠，她的眼底挂着两团青黑，脑子也越来越迟钝，总是丢三落四，今天出门连手表都忘了带。

奉城现在虽然已经立夏了，晚上却还是有些冷。

李乐妍忍不住蹲下，抱着双膝取暖，心中估算着下一班公交车什么时候来。

"嘀嘀——"

突然有人按了两下喇叭。

李乐妍抬头，看见沈诚坐在电动车上，一脚支地。

他的车灯坏了，在车棚修到这会儿才好，出校门隐约看见有个女生蹲在那儿。

虽然看不清脸，但他总感觉是李乐妍。

小电驴一停在路边，李乐妍抬头望过来的那瞬间，两人都愣了。

李乐妍的眼睛红得不像话，却倔强地不肯流下眼泪。

沈诚叹了口气，冲后座撇了下头，说："坐上来吧。"

她也不知道现在这样的情况算怎么回事。

李乐妍脑子一片空白，完全失去了思考的能力，下意识按照他的话坐到后座。

沈诚透过后视镜，看到她发红的眼角，眉心跟着皱了下，说道：

李乐妍。"

"嗯?"她还是有些没回过神,但下意识地回答了他。

"有什么事情可以跟我说,我不会告诉别人。"

这句话像是压死骆驼的最后一根稻草,将她的掩饰不费吹灰之力地破坏掉,压抑的情绪拉开一道口子,她鼻子陡然一酸,眼泪毫无征兆地落了下来。

李乐妍一慌,怕被他察觉,连忙将头偏向一边。

沈诚将车停在路边,李乐妍刚想问他要干什么,一件带着海盐味道的外套就轻轻盖在了她的头上。

"哭出来吧,会好受一点。"

视线被遮盖,许是他的语气太温柔,李乐妍没再克制,过了许久,她才缓缓将衣服拿了下来。

两人并肩坐在路灯下,见她缓过来,沈诚将手伸了过来,李乐妍将外套还给他。

沈诚低头问:"送你回家?"

"嗯。"李乐妍点点头,重新上车。

情绪发泄过后,身上那些沉重的枷锁似乎也一扫而空,那颗原本有些动摇的心,也在这样的夜晚,悄无声息地落定了。

她要读理科。

第五章

黑色小奶猫

十三中开学当天，李乐妍从公交车上下来。

九月初秋，盛夏还残留了一点儿尾巴，太阳好像永远都很炙热，空气里响着不知疲倦的蝉鸣，去年合身的校服已短了一截，齐肩的短发也长成了漂亮的马尾。

李乐妍驻足在校门口，看着那张同去年相比，只是变了一个数字的欢迎横幅，嘴角向上微微扬了一下。

与旁边大包小包同家长走在一起的新生相比，李乐妍已经是高二的学生了。

她对这所学校的一切都很熟悉，轻车熟路地迈进校门，绕过小道，走上高二教学楼前厅，从一旁的楼梯上了四楼。

分科考试结束以后，又经历了漫长的暑假，李乐妍已经接受了自己的分班结果。

她还在一班，只是不再和沈诚一间教室了。

高二分科以后，年级实行小班制重点教学，文理科分设"0"班。

原来的高一（1）班的教室，也改成了高二（0）班，全班只有二十个人，十八名文化生和两名艺考生，按年级排名依次录取。

李乐妍分科考的成绩在年级第十九名。

只差一名。

李乐妍最开始有些失落，但现在已经适应良好了。

沈诚的位置还是在后门最后一排，而李乐妍作为一班的第一名，选的位置在教室前门第一排。

她刚整理好自己的课桌，把新发的教材署上名，徐浩就过来给她递交了花名册，说："班长，后面这些辅助的练习册，我们什么时候去领啊？"

"过会儿吧，等唐老师来办公室，我去找她拿钥匙。"

徐浩笑嘻嘻地应了声"好"，低头看见她书上的签名，厚着脸皮凑过来问："李乐妍，你字写得这么好看，能不能帮我也签一个？"

"五块钱一签，还需要吗？"李乐妍停下笔看过去，嘴角是扬着的。

徐浩伸进校服口袋里掏了掏，还真被他扒拉出一张皱巴巴的五块钱人民币，往她手里一塞。

看着手里突然多出来的钱，李乐妍颇有些惊讶，看了徐浩一眼，说："我开玩笑的……"

"我当真了啊。"徐浩回位置掏了个笔记本过来，"你快点吧，不然过了这个村，我可就反悔了。"

"行吧。"

同学这么多年，难得见徐浩当一次冤大头，有钱不赚白不赚。

李乐妍将钱揣进兜里，从桌洞里给徐浩递了只甜甜圈，拔开笔帽，问："签哪儿啊？"

徐浩随意往笔记本封面上指了一处，说："就这儿吧。"

李乐妍不由得抿了下唇，抬头又看了徐浩一眼。男生用的笔记本外面包着厚厚的皮层，怎么可能用水笔签名。

看来开学第一天容易让人神志不清，让徐浩傻成这样。

李乐妍翻开笔记本，在扉页写上他的名字。

最后一笔写完，陈星和徐诺在外面叫她道："妍妍，干吗呢？"

"给本子署名。"李乐妍顺势收起笔。

徐浩也打了声招呼："那我回去了。"

他离开后，徐诺和陈星就走了进来，两人都在零班，一到学校报完名就跑过来找她了。

本来最开始，陈星知道她没进零班，还因为担心安慰了她好一阵子，到最后把自己给说自闭了，还是李乐妍反过来安慰的陈星。

说实在的，刚开始知道自己没能进零班，李乐妍的确是有些失落的，毕竟原来重点班的人突然去了普通班，像被淘汰了一样，心理上的落差要说没有是不可能的。但李乐妍很快就想通了，至少两个班还挨在一起，只隔了堵墙而已，而且平时还可以去找陈星和徐诺，想见面……也挺容易的。

李乐妍在某些方面来说，的确挺乐观的，反抗不了就接受嘛。

再说，她现在虽然在一班，教学资源跟原来相比会有些差距，可两个班还是有不少科目撞了老师的。像徐志和唐玲，还和以前一样教他们，也挺好的。

所以分科这事在李乐妍这里就算过去了，但两名好友还是怕她开学当天会心情不好，一有时间就过来找她，准备拉着李乐妍去南和街喝奶茶，据说街角新开了一家奶茶店，味道还挺好的。

三人正凑在一起聊天，刚商量好各自要喝的口味，出门就碰见踩着高跟鞋往这边过来的唐玲。

英语老师唐玲现在是一班的班主任。

唐玲高跟鞋踩地的节奏十分有力，看见李乐妍就说："乐妍，找几个男生，去发行室领教材。"

"好。"李乐妍转身叫了几个男生，喝奶茶的计划暂且作罢。

她带着人去发行室领完教材，手机里突然进了陈星的消息，对方分享了奶茶店的位置，徐诺也拍了一张照片。

李乐妍抬手拢了拢头发，转身往校门外走。

她走在林荫大道上，香樟树上的蝉鸣聒噪，有老师正在指挥学生抬展板，在展示栏上整齐地列了一排。

李乐妍本来也是不经意地扫一眼，没想到这一眼却看见了沈诚的照片。

各班班长的照片贴在公告栏里，李乐妍凑过去看，找到了自己的照片，红底两寸的证件照，白色的夏季校服，按班次排序，她和沈诚的照片靠在一起，中间隔了不到两厘米的距离。

趁没人，李乐妍飞速往旁边张望了下，好在开学事情多，没什么人注意到这里。

李乐妍飞速从兜里掏出手机，对着展板拍了一张，然后脚步匆忙地走出校门。

等绕入南和街，李乐妍才敢掏出手机看一眼照片。

好在她虽然紧张，但技术还不错，至少没拍糊，她正看着照片，背后却陡然响起声音。

李乐妍吓得一个激灵，一回头，发现沈诚不知何时站在了她身后。她结结巴巴地开口道："沈……沈诚，你怎么在这里？"

"我来买点东西。"沈诚晃了晃手里装着文具的塑料袋。

李乐妍这才注意到，她现在站的位置是南和街入口的那家文具店。

她心里一时忍不住开始懊恼，担心他是不是看到了，转念想到自己的手机贴着防窥屏，应该不会……

她抬起头，见沈诚脸上没什么异样，他从袋子里掏出两颗荔枝味的水果糖，说："在店里买的，很好吃。"

"谢谢。"

李乐妍面上维持着淡定，正想找个什么借口跑路，沈诚又开口问："在一班还习惯吗？"

"还可以。"

"有什么适应不了的，可以来找我。"

"好。"李乐妍忙点头。

他一直站着没动，李乐妍后知后觉地反应过来，沈诚大概是准备和她一起回学校，她赶紧开口说了句："那我先走了，陈星她们在奶茶店等我。"

"嗯。"

沈诚的目光跟着她走到下街，终于在她拐角进店后，转身回了学校。

公告栏上清一色排列着整齐的展板，沈诚的目光在展板上淡淡扫过，校服衣角在经过照片墙时被风吹起又落下，他没怎么在意地走上了教学楼。

开学后的事情还有很多。

高二像一道分水岭一样，鞭策着时间不断向前，李乐妍的数学成绩终于在期中考试后突破三位数大关，为此徐诺和陈星专门陪她去校外的烤鱼店庆祝了一顿。

热腾腾的烤鱼上面撒着漂亮的青红椒，散发出诱人的味道，蒸腾的热气里，三人举着可乐碰杯，徐诺突然提到一件事。

学校的体艺节临近，就在十一月底，十三中会筹备晚会，徐诺最近被这事整得有些发愁。

按理说，文艺晚会每个班都会排练节目参选，但因为晚会演出的名额有限，也有班级还没开始就弃选了，免得到时候选不上又浪费时间。

徐诺现在是零班的文艺委员，在这件事情上自然不会轻易放弃，但主观意愿上的不放弃和客观条件上的困难实在让她棘手。

零班的人实在太少了。

班里的女生不多，身高又不太均匀，不具备排舞的条件。男生里倒是有几个高的，但肢体协调程度直接让徐诺闷头自闭。

她愁了好几天了，今天看到李乐妍，突然有了想法。

徐诺转学前曾经编写过一出舞台剧，但还没来得及表演，就被傅清寒拎到奉城来，计划搁置下来。现在坐在香气四溢的烤鱼店里，徐诺不知被什么打通了任督二脉，灵感噌噌直往上涌，提议和一班合作。

正巧前几天一班的文委来找李乐妍想办法出节目，现在机会摆在面前，几人一拍即合。

她们回去就找了徐志和唐玲商量，两位班主任都没有异议，于是当晚徐诺就回去改了稿子，又难得拉了语文老师做外援，几番修改之后，开始确定参演人员，主要是两个班的班委和自愿参加的几名同学。

角色也采用很公平的方式确定——抓阄。

徐诺作为幕后导演加总工，把写了角色名的纸团扔进小纸盒里，挨个找人抽取。

李乐妍运气不好不坏，抽中了酒楼老板娘的洒扫女工这个角色。

她看完后就在想，那位剧本中和自己接线的情报人员，会是谁呢？

"咯吱"一声，洒扫女工三晓打开废弃柴房虚掩的房门，颤抖着两手挂锁，踩着步子慌张地去了前院东边的厢房。

柳记客栈坐落在平津城最繁华的太平街上，然而今天发生的事，对三晓来说，却一点也称不上太平。

前线的战火烧到了沿海的江城，相隔不过几路站点的平津却仍旧歌舞升平，那些戴着帽子的肥肚男人自称绅士，嘴里叼着一尾短短的名牌香烟，来柳记客栈与老板娘柳青烟攀谈，说着些洒扫女工听不懂的洋文。

这不，天才刚亮，楼上柳青烟的尖细嗓音就传下来了。

"三晓，院子今日扫了吗？"

话落，陈星再也绷不住，没忍住抬手叫停，凑到徐诺面前，愁眉苦脸地说："徐导，你就饶了我吧，这老板娘谁演都行，我是真不行啊……"

"再克服一下，好歹是个大美人呢。"徐诺油盐不进。

陈星仰天哭号，李乐妍走过去安慰她好一会儿，排练照常开始。

他们演的故事背景是在近现代战争时期，前线战事严峻，深入敌方内部的情报员几经波折，传递出敌方的作战路线。然而，原本的接线人员牺牲，危急之际，被另一支神秘组织抢救，将内线转入平津城。

情报员最后一站联络的地点就在柳记客栈。

废弃柴房内，情报员就着油灯木炭，在染着血痕的白巾上一点一点把情报写了上去，最后一字落笔，接线的情报员也咽了气，死前都还抓着洒扫女工三晓的袖子。

三晓需要揣着这份随时都可能让她丧命的情报，等上线的接头人。

三晓的心始终颤着，客栈又因为柳青烟，不时来一些各条道上的重要人物，她每日洒扫时都不免有些小心。

直到今日，客栈里终于来了位开荣记大饭店的商人。

和沈诚的第一场戏就是两人对视，接线人员周明深敛眉盯着这个不时打量自己的女工，深沉的眉眼叫人看不出情绪，转头又和老板娘点头打招呼。

他全程没有一句台词，这让三晓又想起情报员闭眼前给自己的交代，让她等一个如自己一样的人。

情报员是个哑巴，所有的信息都写在白巾上。

李乐妍又往沈诚的方向看了一眼，眼中的打量和紧张都表达得很好。徐诺满意地点点头，宣布今天的排练就到这里。

李乐妍松了口气，同时又看着剧本后面她和沈诚的对手戏，抬手将本子盖在了脸上。

舞台剧成功通过了校选，表演当晚，李乐妍换好衣服，剧组的所有人都在有条不紊地对台词，他们的节目排在第七个，大家抓紧时间又排练一遍。

李乐妍看着舞台上明亮的灯光，小腿却忍不住有些发软，刚和她对完戏的沈诚站在旁边，注意到她脸色有些发白，他从兜里掏了颗薄荷糖撕开递过来，说："含一分钟，能缓解紧张。"

李乐妍说了声"谢谢"，将糖含进口里，冰凉的薄荷味让人稍稍镇定一点。

沈诚手里拿着台本说："不用紧张，你台词记得很熟，就把它当成排练，再重复一遍。"

李乐妍点点头说："好。"

主持人很快上台报幕，班里的同学帮忙把道具搬了上去。十三中文艺节历来隆重，舞台上的投影屏正放着画面背景，陈星已经上了台。

李乐妍在台下，又把自己的台词过了一遍，趁切灯的时候上了台。

一片漆黑的舞台上，灯光从头顶升起，"三晓"很快进入状态，故事一路进展到周明深入住客栈。

柳青烟特地到前院来寻她，说："三晓，楼上东边的房间先去打扫了，弄干净一点。"

"嗯。"三晓点头，双手握着扫帚，壮着胆子接话，"是那位荣记大饭店的老板住吗？"

不知是心情好还是什么，柳青烟竟然回了她一句："对。"

"可那位先生，瞅着像是个……"

这话让柳青烟皱起了眉，冷冰冰地剜她一眼，说："客人的事情少打听。"

这般反应，看来是真的了。三晓心里想着，面上配合地应了几声"是"，往楼上去了。

周明深的房间在三楼东边第一间，三晓推开房门进去，里面空空荡荡，她仔细地把房间打扫了，动作很慢，像是在刻意地等着什么人。

终于，在她拧完抹布转身的时候，房间虚掩着的门再度被人推开。

三晓直起身，喊了声"先生"。

周明深扫了她一眼，未作理会，冷淡地站在原地。

三晓并未说太多，端着水盆往外走，却在经过男人身边时，没端稳失了平衡，水渍洒出一些，落在男人的长裤上。

周明深敛了下眉，还没来得及有所动作，三晓先附在他耳边说了句："庄上的谷子收了吗？"

这是情报员教她的暗号。

周明深顿住脚步。

三晓紧张地捏着木盘，看见男人转身关上房门。

……

情报被送出去了。

半个月后，街上卖的报纸里吆喝着江城胜利的消息，又过了很久，周明深再度踏进了柳记客栈。

这一次，三晓成了下一任的接线员。

与周明深队伍里的其他人不同，三晓是唯一身体没有缺陷的，而除她以外，其他的所有接线员，都是哑巴。

舞台剧的名字就叫《哑声》，周明深的队伍也是这个名字，他们是一支即便被捕也不可能背叛组织的队伍。

因为，没有人能让哑巴开口。

三晓不知道自己是哪里打动了周明深，但至少，她这份任务完成得很好。

硝烟四起的那几年，三晓手里递出过许多消息，她运气很好，等来了最终胜利的那天。

平津城解放的第二年，柳青烟病逝，偌大的客栈关门歇业。

那天，平津城里下了雪。

柳记客栈的大门，又被人敲响了。

又是那"咯吱"一声，三晓抬头，看见门外的人，动作僵住。

是周明深。

男人的嘴角向上勾起，对着她比起了手语——这一幕原来在剧本里没有。

徐诺教过他们手语，但因为剧本涉及的信息太繁杂，每个人都有不同的台词，添上手语太过复杂，于是尽可能用文字代替。

实在需要的，也只是比较简单的句子。

至于李乐妍和沈诚的这幕，原本是两人在雪地中对望即可，可面对沈诚现在的动作，李乐妍根本不敢乱动，只是愣愣地看着他。

大银屏上缓缓打出几行字——

三晓同志，我一直在找你。

组织期待你的加入。

为我们继续做这光荣的事。

时间过得很慢，许久，沈诚结束手里的动作，全场仿若调成了静音，白炽灯浅浅笼罩在两人身上。

又隔了半秒，李乐妍听见台下爆发出雷鸣般的掌声。

这一年，他们高二，演出的舞台剧成功拿下文艺表演一等奖。同时，在舞台剧即将结尾的时候，被人拿相机拍了下来，照片上传到贴吧盖起新楼，还被十三中印进了后来的招生宣传手册。

李乐妍原本也没想到，会和沈诚在这样的情况下拥有一张合照。

演出结束的当晚，徐诺在烤鱼店订了位置说要庆祝，徐志和唐玲还特意给他们每人都发了小红包。

晚上，一群人脸上都挂着笑，凑在一起聊天玩游戏，闹了半天才散场。

出门的时候，一阵冷风吹来。

李乐妍披着厚外套，拢着衣领。沈诚顺手帮她拿了书包，李乐妍刚伸手接过去，烤鱼店对面不远处的街上，有人开口叫了沈诚的名字。

李乐妍投去视线，只见对面站着一名中年男人，穿着一身灰色西装，身后是一辆她不认识的豪车。

男人和沈诚长得很像。

李乐妍在心里猜测着两人的身份，抬眼却见沈诚脸上的表情不算太好。

虽然沈诚很多时候表情都很寡淡，但不知是不是相处得太久、彼此都很熟悉了的缘故，李乐妍总觉得他现在似乎心情不好。

是因为那个突然出现的男人吗？

她正想着，打好的车已经到了，就停在路边，沈诚帮她拉开车门。

李乐妍隔着车窗，街头巷尾的灯将沈诚的脸映得明明灭灭，看不清情绪，她看见那个男人走到了他的对面。

车辆渐渐开远，她也收回了视线。

沈诚没想过会突然见到沈振河，自己这个法律上挂名的父亲。

他七岁那年之后，"父亲"似乎已经渐渐变成了一个遥远的名词。

沈振河行踪一直难以预料，自从沈诚跟随姑姑沈静云生活后，除了年节，几乎见不到他人。沈振河很少回奉城，所有的事业都在冬榆，当然，家也是。虽然沈诚目前还没有名义上的后妈，但沈振河身边的艳遇也从来不少。

所以这才让沈诚不解，这个时间，奉城不过才十一月，到底是什么风把沈振河吹了回来。

竟然还到十三中门口接他？

当然，他想这些的时候，面上表情一直很冷淡。

沈振河走到他面前，说："小诚。"

沈诚抬眼，但没应。

男人又笑了一声，问道："不认识了？"

沈诚开门见山地说："你回来干什么？"

见他挑开话题，沈振河脸上未见恼色，倒是认认真真地开口解释道："来奉城谈一些合作，顺便过来看看你。"

"姑姑知道吗？"

"还没跟她说。"

男人语气温和，一听就是商场里打滚的"老狐狸"，哪句话都叫人寻不出差错。

沈诚和沈振河之间没有太多话可聊，正要转身离开，就听见沈振河在背后叫住他："小诚，我开车过来的。"

"不用，我车棚里停了电动车。"

沈诚说完就出了南和街。

沈振河看着那道远去的背影，眸中闪过几分复杂。

沈诚骑着电动车，在路上行驶着，透过后视镜看见一路跟在自己身后的男人，拧了加速，一言不发地开回南山花园。

入户电梯直达十七层，沈诚输完指纹，在玄关处换鞋，也没管后面的沈振河跟没跟进来，转身去了书房。

一直到刷完两套竞赛题，沈诚出来接水，发现沈振河正站在阳台上，举着手机和人讲电话。他关上了玻璃门，隔音很好，沈诚听不清对话的内容。

沈振河转身时看见他，冲他笑了笑，沈诚装没看见，拿着水杯走了。

晚上，沈静云陪儿子练完钢琴，回家将车在地下车库停好，保姆发信息说已经做好了饭，沈静云抱着儿子下车，却瞥见旁边车位上停了一辆冬榆连号的宾利欧陆。

沈静云眉心皱了下，印象中沈振河好像开过一次这种车，但她当时并没怎么上心，也没刻意去记车牌。

应该不是他，毕竟，今天也不是什么重要日子。

沈静云牵着儿子去乘电梯，垂眸回复信息。

小朋友沈昊对着电梯壁笑着露出两颗虎牙，小小的身板站得很直，圆圆的脑袋上满是得意，因为他的卫衣上挂着一枚五角星奖励徽章。

小沈昊对着自己的徽章十分满意地看了半分钟，仰着脑袋冲沈静云说：“妈妈，我们要去找哥哥吗？”

“嗯，你苏芝阿姨说饭做好了，妈妈带你去叫哥哥吃饭。”

“好！”小沈昊答得轻快，“去叫哥哥吃饭！还要给哥哥看我的徽章！”

沈静云无奈，小儿子性格活泼，她脸上的笑意也更盛，听儿子给自己讲老虎和小兔子的故事，配合地捏捏他的脸。

电梯楼层数很快变化到“17”。

随着“叮”的一声轻响，沈静云在门外输指纹。沈昊从她的胳胳下一溜烟跑进去，嘴上也跟着喊："哥哥，我回来啦！快出来看我的……"

沈静云听见儿子一下哑了声，赶紧带上门从玄关往里走。看见沙发上坐着的男人时，沈静云的眼皮也跟着跳了下。

原来那辆车真的是沈振河的。

"怎么突然回来了？"沈静云问着，双手搭在儿子的肩膀上，"不认识了？这是你舅舅。"

"舅舅。"

小孩子年纪小不记事，加之沈振河平时一般不会来奉城，小沈昊对眼前的这个人也很陌生，但良好的礼仪他是有的，妈妈一说完他就跟着喊了舅舅。

沈振河走过去，揉揉沈昊的脑袋，说："小昊都长这么高了。"

"是比去年高了点。"沈静云应着，见儿子的眼睛转了转，其中意味再明显不过，便笑着松了口，"去吧，把你哥哥叫出来吃饭。"

"嗯！"

沈昊拔腿就要跑，书房的门却在这时从里面打开，沈诚穿着一身灰色家居服，迈着长腿走了出来。

小家伙跑过去，被哥哥一下抱离地面。

沈诚伸手在他的鼻梁上刮了下，冷淡的表情此刻也温柔下来，说："干什么了，这么高兴？"

沈昊将自己的五角星徽章显摆出来，露出两颗虎牙，说："老师今天夸我钢琴弹得很棒！"

"这么厉害呢。"沈诚很配合。

被他这么一夸，沈昊不好意思地捂了下脸，说："也没有啦！"

这模样让沈静云哭笑不得。

气氛好到不像话，沈振河揣在西装裤里的手忍不住握紧。眼前的画面太过温馨，倒衬得他像那个最不该出现的人。

事实也的确是这样。

沈振河意识到这点，忍不住清了下嗓子。

屋里的三人好像都被这声音点醒，沈昊从指缝中偷看，打量着他刚才叫过舅舅的男人。

沈静云也反应过来自己不经意间忽略了什么，面上倒是没什么表情，大律师的游刃有余让她很快控制住了场面。

"都别站着了，阿姨今天煲了汤。小诚，进去加件外套，下去吃饭。昊昊，从你哥哥身上下来。"

沈昊下地后跑到妈妈身后，大眼睛滴溜溜地转着，时不时打量一眼对面的男人。

沈静云摸摸儿子的头，也望向了对面的沈振河。他似乎是准备说什么，沈静云抢在他开口前说："有什么事等吃完饭我们再聊。"

她的话虽然挑不出什么毛病，但沈振河知道，他这个妹妹对他的态度过于客套了。哪有人见到亲哥，连"哥"都不带叫一声的。

不过转念一想，他也确实配不上当沈静云的哥，早在他不负责任地把儿子和父母都交给妹妹的那天起，就不配了。

沈振河想到这里，自嘲地一笑。

沈静云不知道他在想什么，但也不想去猜。

沈诚换好衣服出来后，先牵着沈昊进了电梯。

沈振河跟着走进去，电梯下行很快，几秒钟的时间就到了16层，这里是沈静云自己的房子。

兄妹俩以前感情深厚，连房子都买在同一栋，但到底是以前的事了。

沈诚一直在姑姑家住，门锁录入了他的指纹，他熟练地输入指纹解锁，坐在门口的板凳上和沈昊换鞋，顺便将一双女士拖鞋递给沈静云。

家里没有多余的拖鞋，沈振云只能光脚。

沈静云注意到了，说："你先穿小诚的凑合一下。"

沈诚从旁边的鞋柜里拿出一双灰色的拖鞋递给他，全程没说什么话，然后就带着沈昊去卫生间洗手。

保姆不住家，做好晚饭和卫生后就给沈静云发消息离开了，桌上的饭菜都还冒着热气，四人吃饭的时候很安静，连闹腾的沈昊此刻也自己拿着筷子在认真吃饭。

沈诚不时往他碗里夹一点嫩豆腐，沈静云表面上没说什么，但沈诚爱吃的那盘芹菜炒肉被她放到了他手边。

这是很默契的一家人。

沈振河的筷子一顿，今天炖了鱼，他的喉间好像卡住了一根细刺。不至于声张，但咽下去的时候，还是有点难受。

饭后，沈静云收拾桌子，沈诚抱着碗去厨房，小尾巴沈昊跟在他后面。

进厨房后，沈诚帮他放好小凳子。

沈昊站在上面，靠着洗碗池，两只小短胳膊卷好袖子，像模像样地洗起了碗。

他洗完后，沈诚总要接过来重新洗一遍，然后放在碗架上沥干。

一大一小的身影立在厨房灯光下，有种难以言说的温馨感。

沈振河坐在客厅，看着这一幕，心情更为复杂。他年轻时追求功成名就，什么都不放在心上，可真等到他事业有成了，他又觉得自己失去了许多东西，比如家人，比如亲情，他唯一的儿子拿他当一个陌生人。

沈静云端了杯温水过来，抿了一口放在茶几上，抬眸问："去阳台，还是就在这儿聊？"

"去阳台。"沈振河说。

两人走向阳台。

沈诚听见外面的动静，手下动作稍滞了下，随即沥干碗里的水，帮沈昊洗了手，抱着他去了楼上。

他并不在意大人们会聊什么，反正沈振河从来不会留在奉城。

晚上的阳台温度实在算不上高，冷风隐隐拍在身上，沈静云拢紧了针织外套，不想卖关子，开门见山地问："你这次回来干什么？"

沈振河望向远处的江面，说："回来照顾小诚。"

"什么意思？"沈静云蓦地抬起头。

沈振河料到她会是这样的反应，沉下声说道："静云，小诚已经高二了，我想尽力去补偿一点这些年来的空白。"

"你想怎么补偿？"

"各方面，只要我能做到的。"

沈静云听他说完，冷冷地道："我不同意。"

她推门离开了阳台。

沈振河这次好像的确和从前不太一样，他在冬榆的生意转移了不少回奉城，每日处理完工作就会去十三中接沈诚放学，虽然沈诚还是不愿意上他的车。

回到家后，沈诚习惯背着书包去书房，沈振河就在客厅处理工作。之前家里上锁的房间被他找人打扫过，严箐的东西被全部清走，沈振河趁他上学的时候让人过来重新装修，现在父子俩已经住在一起了。

深夜，沈诚睡不着起来倒水喝。

十六七岁的男生正是长身体的时候，沈诚感到饿了，便顺便拿着水杯去了厨房。这个点保姆早就下班了，他也不会下楼去打扰姑姑。

沈静云知道他不喜欢麻烦人，就让保姆每周采购的时候把楼上的冰箱也填满，这样沈诚自己饿了也能弄点吃的。

他刚打开冰箱门，厨房的灯就被人按亮。

沈诚被光线刺激得闭了下眼，回头看见沈振河站在门口。

"饿了？"

"嗯。"

沈诚从冰箱里拿出一袋面包和一瓶鲜奶。

沈振河大步走过来，问："晚上就吃这个？"

说完也不等沈诚回应，他就伸手把面包抢了过去，说："你现在在长身体，不要总吃这些东西。"

沈振河将面包塞回冰箱，在里面一阵翻找，找到他需要的食材。随即，他又将墙上挂着的围裙取下来，系在自己腰上。那围裙是平时保姆来这里用的，还是碎花的样式，此时穿在他一个成熟男人的身上，未免有些滑稽。

沈振河一手拿着锅铲，冲儿子挥挥手道："出去等着，爸爸很快就好。"

沈诚欲言又止地看了沈振河一眼，最后还是走出了厨房。

沈诚回到书房又刷了几道题，门外就传来沈振河的声音："小诚，出来吃饭了。"

沈诚打开门，来到餐厅，看见白色的大理石餐桌上飘着热气，上面摆着简单的几样小菜——酸辣土豆丝、番茄炒蛋，以及他爱吃的芹菜炒肉和一道紫菜蛋花汤。

颜色配比鲜艳，不经意勾起食欲。

沈诚拉开凳子坐下，沈振河递来一碗米饭。

土豆丝酸辣爽口，番茄炒蛋下饭，虽然味道赶不上保姆的手艺，但也比想象中好吃很多。

唯一的缺点是芹菜炒肉稍微有点煳，沈振河自己也知道没控制好火候，把那盘煳了的菜拿到自己这边。

"炒肉的时候火开大了，这盘就……"

沈诚面不改色地夹了块肉，淡淡点评道："好吃。"

沈振河愣住，反应过来后，脸上笑意压抑不住，也跟着点点头。

父子俩吃饭的时候都没说话，但餐桌上的氛围却是前所未有的和谐。

好像有什么东西，冥冥中改变了一点。

周五下午，高二（0）班的教室。

李乐妍看着草稿纸上沈诚讲的步骤，水性笔顶在下巴尖，恍然大悟道："还可以这么写？"

沈诚有些无奈地说："这道题我上周才讲过。"

"啊……什么时候？"

"上周三。"

他抬起笔又要往她头上敲。

李乐妍大惊失色，连忙抱着脑袋往旁边躲，恰好陈星从门外风风火火地跑进来，抽了把椅子坐下，对着沈诚问："我刚才在老徐办公室，听说你又要去参加数竞了？"

"嗯，下个月 4 号走。"

"下个月 4 号……"陈星掰着手指头计算，"意思是还能过完你的生日？"

几人都怔了下，李乐妍也反应过来自己忘记了什么。

奉城今年的竞赛时间比往年迟，往后推迟了几个月，现在已经快到年底，可不就是要到沈诚的生日了吗？

"应该可以。"沈诚点了下头。

陈星挠挠下巴说："那我得想想，准备什么礼物比较好。"

"不必破费。"

"怎么会破费呢，就是一些小礼物，你不嫌弃就好。"

……

后面的话李乐妍没太听，她也被陈星那句"该准备什么礼物"给难住了。

去年的时候，李乐妍在网上给沈诚定了两只联名护腕，今年……该送些什么好呢？

被这个问题困住的李乐妍一直到下晚自习都还没想出来，她看着公交车外飞速倒退的风景，百无聊赖地发呆。

回到家，脑子里依旧空荡荡。

曾书燕从厨房走出来，给了她二十块钱让她下楼去买瓶醋。

李乐妍从沙发上爬起来，下楼到离家最近的一家小超市里买了醋，又用找零的钱拿了两根棒棒糖。

她剥开糖纸往回走时，发现楼下的垃圾桶边有什么在动。

李乐妍咬着棒棒糖停住脚，大着胆子又仔细看了眼，视线里隐约晃过一颗毛茸茸的脑袋。

是一只流浪的黑色小奶猫！

李乐妍蹲下来和小黑猫对视，猫咪圆润的眼珠子亮晶晶的，就是实在太瘦了，看着就可怜。

李乐妍摸了会儿猫脑袋，用最快的速度往返小超市买了一包火腿肠，然后掰成碎丁，让小黑猫吃。

在她喂猫期间，没有母猫过来。

李乐妍想起之前听老妈说，附近不知道是什么人丢弃了许多小猫，跳广场舞的时候，小猫就在音响旁边叫。有一些已经被附近的居民带回家领养，当然也有些剩下的还在外面流浪。现在看来，面前的这只小黑猫应该就是漏网之鱼了。

小猫浑身黑漆漆的，像只煤球，只有脚上是白的，像套了四只白袜子。

李乐妍给猫喂完半截火腿肠，心里就有了主意。

这么小的一只猫靠自己在外面流浪，早晚得饿死，不如带回家给大花养着，反正家里的花猫也绝育了，有生之年能再带个孩子也不错。

李乐妍拿火腿肠引诱小猫钻进袋子，只露出个脑袋在外面，喜滋滋拎着猫上楼了。

进门后，曾书燕看见她不知从哪儿带回来的猫，开口就是一阵数落。

之前跳广场舞的时候，曾书燕也见过几只漂亮的小猫，毛发柔软，比她带回来的"煤球"漂亮了不知多少倍。但那会儿她没有往家里带，一是觉得家里已经有一只大花，再者流浪的小猫来路不明，身上有个什么寄生虫、猫癣也不好处理，还会传染给家里的猫。

结果呢，自己闺女出门买一瓶醋的工夫，就给她拎了一只"煤球"

回来。

曾书燕心里一口气顺不下来，把李乐妍数落一通，又找了个纸箱，把猫放进去关去了阳台，只放了一碗水和猫粮，让李乐妍明天就给送走。

李乐妍垂头丧气地回了自己房间。

半夜的时候，外面下起了雨，李乐妍被一道雷声惊醒，急匆匆跑出卧室奔向阳台，却发现纸箱早就被人挪了进来，里面还给垫了一层毛毯。

她就知道，曾女士向来嘴硬心软。

李乐妍又在小猫脑袋上揉了一通，惦记着明天带猫去做检查，然后她打着哈欠洗完手，又钻进被窝里了。

她是被大花挠门的动静闹醒的。

这只一向佛系的猫今天跟吃了炸药似的，大清早就叫个不停，见她开门了，还一脸严肃地盯着她，咬着她的睡裤往外拉。

李乐妍被它带着走到阳台玻璃门边，大花停在那只纸箱前不动了，看一眼猫窝，又看一眼她，显然是需要她给个"说法"。

李乐妍刚睡醒，揉着眼睛看见纸箱里只剩那条毛毯，哪还有什么小猫。

仅存的一点睡意也被吓跑了，李乐妍匆匆回房间换了衣服，以为是曾女士把猫丢了，急忙去楼下找，在小区的花坛边找了个遍，最后连根猫毛都没看见。

她急得眼睛都快红了，抬头却看见她妈提着宠物包和猫粮往这边走过来。

原来猫被曾女士带去做检查了。

"煤球"除了有点营养不良，其他方面倒是没什么问题，但曾书燕明确表示，这猫还是不能养。

李乐妍的小姨怀孕了，过几天要来他们家住，小姨夫出差在外地不放心，让曾书燕帮忙照顾两个月，连大花都要送去外婆家，更不用提还没"上户口"的"煤球"了。

"煤球"还这么小，大花也对这个捡来的儿子不感兴趣，带到乡下还真不知道会怎么样。

李乐妍左思右想，突然间想好了小黑猫的去处。

昨晚下过雨，地面积了不少浅浅的水洼。

李乐妍放下伞，挂在走廊外面，迎面见沈诚从楼梯拐角处上来，脸上戴着口罩。

李乐妍凑过去问："你的脸怎么了？"

"过敏了。"

临近元旦，小区楼下不知道新种了什么花，让沈诚有一点轻微的过敏反应，两侧脸颊泛红，加之本身皮肤就白，看上去简直像涂了两团腮红。

他实在看不下去，这才戴了口罩出门。

李乐妍有点想象不出他过敏的样子，忍不住问："我能看看吗？"

沈诚刚准备拉下口罩，走廊上就传来一道熟悉的男声。

"小诚。"

沈诚回头，见是父亲的助理梁成，稍显惊讶道："梁叔，你怎么来了？"

"沈总过来谈点事情，顺便让我把药给你带过来。"

梁成递给沈诚一支软膏，等沈诚接过后就离开了。

李乐妍留在原地默默嘀咕，沈总？是沈诚的爸爸吗？就是那天在马路对面的豪车车主？

可能是擦了药的缘故，沈诚的过敏没几天就好了，虽然楼下的过敏源一直还在，但他戴上口罩绕另一条路走，基本就没什么问题。

脸好了之后，年关也越来越近。

元旦前夕，一行人约好在跨年当天一起去沿江大桥看烟花。

李乐妍决定在那天把小黑抱过去送给沈诚，小黑是她给煤球猫取的新名字。

她先带小黑去宠物店洗了澡，吹干毛发后，再也不像只流浪猫了。她把它放进宠物猫包，这时手机里陈星分享了集合的位置。

李乐妍点进去一看，不是在沿江大桥，据说是晚上桥上的人太多，他们找了个新地方。

新地点在山顶上的云边咖啡馆，地理位置绝佳，视野极其辽阔，大概可以俯瞰小半个奉城风光。

李乐妍按照地址打车过去，出租车一路畅通无阻。

半个小时后，她推开车门下车。

咖啡馆的老板是沈诚在特训营认识的老师，把店开在这里难免让人不解，因为爬上这么高的地方来喝咖啡的人大概寥寥无几，这似乎是冤大头亏本的买卖，但事实是咖啡馆的生意很好，每年都在翻修。

不过走进去一看，里面的陈设倒是有些出乎李乐妍的预料，咖啡馆泾渭分明地分出两个不同的区，以一道假山荷池为界，后面的走廊挂上了"暂停营业"的牌子，前面的这一隅则是普通的咖啡馆陈设，有点像桌游俱乐部。

再往里，是一个很大的露天平台。

陈星他们正在里面分仙女棒，见她进来，陈星连忙放下手里的东西，扑过来给她一个熊抱，说："你终于到啦！"

"你们到多久了？"

"刚到。"徐诺丢过来一只丝绒的小盒子，准确地落入李乐妍怀中。

李乐妍有些蒙。

徐诺解释道："新年礼物。"

李乐妍直觉应该是什么贵重的东西，赶紧说："这个太贵了，我不要……"

"不是什么值钱的东西，我自己做的，太阳模型手链。"徐诺打断说。

陈星也点点头道："我们人手一条的，她做了一个太阳系。别不好意思了，戴着吧。"

收下徐诺的手链，李乐妍从帆布包里掏出给每个人准备的工业风手表，按喜欢的颜色分别在里面塞了卡片，她先掏了一个给离得最近的陈星。

陈星拿到后就直接戴上了，粉色的表戴在白色的手腕上很是好看，陈星抱着她连亲了好几口，偏头注意到背在李乐妍身后的宠物包，有些好奇，刚想问是什么，就被李乐妍开口打断道："星星，快帮我拿一下，有点乱了，我认一下名字。"

陈星过去帮忙，后来也没想起来问。

李乐妍拿着礼物走过去。今晚来的人有十多个，有另外两名别班的女生，是陈星以前的朋友，还有就是徐浩、刘胜他们几个玩得比较熟的。

李乐妍没发现沈诚的身影。

她转身向另一边的小露台走去，在登完最后一步台阶时，见到了那道熟悉的人影。

"沈诚。"

沈诚回眸，澄澈的双眸在夜空下像一颗耀眼的星星。

李乐妍抱着宠物包朝他走去，问道："在吹风？"

"这里的夜景挺好的，刚来？"

"来了一会儿，刚给星星她们送了礼物。"李乐妍犹豫一会儿，低头打开宠物包，"我给你也准备了一份。"

"什么？"沈诚看过去，见李乐妍从包里掏出一只小黑猫，往他的方向一递，"礼物。沈诚，十七岁生日快乐。"

几乎是在她话音落下的瞬间，明亮的烟花就在头顶炸开，天幕被照得有过片刻的发白，李乐妍条件反射地抬头望天，待第一簇烟花的余烬消失后，才注意到有一道视线一直落在自己身上。

沈诚不知何时走了过来，两人现在的距离极近，李乐妍几乎能闻见空气中散发的那股海盐味。

沈诚的手掌落下来，摸了摸小猫的头。

两人正逗着猫，后面就传来男生的高呼："你们在那边干什么呢？烟花马上就开始了，快点过来拍照啊！你们站那里看不清楚的。"

"马上来。"

李乐妍将猫塞回包里递给他。

沈诚笑着，又摸了摸猫脑袋，说："谢谢你的礼物，我很喜欢，有给它取名字吗？"

"还没呢，你想叫什么都可以。"

"小盐。"

"啊？"

"它的名字，海盐的盐。"

"哦。"李乐妍应了一声，没再说什么。

是这个"盐"啊……

他们仰头看天，今年的烟花很漂亮。

纯粹的黑与极致的彩色杂糅在一起，梦幻地迎来新的一年，在仙女棒绚烂的火花和少年们灿烂的笑脸里，一张定格的照片就此拍下。

又是新的一年。

第六章

红绳平安坠

　　元旦假期结束，4号的时候沈诚的座位已经空了，特训营的车早上从学校开走，李乐妍坐在长满爬山虎的教室窗边，刚好看见车子远去。

　　一月的温度已经很低，教室里开了暖气，外面飘着柳絮般的飞雪，地面上积了一层白雪，像厚厚的垫子。

　　瑞雪兆丰年。

　　也愿神明保佑，沈诚今年能取得一个好成绩。

　　沈诚离开后，时间过得飞快，一下便迎来了期末。

　　教室里的氛围比以往都要紧张，为了过个好年，李乐妍最近的复习都抓紧了些，陈星本想找李乐妍出去打雪仗，每次都被李乐妍以作业为由推辞。

　　徐诺最近也和李乐妍凑在一起补习，陈星对成绩多少并不在意，但架不住两个好朋友都这么努力，她一个人在旁边玩没意思，干脆也加入了期末学习小组。

　　徐诺本来就是艺术生，以前也没太注重过文化课，基础实在有些不行。而李乐妍虽说偶尔成绩能冲进零班，但也是概率事件，水平忽高忽低，跟坐过山车似的。相比之下，最懒的陈星反而成了三人中的老师，陈星本人虽然对成绩不重视，但从来没掉出过年级前十，属于那种让人羡慕的学霸。

小陈老师带着两个问题学生一路冲到了复习前的最后一天，整个人是前所未有的疲惫。李乐妍也有些吃不消，送走陈星以后，刚准备趴下补觉，又忽然觉得口渴。

她去外面接水，走廊上走来两个人。

李乐妍下意识地望了一眼，发现那竟是之前来给沈诚送过药的男人。

好像是沈诚爸爸的助理，李乐妍听过沈诚喊他"梁叔"。

梁成手里拿着一沓文件，距离不算远，李乐妍就在走廊的拐角接水，也没想到他们会突然停下来，更没想到会听到后面的话——

"这些小诚的手续我就拿去教务处了，麻烦徐老师了。"

"不麻烦，分内的事。冬榆那边的教育实力确实很强，沈诚在我们学校也是有些屈才……"

"徐老师哪里的话，还得感谢你这两年做小诚的班主任。"

两人讨论的声音渐行渐远，快下楼梯的时候，才听到楼道里传来"砰"的一声响，像是什么东西摔在了地上。

声音是从拐角处传来的。

保温杯顺着地面滚出去好远，被一个路过的女生捡起来，见李乐妍还愣在原地，对方犹疑着将保温杯递过来，垂眼却吓了一跳。

"呀，你的手……"

李乐妍的思绪似乎这才回笼，后知后觉地感觉到指尖上的灼烧感，连手背也被烫得泛红。

她连忙接过水杯，冲人道了声谢，然后跑去卫生间冲凉水。

哗哗的水流从指尖划过，皮肤却已经被烫伤，但那点痛感此刻也并不十分强烈，冷水的温度让她冷静了许多。

她没听沈诚说过要转学，而且他不久前刚去了特训中心参加冬令营，如果是转学的话，他没必要……

但她很快又想到刚才在走廊上看见的梁成。

如果真的不是转学，为什么又有那些手续？

李乐妍百思不得其解，也不好跟陈星她们讲，怕自己最近复习压力太大，神经紧张听错了，就一直在心里琢磨着，之后到来的期末考试暂时分走了她的注意力。

两天解决六门考试，每个人都心力交瘁，李乐妍没空去胡思乱想，就这么放了寒假。

寒假期间，李乐妍一直盯着班级群里的动态。她虽然分班进了高二（1）班，但高一（1）班的班群一直没有解散，每次徐志一在群里发言，她就显得如临大敌。

李坪还以为她是担心成绩，笑着安慰她道："妍妍啊，不管考成什么样，爸爸还是会给你做油焖大虾的，这段时间，你的努力我们也是看在眼里……"

李乐妍根本没听进去，拿着他的手机翻家长群，见徐志刚才发的是用电安全通知，放下手机起身，拍拍老父亲的肩说："知道了，爸，我先回屋写作业了，群里有什么动静一定要通知我。"

李乐妍说完就趿拉着拖鞋走了。

李坪无奈，只觉得现在的小孩压力太大了，他得赶紧去做油焖虾。

过年前夕，班级群里出了成绩。

李乐妍年级排名十三，老父亲的心一下落回肚子里，见李乐妍还拿着手机翻来翻去，以为她是对这个成绩不满意，走过来按灭屏幕，让她陪小姨一起去楼下散步。

李乐妍无法，和小姨一起在楼下逛了两圈，后来小姨嫌冷先上去了，李乐妍还揣着手在楼下晃悠。

她确实有些烦，沈诚转学的事一直让她牵肠挂肚。

可她转念又一想，如果真是转学，那也是比较私人的事情，徐志未必会在班群里说。

李乐妍更愁了。

兜里的手机在这时突然响了两下，陈星给她发来消息，转了一则公众号新闻，是这次数竞比赛的结果。

相比于去年，沈诚今年发挥得更好一点，进了全省前五十，直升国家队。

手机接二连三地发出信息提示，陈星在两人的聊天框里刷屏。

陈星：不愧是学霸，真牛。

陈星：到时候参加国外奥林匹克竞赛，距离保送快了吧？

李乐妍打字回了一句，困扰多天的疑惑终于拉开一道口子，但最终的结果，好像并不尽如人意。

数竞比赛结果让她确定了一点，如果她是沈诚，绝对不会在这个节骨眼转学。虽说保送名额并没有板上钉钉，但以他现在的成绩，今年绝对能冲进国家队。后面保送的事情，李乐妍认为是很有希望的。

既然能保送，为什么要去教学资源更好的冬榆呢？

唯一能说得通的解释，那就是沈诚并不知道他会转学的事。

李乐妍犹豫着点开与沈诚的聊天框，又退出来，反反复复多次。

　　她从来没有哪一刻像现在这样纠结过，一方面私心地想要他留下来，一方面又想，是不是他家里出了什么事，不得已才……

　　这明显是他的家事，自己没有资格，也没有立场去参与。

　　可是……

　　李乐妍最后还是把手机塞回了兜里，她决定再好好想一会儿，然而这个想法在当天晚上被打破。

　　沈诚在空间里发了一张今晚飞冬榆的机票，时间显示是晚上八点。

　　看到那条动态时，李乐妍的脑子里只觉"嗡"的一声响，她飞速套了件羽绒服就往外跑，说："妈，我出去一趟，晚饭别等我！"

　　不等曾女士回应，李乐妍已经一溜烟跑到楼下。

　　曾书燕在门口系着围裙，手拿锅铲，没见到人影，嘴里不由得喃喃念了句："这臭丫头，又去哪儿玩？"

　　李乐妍打车到南山花园，地址是她问陈星要的，但真当她一口气跑到小区楼下的时候，她突然又茫然了。

　　自己也不知道怎么想的，第一反应竟然是来家里堵他。

　　可是现在这个时间点，沈诚可能已经到机场了。

　　现在是晚上六点二十七分。

　　李乐妍在小区楼下蹲着步，奉城的冬天飘了雪，白皑皑的天地里，她穿着鹅黄色的羽绒服，特别显眼，下楼出来买东西的沈静云一眼便看见了她。

　　沈静云记忆力很好，记得自己在家长会上见过这女孩，这会儿见她在楼下晃悠，脚步停了下来，主动询问："你是……小诚的同学？"

　　李乐妍看着面前这位优雅知性的女人，她并不认识沈静云，但听对方说到"沈诚"，估计是沈诚的亲戚，立即开口说："阿姨你好，

我叫李乐妍，以前是沈诚的前桌。"

　　沈静云笑了，说："来找沈诚玩吗？不过今天可能不太凑巧，小诚和他爸爸去机场了，回冬榆那边过年——"

　　"阿姨！"

　　李乐妍近乎失礼地打断她，冲她鞠了一躬，说："很抱歉打断您说话，但我想时间可能有些来不及，所以我就长话短说了。沈诚要转学的事，阿姨您知道吗？"

　　李乐妍的视线平静地落在沈静云的脸上，放在腿侧的双手却忍不住紧握成拳。

　　她在赌，赌沈静云知不知道这件事。

　　几秒钟后，她看见沈静云的表情愣住了。

　　去机场的高速路上，窗外的风声疾驰而过。

　　李乐妍系紧安全带，临危不乱地目视前方，怀里还抱着小黑猫小盐。

　　沈静云看出了她的紧张，降低了一点车速，难得这时还能笑出来，说："别害怕，阿姨年轻的时候玩过赛车，这点车技还是有的。"

　　"嗯。"

　　李乐妍点了点头，手继续放在猫脑袋上，小盐轻轻地"喵"了一声。

　　沈静云笑笑，车子继续飞驰。

　　李乐妍终于找回一点理智，小盐的温暖隔着布料一点点传过来，让她想起之前跟随沈静云上楼的情况。

　　沈静云在听说沈诚要转学的事后，几乎火冒三丈，她带着李乐妍先上了楼，在电梯里打了个电话，沈诚和沈振河的电话都打不通，

显然是早有预谋。

在这期间，她听李乐妍简单地把那天走廊拐角的事说了一遍，最后电梯停在十七层。

沈静云风风火火地按指纹，鞋都没换就冲进去把家里检查了一遍，在见到沈振河的房间空空荡荡的时候，她的脸色彻底沉了下去。

沈静云愤怒的动静惊动了不知藏在何处的小盐，小黑猫一溜烟跑出门外，与李乐妍打了个照面。

它像是认出了人，"喵呜"一声跳进了李乐妍怀里。

就这样，她鬼使神差地抱了只猫过来。

沈静云的车技确实好，一个小时的车程被她硬生生缩了一半。把车停稳以后，李乐妍跟着沈静云进了机场，在候机大厅，她看见了正撑着下巴发呆的沈诚。

他的头发稍微有些凌乱，应该是出门前刚洗过头，眼神放空，不知道在看什么。

李乐妍一路克制着的情绪终于爆发，在人来人往的机场大厅，她大声喊："沈诚！"

嘈杂的大厅似乎都安静了一瞬。

出神的沈诚乍然惊醒，回头一看，李乐妍怀里抱着猫，正向他的方向跑来。

他难掩惊讶，从座位上起身，几步走过去。

"李乐妍，你怎么……"

"我……"

刚刚跑得太剧烈了，李乐妍一时喘不上气。

旁边的沈静云抢着包砸了过去，鳄鱼皮手包狠狠砸在沈振河肩上，沈振河表情变了又变，几番欲言又止。

沈静云却丝毫不给他机会，抢在所有人开口之前骂道："沈振河，亏我还相信你这次是良心发现，知道对小诚好，合着就是这副道貌岸然的做派！今天要不是小诚同学过来，还准备骗我到什么候？

"沈振河，你算盘打得响啊，还转学？

"你是不是忘了我是干什么的？转学，算计抚养权？梁成他全都说了，你自己现在生不了就别打小诚的注意！要真论起抚养权来，你跟我试试？"

沈静云气都不喘一下地把这番话说完，然后拉着沈诚和李乐妍出了机场。

这个时候，三人还没吃晚饭，肚子都有点饿，沈静云带着他们去了朋友的餐厅。

桌上很快摆上精致的晚餐，沈诚却一言不发，皱紧了眉心。

沈静云敲了下桌子，提醒道："先吃饭。"

沈诚这才拿起筷子。

李乐妍全程埋头吃意大利面，大气也不敢出。

等她吃完，沈诚抽了一张纸巾递过来，视线在她脸上短暂地停留两秒又移开。

李乐妍小声说了句谢谢，对面的沈静云不知何时接了个电话，大概是工作上的事情，这会儿已经离开位置了。

桌上只剩他们两个人。

李乐妍沉默了一会儿，终于鼓足勇气开口道："对不起。"

"为什么道歉？"沈诚偏头看了过来。

李乐妍一时语塞，她就是觉得自己今晚的行为多少有些冲动，有点太突然，打破了沈诚原来准备和父亲跨年的计划。

"不用道歉，和你没有关系，是他自己要这么做。"

沈诚说到这里点到为止，问道："还想吃什么？我叫他们再加一点。"

"不用了，我吃饱了。"李乐妍忙说。

沈静云打完电话回来，放了一杯热牛奶在李乐妍手边，看向沈诚道："小诚，出来一下。"

沈诚跟着沈静云去了外面的露天平台。

李乐妍双手捧着玻璃杯，浅浅喝了口牛奶。

一个人待在餐厅未免有些无趣，李乐妍又坐了一会儿，想出去透口气。她特意选了与他们离开时相反的方向，却没想到，还是在外面碰见了沈静云。

李乐妍在原地怔了下，正犹豫着想要挪开脚步，沈静云却在这时抬起了头，抬眼朝她望过来，拍拍旁边的椅子，说："过来坐。"

李乐妍硬着头皮走过去，说："阿姨。"

沈静云点了下头，问："准备的饭菜还合你胃口吗？"

"挺好的，菜都很好吃。"

沈静云沉郁的心情也跟着散开一点，看着李乐妍脸上升起的两抹薄红，更是觉得可爱，忍不住打趣道："出来找小诚？"

"没有……随……随便逛逛。"

李乐妍一紧张就结巴的毛病又犯了，顾不上去看沈静云的表情，匆忙低下头。

好在沈静云也只是逗她一下，她伸手拢了拢大衣外套。

夜色笼罩下的奉城安静又美丽，雪花旋转着轻轻落下。

沈静云赏着雪，忽然开口道："沈振河走的那天，奉城也下过这样一场雪。小诚当时才七岁，就这么小的一个娃娃。"

沈静云伸手比了一个高度，然后说："才这么高，小脑袋刚刚到我腰。"

李乐妍是一个很合格的听众，她没有打断沈静云，只是默默地听沈静云说着。

"沈诚小时候体质差，一到冬天就容易感冒，去医院打针挂吊瓶是常事。那时候他爸妈感情还不错，结婚后也有过几年好日子，他们只有小诚一个孩子。那时候小诚还是个小哭包，每次去打针都要哭很久，我从来没见过这么怕疼的小孩。"

那时沈静云还在读大学，每次放假回来都会陪小侄子去趟医院，小时候的沈诚也的确是个哭包，哭得漂亮的小脸上满是泪痕，葡萄似的大眼睛水汪汪的，模样要多可怜有多可怜。沈静云给他录像，沈诚发现后，张嘴哭得更凶。每当这个时候，沈振河就会把沈诚架在脖子上玩骑马……

仅有的一点好时光十分短暂，沈诚七岁那年，行业不景气，公司资金链紧张，沈振河的日子不好过，唯一的精神支柱就是家里的妻儿，偏偏严箐要和他离婚。

严箐大手大脚的日子过惯了，实在受不了节衣缩食的生活，抚养权也没要，就收拾东西走了。

沈诚躺在床上发着高烧，沈静云回去差点吓个半死，急忙把他带去医院，好在最后没什么大碍。

医生数落她，说再烧久些神仙下凡都救不了，让孩子烧成这样才送来……

沈静云没为自己辩解，只是觉得一阵后怕。那时她的事业也是焦头烂额，沈振河又被离婚影响情绪，公司也没心思去管，最后终于宣告破产，他像彻底变了个人，留下一张字条放在七岁小沈诚的卫衣帽子里，就这么一声不响离开了奉城。

那天，也是这样的一个雪夜。

沈诚十三岁那年，沈静云交了男朋友，后来有了儿子沈昊。他们本来准备组建美好的家庭，可男朋友希望结婚后沈静云能把沈诚送走，就这样，沈静云和对方提了分手。

在那以后，她身边断断续续有过许多追求者献殷勤，但在知道她有两个孩子后，无一例外地退缩了。

沈静云早就习惯了，其实也不免动摇过，夜深人静的时候也会想，自己这样的决定到底是不是对的。

可每每这么想后，就会回想多年前，七岁的沈诚终于明白爸爸不要自己后，生了一场病，再度进了医院。

只是这一次，往日每次打针都会哭得满脸是泪的小男孩，什么动静都没有，当时沈静云就坐在他旁边，还以为是孩子烧出什么问题了，刚想摸下他额头试试体温，沈诚就转过了头，他说出的话，沈静云直到现在都还记得。

小沈诚的眉心因为怕疼而微微皱起，却固执地装着男子汉。

他刻意忍着眼泪说："姑姑，是不是我以前打针不乖，爸爸才不要我的？"

沈静云被问得喉间发紧，忙说："没有……"

"那我现在不哭了，姑姑可以带我去找爸爸吗？"

"诚诚，是爸爸不乖，我们不要爸爸了，爸爸坏。"

"爸爸不坏……"

沈静云的眼泪差点憋不住，最后还是换了方向哄："你不是喜欢姑姑吗？和姑姑一起也很好的，姑姑给你买大黄蜂，买汽车机器人，买好多好多玩具陪诚诚玩？"

"可我……想爸爸，我想爸爸，爸爸不要我了吗……"

小沈诚到最后还是没忍住哭了，沈静云抱着他，眼泪止不住地往外流。

其实，她也想不通。他们父母是警察，两个人的工作都很忙，沈静云从记事开始，沈振河是比父母还要更真切的存在。沈振河比她大五岁，会在半夜抓住翻冰箱的她，给她煮面条，会帮她收拾找麻烦的混混，她生病了打针怕疼，他还给她捂眼睛……

以前的沈振河，也是一个很好很好的哥哥，至少带大了她。

她不知道到底是发生了什么，事情会变成现在这种局面。

回忆到这里，沈静云的眼圈有些发红，她擦了下眼睛，说："抱歉，我失态了。"

李乐妍找了个借口离开，因为她觉得，现在让沈静云一个人待一会儿可能会更好。

她心情复杂，路过几排咖啡桌，看见了沈诚。

沈诚回头，看见李乐妍眼圈发红，只是盯着他。

他笑了笑，问："怎么了？"

李乐妍走上前，右手放在他的头上。沈诚表情一僵，刚想问她想做什么，头上就被人轻轻摸了摸，像他平时摸小盐那样。

李乐妍站在他身前，轻声说："班长，有些爸爸天生就是不合格的爸爸，那并不是你的错。"

自从分班后，她已经很久没有叫过他"班长"。

这个称呼在李乐妍这里，意义是不一样的。

她为沈静云回忆里的那个小哭包沈诚感到心疼，他是以什么心情说出"是不是我打针不乖，所以爸爸才不要我了"的那句话呢？明明是那么小的孩子，自己在这么大的时候，还在楼下小区玩泥巴呢。

如果可以，她想穿越回去，抱一抱那个怕疼又爱哭的小孩。她想告诉他，他的爸爸不要他，那并不是他做错了。

沈诚有一瞬间的动容。

虽然他如今已经长成了独当一面的少年，可童年的创伤并不是能轻易抹去的，直到现在他都严重缺乏安全感，有时半夜甚至会做被人抛弃的噩梦，从而冷汗淋漓地惊醒。从来没有人跟他说过，那不是他的错，连姑姑也没有。

他抬起头，眼圈泛红，却若无其事地笑着问："我姑姑是不是跟你说了什么？"

李乐妍点点头道："说你小时候是个哭包。"

她说完才觉得这话不太合适，于是赶紧说："不……不是……我不是那个意思。"

沈诚笑着点了下头，见他脸上总算多云转晴，李乐妍那颗悬着的心也往肚子里放了放。

"不难受了？"

"好多了。"沈诚冲她扬了下唇，"李乐妍，谢谢你，我是认真的。"

他话音刚落，李乐妍还没来得及说什么，沈静云就走了过来，叫他们回家。

白色库里南停在小区楼下，李乐妍打开车门，在驾驶座外和沈静云道了谢。

沈静云弯了下唇，从车里拿出一只小礼盒递给她。

李乐妍忙摆手。

沈静云不容她推托，说："不是什么贵重的礼物，朋友在寺庙

里帮我求的福坠，款式你应该会喜欢。"

"可是……"

"拿着吧，小朋友。"沈静云笑道，"就当是新年礼物，春节快乐。"

"春节快乐。谢谢，那我收下了。"

"快回去吧，别让爸爸妈妈担心了。"

李乐妍和副驾驶上的沈诚打了个招呼，随后转身上楼。

沈静云见侄子的眼神一直追随着小姑娘的身影，忍不住打趣道："要不我把你放在这里，你跟人家回去？"

姑姑平时没什么长辈架子，喜欢开些不着调的玩笑。

沈诚对此已经很习惯了，冷淡地说："您开车吧。"

"嘿，你小子，把我当司机了。"

沈静云一边说着，一边发动了车子。

车一路驶向南山花园，沈静云刚停稳车，和沈诚下车往里走，背后有人突然叫住了他们。

"静云。"

这道声音耳熟，两人回头，梁成站在花坛边，目光温润，说道："能聊聊吗？"

沈静云闻言愣了下，转头正准备吩咐沈诚上去，梁成却先一步开口："小诚不需要回避的。"

沈静云问："你想在哪儿聊？"

梁成打开轿车后座，沈静云和沈诚一起上了车。

大概过了半个小时，车在一处偏僻的城中村停下。巷子口狭窄，梁成将车停稳后，带着他们走了进去。

沈静云心中疑惑，倒也没说什么，跟上梁成。

三人的脚步声在楼道里回荡，这里四处都很破旧，栏杆上泛红的铁锈，楼道里斑驳的墙皮，坏掉的却没有人维修的灯。

月光从窗户外面投进来，刚好够看清脚下的路。

他们一直上到三楼，梁成拿出钥匙，打开眼前的门，"咯吱"一声，一间不足四十平方米的小屋出现在眼前。

屋子虽然破败，却收拾得很干净。

梁成站在门边，冲他们说："环境有些简陋，别介意。"

沈静云没有动作，只是觉得不解。

沈振河现在有多少资产她并没有去刻意了解过，但也知道，冬榆数得上名号的商人里面有他。

她以为梁成会找一处安静的地方谈话，像现在这样一处破旧的出租屋，她是无论如何也想不到的。

梁成见她一直没动，又问了一句："介意吗？"

"没有。只是想不通……为什么是这里。"

"你进去就知道了。"

沈静云压下心底的疑惑，终于走了进去。

出租屋里面的空间比从外面看到的还要逼仄，几张老旧的沙发拼在一起，窗户只有一个。梁成走进来，将窗户推开一点，大衣外套被他随意地扔在沙发靠背上，人也窝进沙发里。

这模样，和之前在门外简直判若两人。

在沈静云固有的印象里，梁成一直是那种西装革履的精英模样。她这才发现自己并不了解他，哪怕他们已经断断续续认识了十年。

梁成的右手袖口散开，露出了腕侧的一道疤，很长的一道，一直绵延到袖子里。

沈静云问："疤怎么弄的？"

梁成淡淡地道："以前被人砍的。"

沈静云一愣。

梁成没抬眼看她，说："那时候，公司资金周转不过来，申请破产结算，严箐……"

这个名字被提到的时候，梁成明显停顿了下，抬眼看向对面一言不发的沈诚。

"振哥离婚以后，萎靡了挺长时间，公司的坏账也多，我们当时存的钱都赔了进去，可是还不够。后来银行抵押房产，我那时就忙着这事。"

当初沈振河和梁成穷困潦倒，只有抵押掉南山的房产可以解决一部分的欠账。

偏偏在这件事上，沈振河前所未有的执拗。严箐和他离婚，儿子还那么小，如果再把房子卖了，就只能投奔妹妹。

沈静云当时也才大学毕业不久，自己都还没站稳脚跟。

这些梁成也知道，但他想着，房子没了可以再买，事业没了可以再拼，可若是眼下的难关过不去，那就不能重新开始。

这么简单的道理，明眼人都知道该怎么做，所以为这事，两人那段时间没少吵架，后来沈振河似乎想通了，给了房产证让梁成去公司办手续。

银行的手续并不是一天两天就能办完，但好歹沈振河算是松了口，梁成也以为是他想通了。

他的警惕心也跟着放松下来，听见沈振河说出去散心，也没太在意，谁想到下午回来，沈振河就直接提了一袋钱。

沈振河借了高利贷，大头补公司的欠债，剩下的三十万单独给梁成，然后他留了张字条，就自己一个人跑去了冬榆。

梁成说到这里，从大衣口袋拿出那张化验单，上面是沈振河的伤情鉴定。

生育能力丧失，肋骨断裂三根，手臂及身体多处骨折，轻微脑震荡，肾脏器官破损……

沈静云的视线从那一排排诊断说明上扫过，僵硬到像是看不清字。

这是什么意思？

"他当时……"

"他当年不知道是着了道，还是病急乱投医。担保人是我们以前的兄弟，振河相信他才签的字，后来筹钱还债才发现问题。振河怕连累你们，想着把小诚托付给你，他走了房子自然能空出来，你到时候把房子卖了，剩下的钱够你和小诚……"

"我问你然后呢？你当年找到他时怎么了……"

沈静云突然的质问让梁成愣了下，拍了下她的肩以作安抚。

沈静云侧开身子躲掉，仍在追问："他在冬榆怎么了？"

"他……我过去的时候，那群人已经找上门了，人很多，我们没躲过……"

当时沈振河住在冬榆的一处老城区，那些人找上门的时候，梁成手上挨了一刀，被人按在地上，看着沈振河身下的血越流越多。

那是梁成觉得这辈子最灰暗的一天，再怎么遗忘都忘不掉的画面。

那天后来下了雨，倾盆的雨势将地面冲刷得一尘不染，血迹一点点消失。

梁成背着沈振河赶去医院，抢救室的红灯亮了很久，沈振河终

于醒了过来，只是再没有重回奉城的勇气。

他们是老同学，学生时代的沈振河骄傲肆意，在校园里意气风发。那时沈振河学习不好，吊儿郎当，回家要照顾小五岁的妹妹，却在高三那年沉下心来，跟着梁成学了一年，最后如愿和严箐考上同一所大学。

再后来，人生好像按部就班，大学毕业后，梁成去参加了沈振河和严箐的婚礼。

他看着沈振河成家立业，看着往日青涩的少年成为父亲，看着沈振河成为"沈总"，又看着沈振河被人背叛失去所有，命悬一线后身体残缺……

那么骄傲的人，被踩进泥里。

沈振河曾不止一次想拔掉插在身体里的管子离开这个世界。

每到这个时候，梁成就会拿着找人拍到的录像给他看，看着小小的沈诚在儿童节表演一棵小树，吃糖葫芦还沾了点糖稀在鼻子上。小哭包一年年地长高，过年的时候，明明自己害怕鞭炮，还会给沈静云捂耳朵……

沈振河就靠着这些照片，重新活了下来。

除夕夜。

沈静云站在厨房里，刀工利落地切着菜，旁边的砂锅里炖着鸡汤，香味飘散出来。

客厅的沙发上坐着三个人，中间是个子小小的沈昊。

液晶电视屏里正在播放春晚，当红明星裹着一袭优雅的红色礼服在唱歌。

沈昊听得手舞足蹈，好半晌才反应过来，客厅里的氛围同往日不一样。哥哥没有给他剥砂糖橘，右手边还多了一位不太熟的舅舅。

沈昊的大眼睛在两人身上转了两圈，又想到在厨房做饭的妈妈，更疑惑了。

往年的团圆饭因为保姆要回家过年，沈静云都会请德宴楼的厨师上门做饭，今年却是自己做。

不知道妈妈会不会做他最爱吃的红烧狮子头……

沈昊神游天外地想，又拿了个砂糖橘，慢吞吞地剥了皮，小小的一个砂糖橘，果瓣聚拢在一起，像个灯笼，他第一个递给沈诚，说："哥哥，吃橘子！"

"我现在不吃。"

沈诚接过那个橘子，掰开一瓣喂给沈昊吃。

沈昊吃了橘子，又剥了一个，递给沈振河，笑着露出两颗小虎牙，说："舅舅吃！"

"谢谢。"

沈振河接过，笑容有些僵硬。

沈昊精力旺盛地又剥了一个，跑去厨房给沈静云献宝了。

客厅一时只剩下父子两人。

沈振河有些局促，小小的砂糖橘在他手里仿佛变成炸弹，他无所适从地想把橘子放回去。

沈诚突然出声："吃吧，挺甜的。"

沈振河动作一滞。他没有想到，经过那天机场的事后，沈静云还会请他过来过年。

其实他也不是要跟沈静云争夺抚养权，只是不久前他听说了沈静云当初差点跟一个男人结婚，最后因为沈诚，耽误到现在，也害外甥沈昊成了单亲家庭的孩子。

沈振河知道自己不能再把孩子丢给妹妹管了，这些年他东山再起，也能腾出时间来照顾家里了，所以他才想把沈诚带回冬榆自己抚养，闷不吭声地给沈诚办了转学手续。

他怕沈静云舍不得，所以才没跟她说，想等到了冬榆那边，再告诉她。

可没想到，他的计划到底是被突然冒出来的沈诚同学给打乱了。

他下意识地看向儿子，沈诚专注地盯着电视上演的小品，没了沈昊的调剂，父子二人的气氛尴尬。

半个小时后，饭菜上桌。

沈静云做饭的水平很好，沈昊心满意足地吃了两颗狮子头。吃完饭后，沈诚抱着他去洗漱，客厅留给大人们商讨。

关于那晚沈振河和沈静云之间具体说了什么，沈诚不得而知，梁成后来又来了几次，沈振河又住回了家里。

父子俩同住一个屋檐下，彼此之间都有些不自然，好在之前磨合过一段时间，加上知道了以前那些事，沈诚的态度较之前更为柔和，沈振河也顺势而为，父子俩的关系难得回春。

寒假很快过去，高二下学期开学。

沈诚的转学缺了一些手续，开学这天，沈振河亲自开车到十三中和徐志说明情况，徐志自然求之不得。

本来十三中的教学质量一般，前段时间徐志因为沈诚会离开而忧心不已，但又想到对方是学生家长，他一个小小的班主任也干涉不了，只是心里难受。

如今人确定不走了，失而复得的喜悦让徐志眉开眼笑，仿佛教学生涯的功绩已经添上一笔，笑呵呵地和沈振河寒暄了半天才送走了他。

李乐妍寒假的作息没调整过来，开学第一天没什么精神，正趴在桌子上补觉，冷不丁听见有人在她桌子上敲了两下。

李乐妍抬眼，刚好看见沈诚从教室门口晃过。

"沈诚。"

她叫了他一声。

沈诚走进一班教室，拉开书包拉链，从里面拿出一盒栗子糕，放在她桌上。

徐诺和陈星也在，他问了一句："聊天呢？"

"还没呢，才刚把妍妍叫醒。"

"是吗？"

沈诚点了点那盒栗子糕，说："家里做的，尝尝，你们先聊，我先回趟教室。"

"好的，那我们就不客气啦。"

"嗯。"

沈诚迈开步子走了。

李乐妍拿起一块栗子糕啃了一口，后知后觉地想起来，问："星星，你们过来找我干什么？"

"当然是来聊八卦了！开学第一天，还能干什么？"陈星激动地说，"最新消息，老徐可能中彩票了！"

徐诺问："你从哪儿听来的消息？"

陈星说道："我刚才在楼梯上碰见老徐，他的脸都快笑烂了。你们说，我现在在他课上好好听，他会不会心情一好，分我个千八万的？"

徐诺失笑道："出息，有这么缺钱？"

陈星无奈地摊摊手道："大小姐，富有最终还是限制了你的想象。"

两人你来我往讨论得正激烈，李乐妍却很快地吃完手里的栗子糕，问："徐老师真的中彩票了吗？"

"徐老师中没中我不知道，但陈星可能是快中了。"徐诺调侃道。

陈星转过身去戳她的腰，说："你什么意思？"

徐诺边躲边说："不是你说的吗？有空多看看书，不要一有时间就瞎做梦，有那个时间还不如实实在在去打听一下，人家是因为沈诚没有转学才笑眯眯的。"

"转学？什么转学？沈诚要转学了？我怎么不知道？你都从哪儿听来的？"

"期末那会儿吧，听说是要转学。这事乐妍也知道，不过不知道怎么又不转了……"

"什么？"

这消息直接把陈星砸蒙了，她看看李乐妍，又看看徐诺，最后一头趴在课桌上假装抹泪。

试问一件事大家都知道了，就她蒙在鼓里是什么感觉？

她感觉自己被全世界抛弃了。

就这样还怎么宣称自己是沈诚的头号迷妹啊？徐诺和李乐妍也太不够义气了，居然不告诉她……

徐诺又安慰了她几句，之后话题换成了寒假去了哪里玩。

李乐妍有些心不在焉。

距离过年的那次冲动已经过去了很久，当时想留下沈诚的愿望太强烈，使她忘记了平日的胆小。现在想来，自己都还觉得有些匪夷所思，但又确实是她做出的事。

这一辈子，应该再也不会像那天一样勇敢了吧？

她模模糊糊地想。

晚上的时候，班主任唐玲进来讲了些注意事项，又按成绩重新排了位置。

李乐妍上次期末考得很好，第一个进去，选了个走廊靠窗的位置。

新换的同桌是个女生，性格挺自来熟，哪怕李乐妍和对方没怎么接触过，也能很快聊起来。

学生时代的话题总不免提到某些风云人物，沈诚的名字频频出现。

李乐妍从新同桌口中得知了一个消息。

沈诚所在的国家队即将奔赴国际奥林匹克数学竞赛。

陈星也得知了这个消息，打算拉着她和徐诺，这周末去枫叶山给沈诚求考前平安符，祝他考试顺利，手捧桂冠为国争光。

徐诺听说枫叶山上有一万来步的石阶，当即就打了退堂鼓："换点别的东西吧，爬山我是真不行。"

"哎呀……"陈星想说些什么。

徐诺赶紧双臂交叉，说道："免谈。"

见这尊佛劝不动，陈星转头换了目标，说："妍妍……"

"几点呀？"

"哈哈哈，我就知道你最好了！周六早上八点，咱们枫叶山脚下见！"

上课铃响，陈星和徐诺回了零班。

晚上放学，李乐妍收拾着书包，摸到桌洞里还剩下两块栗子糕，

塞进书包后，出门又碰见了沈诚。

沈诚笑着问："栗子糕好吃吗？"

"挺好吃的，是阿姨做的吗？"

"嗯，姑姑想到开学，特意做好了让我带过来。"

"那替我谢谢她。"

"好。"

两人就这么聊着出了校门，李乐妍刚准备去公交车站，余光瞥见一辆车停在路边，是熟悉的连号车牌。

李乐妍愣了愣，下意识抓住沈诚的袖子，她还记得那天沈诚的爸爸要将他带回冬榆的事。

沈诚转身冲她笑了一下，说："别担心。"

李乐妍这才慢慢松开手，看着沈诚坐进车里，消失在夜色里。

良久，她才吹了下落在眼睛上的碎发，轻轻呼出一口气。

很快到了周六。

早上七点五十分，李乐妍在山脚下车，没看见陈星的身影，倒是接到了她的电话。

陈星家里亲戚过生日，她被拉过去贺寿了。

虽然临时被"放鸽子"让人不爽，但这种情况也在所难免，李乐妍没生她的气，关掉手机后，看着前方的长长天梯，深吸一大口气，走了上去。

李乐妍感觉自己走了大半个世纪，后背出了一层汗，脚下的石阶跟走不完似的，终于在接近中午的时候，抵达了山顶。

山上的游客不算多，但聚在香鼎前焚香的人也不少。

李乐妍在门口看了一圈，走进庙内求签。

寺庙也卖一些手工纪念品，可以祈福。李乐妍看着玻璃展柜，一眼相中一条手串。那是一颗月牙白的玉坠，放在檀香木的盒子里，红绳穿着玉石而过，轻巧又漂亮。

李乐妍买了一条，刚想要走，被一名僧人拦住，对方递过来她刚才求的竹签。

"施主想要解签吗？"

李乐妍接过竹签，上面写的字她认识，但意思看不懂。

她问小师父，这枚签是什么意思。

僧人双掌合十，低头微笑道："此签，乃是求诚得诚。"

求诚得诚？

这是什么意思……

小师父笑着没说话，又去解答下一位签主了。

李乐妍懵懂地走出庙外，把信签挂在榕树上，盯着手里的红绳玉坠失神。

周一上学。

陈星买了一杯桃桃乌龙，加了李乐妍爱吃的椰果芋圆前来串班。

李乐妍接过，眯着眼睛吸了一大口，十分满足。

陈星欣赏着她买的那条红绳玉坠手串，觉得十分好看，想着什么时候弄一条给周铮……

李乐妍猜不到好友的心思已经飘到了九霄云外，她又吸了一口奶茶。

陈星终于放下手串，说："不过，这个东西你还是尽早给沈诚吧，听说再过几天，他就要和一中的人一起去北临会合了，到时候可能直接飞国外了。"

李乐妍点点头，表示知道。

做完课间操后，她打着找沈诚问题目的幌子，在他给她讲完最后一道数学题后，把东西递了过去。

沈诚愣了一下，不解地偏头看她，问："这是什么？"

"平安坠，听说能保佑考试平安。"

"给我的？"

"嗯。"

"哪里来的？"

"枫叶山上的寺庙求来的。"

那座山可不低。

沈诚的目光若有所思。

李乐妍心下稍慌，从座位上起身，说："你别误会，我就是希望你竞赛能取得好成绩，本来是和陈星一起去的，她有事耽误了……"

沈诚一顿，问："所以你是一个人爬上去的？"

怎么越描越黑了？

李乐妍赶紧说："快上课了，我先回去了。"说完她便一溜烟地回了自己教室。

沈诚看向墙上挂着的钟，上面显示离上课还有十分钟。

晚上放学，沈诚在书房写了会儿作业，再出来时，没有见到沈振河的人影。

沈振河最近很忙，除了每晚雷打不动地开车过来接他放学，剩下的时间都在公司。

听梁成说，沈振河好像是把在冬榆的项目逐渐往奉城转。

这样一来，他的工作难免多了些。

沈诚接了一杯温水，手机里就进了消息，沈静云让他下楼吃饭。

他换了一套家居服下楼，在厨房盛好饭，一家人坐在一起吃饭。

沈静云喝着汤，嘱咐阿姨打包两份放进保温盒，准备一会儿开车给沈振河和梁成送过去。

饭后，沈静云开车去送饭，沈诚留在楼下陪沈昊玩了一会儿积木。沈静云动作很快，不一会儿就回来了，推开门见他俩在玩也没打扰，泡了个澡敷上面膜去追剧。

等沈诚出来的时候，沈静云正看得投入，沈昊已经被他抱回房间睡觉。

沈静云对他招了招手，说："过来陪姑姑看电视。"

沈诚有些无奈地说："我不爱看那些。"

"过来，不要让我说第二次。"

沈诚只得走了过去。

电视上放着偶像剧，实在提不起他的兴趣，看了没多久就昏昏欲睡。

沈静云则被电视里的男女主角感动得"哗哗"流眼泪，正要去拿茶几上的抽纸，忽然看见沈诚手上系着的红绳。

沈静云动作一滞，鼻音浓厚地问："你同学找你了？"

"什么？"

沈诚一时没反应过来。

沈静云指指他手上的红绳，问："这个，我过年那会儿送给她的坠子，她还给你了？"

沈诚低下头，看了眼左手腕骨上的红绳，说："这不是你送她的那条。"

"我记得好像是这样的坠子。"

　　沈静云又凑近看了看，确定之后，弯了下唇，说："还真不是。你这条是左边的小月，我送的那条是右边的，看着确实像。她为什么要送你这个？"

　　沈诚抿了抿唇，说："她祝我考试顺利。"

　　"是吗？"沈静云有些狐疑地看他一眼，"那你别辜负了人家，要好好考啊。"

　　沈诚点了点头，上楼去睡了。

　　沈昊在房间睡了没一会儿就醒了，吵着要吃蛋炒饭。

　　沈静云给儿子喂完一碗米饭，打发他去楼上给沈诚送荔枝，沈昊带着空果盘回来，小小的脸上带着大大的疑惑。

　　"妈妈，哥哥最近好奇怪呀。"

　　沈静云问："哥哥怎么了？"

　　"我刚才上去送水果，看见哥哥拿着手机拍手，哥哥真自恋。"

　　沈静云洗着果盘，想到什么，忽然笑了。

第七章

录取通知书

　　沈诚去参加比赛以后，时间仿佛也往前加快，高二这一年转瞬迎来了奉城的盛夏。七月过后，已经毕业的高三年级离校，校园里空荡荡的，高一年级也跟着放了暑假。

　　原来的高二学生升入高三，需要补一个月的课，假期瞬间少了一半。

　　蝉鸣聒噪，讲台上的老师讲课让人昏昏欲睡，李乐妍强打着精神，撑着眼皮，终究还是抵不过困乏，小小地眯了一会儿。

　　再醒来时，她被唐玲叫去办公室，领了一沓心愿便笺纸。

　　星期三的班会上，唐玲做了动员，给他们介绍了一下当前高考的形式，并让他们每人写下自己心仪的院校。

　　李乐妍没有犹豫，很快在纸上落下几个字。

　　大家写完之后，唐玲组织班委把便笺收上来。

　　李乐妍顺着走廊往下收，等走到最后一排位置时，却看见徐浩的便笺纸上只字未写。

　　"不写吗？"她问。

"不知道写什么。"徐浩挠挠头，"我还没想过这方面的问题。"

"没有想去的大学吗？"李乐妍又问他。

徐浩继续摇头道："真没想过。"

他小心地看她一眼，说："班长，你写的什么啊？要不给我抄下，你看这都要交了……"

"又不是作业，这个怎么抄啊。"李乐妍笑了笑，"没事，这个不用着急。唐老师说了，如果没有想好，交白纸也是可以的，并不一定现在就必须有一个目标。"

"唐老师真这么说？"

李乐妍狡黠地笑笑。

徐浩了然，终究是将空白便笺交给了她。

李乐妍接过，她这话说得也不算全无道理，唐老师并没有硬性要求每个人都必须写出自己心仪的院校。这一举动也只是为已经有目标的同学以后能够走得更加坚定，鞭策自己不断向前，没有目标也可以建立出紧迫感，更加努力地投入复习。

果然，李乐妍将便笺纸交去办公室的时候，唐玲并没有说什么，当晚就在教室外张贴了心愿栏。

不止他们一个班，其他班级都是一样。

李乐妍又跑到（0）班去串门。

陈星他们班同样贴出了心愿栏，便笺纸上的愿望一目了然。徐诺想考北临电影学院，陈星写的南邮大学。

李乐妍一张张看过去，又跑回自己班级前。

她的理想是考上奉城师范大学，在三尺讲台上实现梦想。

在很小很小的时候，李乐妍就知道自己和哥哥不同，家里的僵局她是明白的，哥哥为了自己的梦想走上了警校之路。

她没有那么高的抱负，也想空出多余的时间陪在父母身边。

所以，当一名人民教师，也是很好很好的一个梦想。

她会努力地去实现它。

他们都有不同的理想，也会有光明的前途。

八月伊始，补课迎来尾声，各科老师语重心长，在讲台上把一些陈年旧话又重复了一遍。

李乐妍听得认真，等老师离开后，随着下课铃收拾书包。

陈星和徐诺过来找她，三个女生一起聊天下楼。李乐妍到家后，倒头就睡。

在她睡觉的时候，大洋彼岸的少年已经身披荣光，载誉而归。

又一届奥数竞赛杯金奖被他斩入囊中，论坛帖子也同步更新。

李乐妍醒来后，叼着牙刷看论坛，得知已经有多所高校向沈诚抛来了橄榄枝，他被保送已经是板上钉钉的事。

他真的要奔赴更好的未来了吧？

李乐妍打开水龙头，慢慢接完一杯水，心中一阵没来由的失落。

那么以后，他们之间的交集……也会越来越远的吧。

她和沈诚，原来就是两条互不相交的平行线，只因为她压线考入十三中，进了重点班，这才和他有了相识的机缘。但说到底，他们也不是同一个世界的人，短暂的交集过后，只怕会分道扬镳吧？

假期一晃而过，高三开学两周后，升旗结束的课间，徐志捧着茶杯在走廊上溜达，脸上透出几分春风得意。

陈星从后面拍了一下李乐妍的肩，问：“大新闻，听不听？”

“什么？”

"沈诚回来了！正在选学校呢，听说北临和上洲都抢着要他，不知道他选哪一个……"

这消息太突然，李乐妍不禁有些意外，问道："现在就确定了吗？"

"那倒没有，不过应该也快了，沈诚在办公室待了挺久的。"

李乐妍闻言，一颗心猛地往下坠，她的脚步顿在原地，看见沈诚正站在一班教室门外的心愿栏前。

周围来来往往路过的人很多，李乐妍的视线在他身上停留片刻，又被她强迫着移开。

到现在，她才真的意识到这点。

他是真的要离开了。

不管是北临还是上洲，都与她没有关系了。

想到这儿，李乐妍垂在身侧的手抓了抓校服衣摆，她没有和陈星他们一样走过去和他打招呼，而是略低下头，脚步匆匆地想要走进教室，却不料在迈进前门的那刻，被他伸手拦住。

"李乐妍。"

久违的声音落在耳畔，李乐妍的步子不自觉僵住。

"看路，别撞到人了。"

沈诚将她往旁边拉了拉，她略显错愕地抬眸。

他指指眼前的心愿栏，上面有她写的便笺贴，问："你想考奉城师大？"

李乐妍愣愣地点了下头。

沈诚抿了下唇，思索许久，最后落下一句："知道了。"

他知道什么了？

李乐妍一头雾水，看着他被突然出现的徐志叫走，身影消失在拐角。

隔天，李乐妍去英语办公室拿报纸，被唐玲叫住。她问："李乐妍，你想考奉师？"

李乐妍点了下头，虽然不知道为什么班主任突然问这个，但她还是没有多问。

唐玲放下红笔，抬头冲她弯了下唇，说："那就加油，不要辜负有人对你的期待。"

这番话说得云里雾里，李乐妍没太听明白，但唐玲说完又重新低下头去批改作业，她只好带着英语报纸回教室。

晚上最后一节晚自习，安静的教学楼里依稀传出一点动静，声音被墙壁隔绝，但能感觉到是（0）班在办什么活动。

李乐妍的同桌很活泼，捅捅她的胳膊，说："班长，你猜（0）班现在在干吗？"

"干什么？"

"听说是在给'学神'办欢送会，沈诚你知道吧，我记得你以前是从重点班出来的，你们还是同学？"

"是。"

"他不是参加什么竞赛吗，我朋友说，北临大学的人今天还去徐老师办公室了，校长都去了。沈诚应该是要去北临了，没想到有生之年还能和北临大学的男生做同学，那说出去岂不是倍儿有面子……"

李乐妍看着笔下的题目发起了呆。

北临大学啊……

那儿好远的。

晚上，冷风打在人脸上泛着凉意，李乐妍锁好门窗，走出教学楼，转身撞到了一只胳膊，吓得她差点叫起来。

沈诚有些无奈地说："吓到你了？"

李乐妍还捂着胸口，问："你怎么在这儿？"

"班里收拾卫生晚了些。"沈诚说完又看她，"又在写题？"

"嗯。"

"有不会的吗？我可以……"

"今天没有。"

话说到一半被她打断，沈诚有些讶异，也察觉出她情绪的不对，在旁边停下问："怎么了？"

"我……"

李乐妍捏紧了手里的书包带子，抬起眼问："他们说你要去北临大学。"

"谁说的？"

"很多，他们都这样说。"李乐妍察觉到他的视线落在自己脸上，有些不自在地偏过头，"而且你们班不都……"

"所以你也以为我去北临了？"

李乐妍抿了下唇。

半晌，沈诚轻笑了一声，说："光知道听别人说，为什么不来问我？"

李乐妍闷闷地不说话。

沈诚说："不去北临。"

"什么？"她后知后觉地抬起头。

"我不去北临。"沈诚又重复了一遍。

"为什么？"李乐妍忍不住问。

像北临这样顶尖的名牌大学，是他最好的选择，不会有比这更好的高校了，而他现在竟然说不去？

这是为什么？

沈诚并没有给她解释，而是伸出左手腕，他的手指修长，腕骨明晰，上面系着一根红绳，平安玉坠在月色下泛着温柔的光芒。

"多亏了你，所以我考得很好。"

他最后留下这么一句没头没脑的话。

时间仿佛在他说完的那一刻凝滞，走廊上泛着黄晕的灯光，和他眼底激滟的光汇在一起，让人一时间分不清，这是现实还是梦境。

之后，沈诚清了下嗓子，道："回去吧，再晚该关门了。"

"嗯。"

仲夏的夜总有什么是躁动着的，但如萤火虫的星点，到底是又消磨在夜色里的。

这个夜晚的一切都让李乐妍恍惚，人也像踩到了云朵里。

学校第二天在校门口的公示栏上张贴了喜报，李乐妍刚下公交车，就看见校门口有一群人挤在一起。

其中还有陈星，另一边的树荫下，徐诺正不耐烦地等着。

李乐妍有些莫名，走到徐诺旁边问："这是怎么了？"

徐诺抬手遮了下眼睛，说："等陈星呢，不知道瞎凑什么热闹，在那儿看半天了，也不知道在干什么。"

李乐妍闻言也跟着望过去，见陈星的脑袋混在里头拱来拱去，半晌，终于挤了出来。

陈星过来就拉着她俩开始八卦，表情激动，语气里满满的不可思议，说："你们知道吗？"

"知道什么？"

徐诺揉着太阳穴，感觉跟她混在一起迟早折阳寿，大早上一惊一乍的，让她心跳都快了几拍。

"你们知道吗？沈诚他——他保送选的奉城师大！"

"你说……什么？"

"是不是很意外！他竟然选的奉师！虽然说奉师也挺难考的，但一想到他拒绝北临，我就一整个绷不住啊……"

"这有什么绷不住的，你知道沈诚选的是什么专业吗？"徐诺在旁边接了个话头。

两颗脑袋立马好奇地转了过去。

陈星忙问："什么？"

徐诺十分不解地在陈星脸上扫了一眼，那眼神意味明显。

你这八卦小能手连这个都不知道？

陈星脸皮厚惯了，这会儿也没在意，只是摇着徐诺的胳膊说："哎呀，徐大美女，你就说吧……"

"沈诚选的信息与计算机科学，这个专业奉师去年的评估是A+，国家特色专业，比北临大学还要略强一点。而且奉城师大离家也近，他大概是不想太麻烦吧。"

"这样听也有道理哦，大学离家近其实还蛮好的……"

几人聊着天上了教学楼。

李乐妍脑子里一片空白，总感觉不太真实。

到了体育课，她照例在自由解散后躲在树下乘凉，沈诚也往这边走了过来，他在她旁边坐下，问："不跟她们一起去打球？"

陈星她们正在不远处打羽毛球。

李乐妍摇了摇头，说："热。"

想了想，李乐妍还是决定主动问："沈诚。"

"嗯？"

"你为什么……选奉城师大？"

"你觉得是为什么？"

"离家近吗？"

沈诚笑着点了下头，说："有这方面的原因，但不止。"

"还有什么？"

沈诚没有直接回答，而是突然叫她的名字："李乐妍。"

李乐妍一怔："嗯？"

沈诚的唇瓣动了动，眸光也定定地看着她，他说："我在奉城师大等你。"

"我……"

李乐妍从来没想过他会说这样的话，还没想好怎么回答他，体育老师突然走过来。

"沈诚，找几个人去器材室帮忙，抬一下乒乓球桌。"

"好。"

沈诚说完就起身离开了，留下李乐妍坐在原地，半晌没回过神。

陈星和徐诺打完羽毛球，两人捧着冰水过来找她。

陈星拿小布丁在李乐妍脸上冰了下，见她竟然没反应，不由得凑近了些看她。

"你怎么了？魂被偷了？"

"啊……你们打完了？"李乐妍这才发现她们回来了。

"在你身后半天了，你才知道啊。想什么呢，这么出神。"

两人一左一右地在她旁边坐下。

徐诺问："班长刚才过来找你了？"

李乐妍点点头道："他说他在奉城师大等我。"

陈星说："你不是本来就想考奉师吗？"

"是啊，"李乐妍苦恼地抱着头，"可是我怕我考不上啊，他这么一说，害我压力变得好大，万一考不上怎么办？"

"还没考你就打退堂鼓了？"

徐诺笑着看向她，说："离高考还有这么久，你就往死里学呗，要是这样了还考不上，那就得之我幸，失之我命了，反正就遵从你内心最真实的想法呗。"

徐诺说完也不等李乐妍回应，架着陈星又走了。

李乐妍在原地想了想，良久，终于起身往器材室的方向走去。

器材室外，一张乒乓球桌被男生们合力抬出来，放在外面的露天球场上，然后他们在洗手池边排队洗手。

沈诚转身时，看见李乐妍站在距离洗手池不远的空地上，眼神向他这边投过来，看样子像是在等他。

沈诚快步走过去。

"找我吗？"

李乐妍点点头，内心有些紧张。

她抬起头，声音比想象中要平静，说："沈诚，你以后能辅导我复习吗？我也想考奉城师范大学。"

沈诚笑了笑，目光径直落在她脸上。

那天的蝉鸣好像并不聒噪，夏风宜人，空气中泛着清爽的草木香。

一向散漫度日的李乐妍，这一刻好像突然有了目标。

在那之后，高三的时间飞逝。

沈诚的保送通知早就下来，李乐妍投入了紧锣密鼓的复习中，高三一年的生活实在辛苦。

她不会做的题有很多，好在每次崩溃的时候，都有沈诚在身边耐心讲解。

桌上的复习书越堆越高，卷子做了一套又一套，班上有同学收集用掉的笔芯，集齐后发现竟然有小孩手臂那么粗。

闷热的教室里，大家都埋头学习。

李乐妍有时做着题，会突然陷入茫然又自我厌弃的情绪里，眼泪一颗颗地掉下来，将试卷上的黑色笔迹洇湿，她不知道自己在坚持什么，也不知道自己还能坚持多久。

每当她的思维走入死巷时，沈诚就会带她去夜跑。

操场上夜风温柔，他跑在她前面，校服下摆荡出一点弧度。李乐妍喘着粗气，笨拙地跟着他，那些糟糕的情绪似乎也随着体力的流逝而一扫而空。

随着高考的一天天临近，朋友们也逐渐有了自己的目标。

陈星一改往日的散漫态度，开始认真地复习起来，她在桌子上贴了一张便利贴来激励自己，上面写着她想考的南邮大学。

徐诺也通过了北临电影学院的校考，在努力地备战文化课。

唯一让李乐妍感到惊讶的是，徐浩放弃了文化生的身份，转去学体育。

李乐妍问了他原因，徐浩也没解释太多，只说复习压力太大，想换条路试试。

李乐妍点点头，并没有过多追问，每个人都拥有追求不同选择的权利。

5月17日，是李乐妍十八岁的生日。

那天是周五，李乐妍下晚自习后收拾好书包出来，沈诚在教室门口等她。

两人出了校门，沈诚领着她去了一家蛋糕店。

李乐妍看见他和服务员说了些什么，然后服务员拿着一个包装好的蛋糕递过来。

两人在外面的小桌子上拆了，李乐妍刚吃一口就觉得味道有些特别，很清甜的口感，奶油也不腻。

她的眼中不禁迸发出一点惊喜，说道："这个蛋糕好好吃！"

"好吃吗？"沈诚撑着下巴笑问。

李乐妍后知后觉地反应过来，问："这个是……你做的？"

"嗯，生日快乐。"

李乐妍点点头，笑得弯起眉眼，刚开口说了句"谢谢"，手机就跟着响起来，屏幕上备注着"哥哥"。

电话接通，李长宴的声音传来："小妹，在哪儿呢？"

"还在学校呢。哥，你回来啦？"

李长宴似是笑了一声，说："回来给你过生日，还有多久回家，我来接你？"

李乐妍有些支吾，说："我还在和同学吃饭……"

"那不急，你慢慢玩，注意安全，回来了给我打电话。"

"嗯。"

通话结束，李乐妍笑得眉眼弯弯。

沈诚笑着问："什么事这么开心？"

"我哥回来啦。"

很少听到她提关于家里的事，沈诚听得认真，吃完蛋糕后送她回了家。

两人在小区楼下道别，李乐妍上了楼。

开门进去后，李乐妍闻到厨房飘来的香气，她换好拖鞋进门，李长宴刚好端着一碗生日面出来。

清汤挂面上盖着荷包蛋，点缀着一些葱花，虽然简单，却也最能勾起人的食欲。

李乐妍洗完手出来，拉开椅子坐下。

李长宴坐在她对面，目光温和，说："快趁热吃。"

"谢谢哥！"

李乐妍拿起筷子吸了口面，虽然之前吃了蛋糕，但此刻的胃像是有不同的分区，吃蛋糕的是一个，吃生日面的又是另一个。

李乐妍吃到一半，一张银行卡被推了过来。

李长宴表情随和，仿佛只是在说一件很小的事。他说："生日礼物。"

"这个……"

"成年了，该有一张自己的银行卡了，密码是你生日。"

"我……"

见她犹豫，李长宴又将卡往前推了推，说："拿着。"

"好吧。"

李乐妍只能收下，她低头喝了口汤，洗完碗出来，见那张卡还摆在桌上，而房间里已经没有人了。

真的就只是回来陪她过个生日啊……

　　日子匆匆地往前走，三模以后五月一过，一年一度的高考便到来了。

　　蝉鸣声声的盛夏里，李乐妍登上了去往考场的大巴。

　　十三中并没有布置考点，李乐妍和陈星她们一起被分到了一中考场。

　　大巴车从十三中的校门驶出，一路上警车开道，送行的家长站在道路两旁，仿佛真的要送他们奔赴一场没有硝烟的战场。

　　李乐妍的目光缓缓扫过，看见沈诚站在公交车站，长身玉立，在人群中那样显眼，站在她从前站过的位置。

　　他扬眉，冲她笑了一下，薄唇微启，距离虽远，李乐妍却好像听懂了他的话。

　　他说："高考加油。"

　　"会的。"她在心里回复。

　　大巴车逐渐驶离十三中，半个小时后，停在一中门口，交警正在疏通。

　　李乐妍看向窗外。

　　那天下着小雨，她的视线中出现一对穿着一中校服的学生，应该是非毕业年级准备离校。

　　男生肩上挂着一只浅粉色的包，手上还抱着一沓书。女生手上虽然很轻松，撑着的伞却明显地往男生的方向倾斜。

　　李乐妍眼睛眨了下，一不小心就看得有些久，而就在此刻，女生也转头看了过来。

　　李乐妍看着他们走远，然后她跟着陈星走下大巴，提前在考场适应了一圈之后，徐志又拉着他们说了一番鼓励的话。

星光不负赶路人，要有平常心，结果才会在努力之后浮出水面，要相信上天总会在恰好的时机回报你，或早或晚，但都会来。

李乐妍听得很认真。

因为她是走读生，参观完考场后便打车回了家。这几天家里的氛围都挺平静，李坪甚至因为怕她紧张，还强调过许多次，结果好坏并不重要，尽力就好，这段时间她的努力他们都看在眼里，不要太紧张。

李乐妍乖乖地点头，虽然还是紧张，但心态已经稳定许多了。

她可以的。

第二天下午，数学考完。

李乐妍随着铃声走出考场，最不擅长的一科考完，她的心中虽然忐忑，但也有一点轻松。

考完就不要再去想了，李乐妍在心里告诫自己。

当晚她回去又复习了理综。

翌日中午出考场的时候，她难得有些激动。

她不知道这次的题到底算不算难，也被唐玲叮嘱过，考完不要对答案，所以不敢去找陈星她们讨论，只是她自己感觉这次做题的手感很顺，应该……是还可以的。

不管是心理安慰还是错觉，李乐妍都暂且这样想。

她在果园示范区站下车，刚到家楼下，就有一个穿着警服的男人向她走了过来。

对方神色略显焦急，对她说的第一句话便是："你是李长宴的妹妹？"

李乐妍心跳骤然加快，迅速点了下头，心头溢出一阵恐慌，说：

"我是，我哥他……"

"他在执行任务时受了伤，我是他同事，你现在跟我去一趟医院，他现在正在抢救室。"

"什么……"

这话把李乐妍说得彻底慌了神，一路上满脑子都是哥哥躺在抢救室会出现的画面。李乐妍小脸泛白，也没太听进去一旁男人说的话。

他们坐车一路赶往医院，见手术室外围着一堆人，每个人眉心都皱得很深。

李乐妍的视线在一众人脸上快速扫过，最后停留在唯一一张熟悉的面孔上。

她开口，叫了一声周伯伯，嗓音干涩。

这是她哥哥的师父。

周铭的视线看了过来，也认出了她，说："乐妍，快，来给你哥哥签字。"

李乐妍的一颗心重重沉入谷底，她的大脑骤然一片空白，完全记不清之后到底是怎么走过去的，也记不清右手是怎么颤抖着签完字的。

她的世界里只剩下周铭手上沾染的鲜红血迹，还有手术室外亮着的红灯。

等待的时间是焦灼的，李乐妍指尖发抖，精神恍恍惚惚，隐约听见周铭坐在她身边解释，说她哥哥是个英雄，进手术室之前，握着他的手让他不要通知父母，因为那一年他出事后，母亲急得生了病。

可医生做手术必须要有病人家属的知情同意书，无可奈何之下，周铭想到徒弟家里还有个妹妹，便派人去把她接了过来。

毕竟还是个小孩子，看着李乐妍苍白的脸，周铭安慰她不要太害怕，又问了些别的问题，想转移她的注意力。

"在上高中了吧？"

"嗯。"李乐妍点点头，精神恍惚，下意识回答，"高三了。"

"哦，那是得抓紧一点……"

话说到一半，周铭骤然站起来，整个人从头凉到脚。

"你今天……"

"小陈，今天是几号？"周铭忙问旁边的警员。

"8号。"

周铭赫然一怔，意识到自己做了什么事，眼神直直地看着对面的小姑娘。

李乐妍却好像没什么反应似的，或者说即便是有，也没有什么能比眼前更重要的事了……

手术室外的红灯亮了许久，终于等到医生出来，对方具体说了些什么，李乐妍也记不清楚了，只知道总算是脱离了生命危险，要转到重症监护……

李坪当天连夜从邻市赶了回来，他这次刚好送一批货，路上繁忙错过了电话，再打回来时已经尘埃落定。

得知女儿错过了最后一门考试，李坪的心神几度不能平静。

可是这些，都已经发生了。

李乐妍在走廊外执拗地守了一夜，到最后终于因为太过疲倦而靠在墙边睡了过去。

不知是不是精神太紧张，她在睡梦中也不太安稳，竟然被梦魇困扰。

梦境里，她像一个迷路的人，在大雾弥漫的世界里漫无目的地走着，直到看见沈诚出现。

沈诚脸上的笑容和之前在车窗外的如出一辙，他向后退着，晃着手里的奉城师范大学录取通知书，转身背对着她离开了……

任李乐妍在他身后怎么喊，他都没有回头，只能看见他越来越远的背影……

李乐妍突然就醒了。

湿润的触感从脸上滑过，心脏喷涌而出的难过像要将她淹没。

眼泪止不住了似的往下流。

她做不到了。

八月初，各省的录取计划开始收尾。

陈星在楼下签收了南邮大学的录取通知书，她打开手机，一如既往地想和好朋友分享，可看着李乐妍已经很久没有亮过的头像，点开对话框的手又默默撤了回来。

她也是在高考结束后才知道李乐妍缺考的。

那天最后一门考完，考生们在欢呼声中走出考场，陈星跨出一中校门，在大门外的树荫底下见到了沈诚。

考完了，心态也放松许多，陈星大着胆子和沈诚讨论了几道不确定的题，发现自己的答案和他说的一样，心里顿时炸出烟花。

她和沈诚边聊边等着徐诺和李乐妍出来。

等了十多分钟，徐诺出来了，三个人继续等李乐妍。

直到周围的人流渐渐散去，他们才终于意识到不对劲。

沈诚皱着眉心问："她在哪栋教学楼？"

"好像是高一东侧那边，离校门还挺近的，以前妍妍都是最早一个出来的啊……"

"会不会是有什么事耽搁了？"徐诺在旁边说。

陈星躁动的情绪被这话安抚了一点，又耐着性子等了一会儿，还是不见人出来。

眼见着人群越来越稀疏，陈星终于按捺不住地问："要不我进去找找？"

"我陪你一起。"徐诺附和说。

"我也去。"沈诚跟着接了一句。

三人一起重新进了一中。一中学校面积比十三中大很多，不过陈星早在适应考场那天看过一次地形图。她知道李乐妍的考场在哪栋教学楼，三人很快到了楼下，陈星凭着记忆带他们上到四楼李乐妍的考场教室。

考场外的走廊空空荡荡，教室里也没什么人。

沈诚眉心皱得更紧，问："她在这里有没有认识的人？"

"应该没有吧。"陈星只觉得一颗心突突直跳，有种不祥的预感，"我不知道。"

"也不一定是出事了，或许是被什么事情耽搁了，乐妍不是那种性格，不会在这种事情上开玩笑。"徐诺说。

其余两人都知道这是说出来安慰人的话，李乐妍不会考完了自己一个人走掉，也不通知朋友们一声。

陈星哆嗦着手摸了摸口袋，想给徐志打电话问问。

她这才发现没带手机，沈诚比两个女生更能沉得住气，说："先别着急，我给徐老师打个电话。"

电话拨通后，徐志在那边也是同样焦急，说："是沈诚啊，你知道李乐妍去哪儿了吗……"

沈诚没开免提，徐诺和陈星不知道具体是什么情况，但看着他突然僵住的动作，两个女生的眼皮也跟着一跳。

沈诚打车去了果园示范区，到李乐妍家楼下时，却又有些茫然。

他虽然送李乐妍回过家，却不知道她家住在哪层。

他的脚步就那么怔在了原地，他不希望李乐妍出什么事……

沈诚在小区楼下等了很久，手机因为拨打电话过勤而电量支撑不住，关过一次机，他去便利店借了一个充电宝，又继续打……

到最后，充电宝的电都开始耗竭，夜色也跟着变黑，小区楼下人来人往。

但他没有见到她。

晚上十点，手机终于响了一通电话，却是沈静云打来问他在哪儿，沈诚扯了个借口，说在跟同学聚会，考完之后庆祝一下。

沈静云不疑，沈诚挂断以后，又继续在楼下等着。路灯昏暗，照出他单薄的身形，地上拖着长长的影子。

李乐妍是在凌晨回到家的，小姨家里的小妹妹生病，曾书燕去了那边帮忙照顾。

李坪心疼她在走廊里睡觉，坚持要把她送回来，医院那边暂且有李长宴的同事守着，李长宴情况稳定一点后，李坪就开车把她送回来了。

发生这么大的事，车上的氛围也压抑，李坪几度欲言又止，想说些什么，临到头又都收了回来。

算了……

眼看着车开到了楼下，李坪刚想转头嘱咐女儿早点休息，今天先什么都不要想，好好睡一觉。

然而话没出口，李乐妍突然收回看着窗外的视线，偏过头来，指尖攥紧。

"爸，我们走后门那条路吧，我今天想吃后门那家便利店的粢饭团。"

"好。"

李坪打着方向盘开去后门。

车身从路灯边一闪而过，少年的背影在窗外靠近又远离。

李乐妍靠在车窗上。

她现在……真的没有面对他的勇气。

太累了。

李乐妍在后门的便利店买了只粢饭团，回家简单地洗漱后进了房间。

李坪扶着门，嘱咐她早点休息，其他的事情暂且都不重要。

李乐妍点点头答应，她的身体实在疲惫，可真当躺在床上的时候又睡不着。

过了几分钟，李乐妍睁眼看着头顶的天花板，房间里漆黑一片，隐约的一点光亮从未拉紧的窗帘里渗进来。

她不知想到什么，又从床上坐起来，趿拉着拖鞋走到窗边，微微拉开一点窗帘，隔着缝隙，看见沈诚还站在路灯底下。

李乐妍的鼻子骤然一酸，去床边摸到手机给他打电话，响了两秒又匆忙挂断。

她想让他走，可又实在不知道该怎么面对他。

李乐妍的人生一直顺风顺水，今天突然横生这么大的变故，她慌张无措，又失落彷徨。

她感觉整个脑子都是空空的，直到手机在掌心嗡嗡地振动起来。

她犹豫该不该接，指尖却不受控制地点了接通："喂……"

"李乐妍，我在你家楼下，你在家吗？"

"在。"

"是不是……"沈诚犹豫着，像在斟酌措辞，又问了一句，"你在干吗呢？"

他其实想问出了什么事，他已经猜到她应该是缺考了，可是又想到，李乐妍现在不一定有那个心情谈这件事情。

"我现在准备睡觉了。"

"那……你早点休息，有什么事可以给我打电话，我……我不关机。"

"嗯，你也早点回去吧，我准备休息了。"

李乐妍说完没有再动作，电话一直被她紧抓着贴在耳边。

沈诚轻浅的呼吸隔着听筒传来，他没有挂的打算，李乐妍最后还是自己把电话挂了。

后面几天，李乐妍去医院照顾哥哥，回来的时候总能在路灯下看见沈诚，她不知道是出于什么心理，每次都习惯性从后门下车，暂时避开他。

可随着时间的逐渐推移，有些事情并不是回避就能解决的，高考出成绩的那天，班群里躁动了一整天。

李乐妍没有去看手机里源源不断冒出来的消息，她点开网页，输入考号和身份信息，成绩页面跳转出来的那刻，她放在鼠标上的指尖颤了下。

姓名：李乐妍

准考证号：5008×××2713

语文：127

数学：112

理综：247

英语：0

总分：486

位次排名：47886

分数刚过奉城那年的高考本科线。

成绩出来的那几天，家里的氛围很是安静。

李乐妍这几天只是照常在医院里来回，除此，不哭也不闹。

李坪几次看不下去，又一直找不到机会开口。

这天，李乐妍送完饭从医院回来后，照常在后门下车，却意料之外地碰到沈诚。

她转身就往便利店里躲，但为时已晚，沈诚趁着绿灯跨过马路，李乐妍在原地脚步慌张地转了个圈，也顾不得许多，抬腿就要跑，却被赶来的他伸手扣住手腕。

"李乐妍！"

"沈诚……"

第一次听见他语气这样凶，李乐妍有些愣怔地抬头。

沈诚一贯清冷的眼睛此刻多了几分怒意，他大声质问道："你到底怎么了？为什么电话不接，还躲着不见我？你知不知道大家都很关心你！"

"我……"

李乐妍被他说得想哭，这几天强装的平静终于在他出现的那一刻泛起波澜，堵在一起急切地想找一个发泄口。

她也知道这样不好，陈星和徐诺找了她许多次，从前的班主任徐志和唐玲都打了电话来，被她通通无视。她也知道老师和同学们关心她，可她最怕面对的，恰恰也是这种关心，她要怎么说？说她缺考一门，考得很差，说她这辈子都完了吗？

她终于没忍住，把所有的情绪都发泄了出来，一字一句像巨石砸在人心上。她说："我就是不行！奉城师大我考不上！沈诚，你以后也别来找我了，每次看到你我就会难受……就这样吧，我要回去了……"

这一段话未经思考就脱口而出。

沈诚喉结滚了滚，开口时，嗓音低沉苦涩地问道："不联系？"

"不联系。"她偏过头，眼眶通红。

她不知道自己在坚持什么，也不知道自己在乱发什么脾气，她的脑子里只有那串冰凉、没有温度的数字，以及推荐志愿里那个遥不可及的校徽。

她能想象到沈诚拖着行李，走进大学校门的身影，盛夏的清风会把他的衣摆吹得飘起来，他的背影会越来越遥远。他们人生的交汇点好像正在慢慢分开，她知道，这是两条即将平行的轨道。

他应该是往前走的，他没有义务一直耗在自己身上。

想到这儿，李乐妍的决心更盛，她觉得自己有必要再决绝一点，好让他死心。

沈诚却在她开口前抢先说："可是我喜欢你啊。"

一句告白就那么脱口而出。

李乐妍震惊地抬起头，欢喜和失落交织在一起，让她的心情像打翻了五味瓶一样复杂。

不对，不应该是现在这个时机。

他不能在她人生陷入低谷的这一刻说喜欢她，她的脑子很乱，与理想院校失之交臂的事情一直折磨着她，她现在没有那份闲心去想这些事情。

李乐妍什么话也没说，几乎落荒而逃。

沈诚没追上去，他的眼神一直黏在逃跑的女生身上。

不联系吗？

没关系，那他就再等一等好了。

李长宴的伤势终于好转，虽然还是不能下床，但已经能说话了。

李乐妍心里的那块石头落了下去。

她每次回家时，还是能在楼下看见沈诚的身影，不知是有意还是无意，他没有再像之前那样直接过来找她，并不过分靠近，却也总在视线范围内。

像是不想上前来打扰她。

他越是这样，李乐妍越不想去面对，就这么一直等到李长宴出院回家静养，家里终于恢复一点轻快，而李坪也在这天收到了同事打来的电话，对方邀请李坪过去吃饭，说是家里的孩子考上名校庆祝一下。

李坪自然不好推托，不过他之前因为李长宴受伤匆匆赶回来，上一批货已经积压许久，实在抽不出空。

李乐妍看出父亲的为难，于是主动开口道："爸，让我去吧。"

李坪闻言稍愣，眉眼间有一丝犹豫。他们都知道这段时间家里发生了什么，他一直不知道女儿心里怎么想的。李乐妍这段时间太平静，李坪也一直没找到开口的机会，怕刺激到她的自尊心，又怕再提起时让她伤心。

"妍妍……"

"没事，我去吧，你那批货也好久没处理了。"

李乐妍昨天半夜起来喝水，都看见李坪在阳台外和人打电话。

她都知道，家里最近为了照顾她的情绪都小心翼翼，连养伤的哥哥看向她的目光都充满了愧疚。

李乐妍挤出一点笑容，说："这段时间让你们操心了，其实也没有太大的关系，高考难保有失利的时候。爸，你和哥不用这么小心，我长大了，没有你们想象的那么脆弱。这段时间我也想了很多，这个分数也能上大学，或者复读都是一条出路，虽然我还没有想好到底怎么选。"

李乐妍说到这里，又呼了口气："我现在，真的已经好很多了。只要你们再给我一点时间，我会想好的。"

李坪见她都这么说了，只能道："好，不管你最后做什么决定，爸爸都是支持你的。"

在正式宴席那天，李乐妍拿着请帖，按照手机里发来的地址打车过去。

地点隐约有些眼熟，但她没有多想。

下车后，她才反应过来，这个地方曾经来过，是小半山上那家店。山上空气清新，周遭很安静，当时她还怀疑过，这家店为什么要建在这里。

直到这刻，她终于明白了一点。

会当凌绝顶，一览众山小。

　　有时候，人要站在高处，才能看见平时看不到的东西。站在山顶上，她能俯瞰整座城市，眼光前所未有的辽阔。

　　待在这种宁静的地方，好像身上的疲惫也跟着散去一点。

　　李乐妍进了店，席间考上理想大学的女生在台上发言，底下一众宾客的目光或艳羡，或欣喜，或是……千回百转。

　　李乐妍看着大荧幕上大学的照片，心里那个念头呼之欲出，散席后，她再也待不住。

　　心里有两道声音在极限拉扯着，她无意识地走进了一家奶茶店。

　　门口的风铃迎风一晃，"丁零"作响，她看见熟悉的一双眼。

　　她眼底有些许错愕，愣在原地，沈诚却笑着扬了下唇，问："进来喝杯奶茶吗？"

　　八月末的一晚，李乐妍在卧室里收拾好行李箱。

　　李长宴走进来，帮她整理笔记，说："妍妍，虽然知道现在说这种话没什么用，但哥哥还是觉得有必要和你谈一次，哥哥对不起你。"

　　"不是你的错，哥，我从来没怪过你。"

　　"什么……"

　　"真的。"李乐妍在床边坐下，"因为我知道这是你的工作，大家需要你这样的警察，你做的是最正确的事，如果再来一百次，我也会那样选的，所以不用道歉。"

　　李长宴垂在身侧的手紧了紧，他知道做警察是一件很危险又神圣的事，是许多警校学子毕业为之追求的理想。他当然也不例外，甚至可以说是很自豪地做到了这件事，却忽略了自己在为理想冲锋陷阵的时候，他的家人是什么感受。

人民英雄的家属又何尝不伟大呢？

妹妹真的成长了很多，李长宴在长久的沉默后，只是叹了口气，任何语言都无法形容他现在的心情。

沉默流淌着，李长宴伸手在妹妹脑袋上摸了摸，说："我们妍妍长大了。"

次日一早，全家开车把李乐妍送到一中门口。看着那扇陌生又熟悉的校门，李乐妍几乎想不起几个月前，她还在这里打过一场笔杆战役。

李乐妍在一中校门外站了很久，然后拖着沉重的行李箱往里走，每一步都透着坚定。

她没回头。

"渔夫出海之前并不知道鱼在哪儿，但还是会选择出海，因为相信会满载而归。很多时候选择才有了机会，相信了才有可能。"

身后几道视线目睹她进了一中的校门，沈诚一直到彻底看不见她的背影，才压着帽檐离开。

复读的生活紧密而充实，李乐妍作为插班生，被分到了高三（9）班。

令人意料之外的是，同桌竟然是她之前在校门外见过的人，一个叫楼茗的女生。

李乐妍起初也以为自己会不太适应，毕竟周围的一切都太陌生，新的学校，新的班级，不熟悉的人和事。但可能是之前的经历太过痛苦，当所有的厄运都走完之后，人生真的开始转运了。

高四生活累且充实，李乐妍的同桌是楼茗，她的桌子上贴着一张男生画的猫爪子便笺，上面写着一句话——

用发展的观点看问题，前途是光明的，道路是曲折的。

这是高中思想政治必修上的知识，李乐妍曾在会考的时候见过，没想到如今再见到时，心里还会起这么大的波澜。

她的道路是曲折的。

那前途呢？

也会是光明的吧。

李乐妍心里的那道声音说。

统一复习的进度越拉越快，李乐妍听得很认真，一中的教学进度自然比想象的还要高强度一点，但她觉得越来越充实。

当然，她也有过绷不住心态的时候，面对状态仍不稳定的数学，她也会忍不住点开与沈诚的对话框。

两人的聊天记录还停留在上次她发的那句话：这一年准备好好复习，不上线了。

她的手又会克制着退出去。

一天又一天，日子重复地过着，某一天，宿舍群里有人分享了一条某站博主的讲课链接。

主播不露脸，每天只出现声音给人讲题，但因为声音实在太过好听，直播间这几天的热度猛增，有许多慕名而来的人，听声音直接幻想出一张冷淡的脸。

随着后续热度居高不下，许多人也都开始疑惑，在网络社交平台走红的事屡见不鲜，但还是很少见一个人能火这么久的。

疑惑的路人们最后打开弹幕才知道，原来博主讲题十分厉害，声音温柔又低沉，讲题的步骤简直不要太详细。

唯一可惜的是，博主只讲数学和物理！

纵然弹幕里有很多莘莘学子求着他讲解其他科目，哭号着说大家不止这两门要补，但博主对此仍旧置若罔闻，只在某次直播时，简短地给出过一句回应——

"她不需要。"

……

后来，"安利"的人越来越多，连一中论坛里也出现了相关的帖子。

李乐妍偶然点开了那条链接，屏幕里突然响起的声音让她险些丢了手机。

那声音再熟悉不过。

虽然通过电子设备的传播稍微有些变化，但绝对……绝对没有这么像的。

是她幻听了？

李乐妍又点开听了一遍，这次从头到尾听完，只是一道很简单的电路分析题，用时五分钟，她却反反复复看了好几遍，聊天界面也跟着切出过许多次，最后闭着眼睛想了很久，还是把聊天界面退了出去。

不管是不是他，都没关系的，她好好听课就好了。

时间就这么来到六月。

考试前夕，李乐妍和朋友们在教学楼外互相打气，意外地看见了沈诚晃过的身影。

只有短短一瞬。

就在她恍惚的时候，沈诚很快又从教学楼里走了出来，他背着光，站在屋檐下，冲她弯了唇。

那天，他们久违地说上了话。

他祝她考试顺利。

她点着头说好。

然后，他们一起在阳光下站了很久，直到班长过来喊她回教室，她才从他旁边走开。

他们好像短暂地和解了，但李乐妍知道，这离真正的和好或许还有一条很远的路，她得先跨过眼前的这座山，庆幸的是，这次他依旧陪在她身边。

这一次，没有任何意外再降临。

她顺利地结束了高考，弥补了去年留下的遗憾。

复读那年结束，李乐妍去了一趟邮局。

奉城师范大学的通知书像一份沉甸甸的奖励，被老天迟来地颁发在她手里。

李乐妍签收完开开心心地抱着通知书往家走，在转角的尽头遇见了沈静云。

好久没见面，沈静云看着她还愣了下，说："小诚的同学？"

"沈阿姨。"

"你怎么在这儿呢？"

沈静云看见了她手里抱着的东西，表情一愣，弯了下唇，说："奉城师大？这么巧呢。"

"巧？"

沈静云点了下头，说："也是阿姨的母校哦，可不就是巧嘛。"

李乐妍听得一呆。

沈静云伸手在她头上摸了摸，问："和小诚说了吗？"

"还没。"再次听到他的名字，李乐妍心里依旧慌乱，忙找了个借口，"那个，沈阿姨，我还要去帮我妈妈买东西，我先走了。"

她说完也不待沈静云反应过来，垂下脑袋就跑了。

沈静云看着她过马路的匆忙身影，不由得"啧"了一声。

这小子到底行不行啊。

远在千里之外的山区支教的沈诚没来由地打了个喷嚏，殊不知自己早已被亲姑姑从头到尾嫌弃了一遍。

他此刻坐在村口院子的门槛上，抬眼一望，尽是绵延不尽的青山，这里偏僻、荒凉，却也是奉城师大每年固定的支教点。

沈诚早从陈星那里知道了李乐妍报的化学专业，这里也必将成为她以后暑假支教学习的地方。

同行数计学院的朋友不理解他为什么要来这个地方，明明可以留下来和导师一起在学校做项目，而且还能立项，怎么也比在这犄角旮旯儿的地方强吧？还把腿给摔了。

朋友走过来，递来一瓶矿泉水，看着沈诚右腿上很深的一截血痕，食指长的口子。

刚准备说他两句，沈诚先开口打断道："那两个孩子怎么样了？"

这是某处边缘山区，少数民族居多，村里仅有的两条马路都是土泥路，更多的时候，孩子们上学要走很险峻的山路。

支教队今天往返学校的路上，遇见两个六岁左右的小孩，可能是第一天上学，也可能是和这么多陌生的哥哥姐姐走在一起有些紧张，其中一个小孩在走山路的时候脚下一滑，还好被沈诚发现及时拉了一把，这才没滚下去。

不过他也因此在腿上划开一条口子。

好在有随行的队医，处理后倒是没什么太大的问题，就是划开的口子太大，队医说可能会留疤。

沈诚对此倒不是很在意，很快又投身到了后续的支教活动中。

第八章

一束向日葵

暑假一晃而过。

九月盛夏，李乐妍带着通知书到学校报到，她拖着行李箱走进宿舍楼，也意味着大学生活正式拉开帷幕。

将所有的东西整理完后，院系群里辅导员发出消息，通知新生激活学生银行卡及奉城师大学生端 App。

李乐妍看着操作指南下楼，打开手机里保存的校园地图，导航里显示的目标地离得还挺远。

三千多亩的校园面积对路痴真的不太友好。

她刚才过来的时候都差点迷路……最后还是被沈诚带过来的。

李乐妍又想到两个人刚过来的时候，彼此之间的生疏和小心翼翼，心里说不难受是假的。

可这些都是……她自己一手造成的。

她没资格抱怨。

她忍着眼眶发酸的冲动，微微仰头，克制了下情绪，又套了冰袖下楼。学校里绿化做得很好，宿舍楼底下香樟树茂盛生长，阳光分割出明亮与阴影的分界线，树叶随风摇动，影子斑驳。

不远处，一辆小电动车缓缓驶近，刹车过后，先是落下一条黑色运动裤包裹的长腿。

沈诚的脸一半隐在树荫里，向她看过来，说："上车。"

李乐妍说："不用麻烦……"

"自己能找到路？"

最后，李乐妍还是上了车，但她极力在后座和他保持距离，每一根发丝都恨不得紧绷着，却还是在一个下坡时没克制住惯性抱了上去。

搂上他腰的那刻，李乐妍连一会儿跳车该用什么姿势都想好了，手刚准备收回来的时候，又听他在前面说："坐稳，不然不好开车。"

"哦。"

李乐妍没再动了，真怕沈诚技术不好被她影响，到时候真摔了她还是怕的。

察觉到后座的人终于安分下来，沈诚拧着最高转速的手才缓缓收了收，在后面的人看不到的角落，勾了下嘴角。

车在学生事务中心靠边停下，李乐妍进去办完校园卡，出来时盯着上面的证件照片出神，照片中的她穿着一中蓝白色的校服，小脸白净，额头饱满，上面飘着一点浅碎的发丝，模样青涩又漂亮。

"照片很好看。"

身后突然响起他的声音。

李乐妍转过头，不知道他什么时候过来的，正看着自己学生卡上的照片。

"在一中过得好吗？"他的视线落在她身上。

李乐妍鼻头没来由地一酸，说："很好。"

两人的目光撞在一起，沈诚却伸手在她脑袋上揉了下："辛苦了，带你去逛逛校园。"

奉城师大真的很大。

沈诚带她去了图书馆，又顺着小道逛完半月湖，最后在湖心长廊的扶栏上给她递来一包鱼食。

湖里的锦鲤长得很好。

李乐妍喂得出神，反应过来时才发现旁边没了人，转头看见他在另一边的长椅上坐着。

她把最后一点鱼食丢出去，转身去长椅上坐了下来。

沈诚之前一直闭着眼，感觉到她坐下来才睁开，说："再等一下，脚今天有点不方便。"

"怎么了？"

李乐妍往他的腿上看了一眼，运动长裤裤脚宽松，因为坐下来，之前包裹着脚踝的裤腿往上收了一截，刚好露出一点白色的纱布。

"怎么弄的？"

"摔的。暑假去山区支教，路不好走。"

"我看看。"她说着就要凑过去。

沈诚克制着没动，语气都跟着沉了一点，说："真要看，还挺吓人的，不怕？"

李乐妍点头，没应他的话，指尖轻轻触碰到纱布周围的皮肤，她此刻太专注，满脑子全是他腿受了伤，也没注意到自己碰上去的时候，他的动作僵了下。

李乐妍隔着纱布轻轻按了按，问："还疼吗？"

"不疼，就是走久了有些累，今天最后一次换药了，快好了。"

"是吗？"

她垂着脑袋蹲在他身侧，沈诚看不见她的神情，但是能感觉到她语气有些轻。

果然，再抬头时，李乐妍眼眶周围有些微红，问："沈诚，你们支教，很辛苦吗？"

倒是没想到她是这个反应，沈诚承认之前确实存了两分心思，她从开学到现在一直跟他这么僵着，说话也是客客气气的疏离。

他不知道该怎么打破，只好使了点小心思，谁知道她……

沈诚略显无措地擦过她的眼角，说："不辛苦……支教挺好的，我这……这就是意外……"

"沈诚。"

他话没说完，就被她抱住。

李乐妍的脑袋埋在他胸前，沈诚心里软成一片，感受到她小声抽泣的颤动。

他抬手环在她腰后，低头轻轻在她发顶摩挲。

湖心安静，周围只有鲤鱼偶尔拨尾的划水声，李乐妍在他怀里待了许久，起来的时候，沈诚胸前的衬衫都被她哭湿一片。

李乐妍一时又羞又窘，恨不得找个地洞直接钻进去。

沈诚伸手过来牵住她，说："躲什么，谁还没有哭鼻子的时候，又没笑你。"

"我——"

"好了，去吃饭，是不是还没吃过食堂？"

李乐妍点了点头。

沈诚带她去食堂吃完饭，又点了两杯奶茶。李乐妍拿着一杯边走边喝，到宿舍楼下的时候，沈诚把另一杯勾在她手上，自己接了一个电话。

李乐妍上楼的时候，看到他还待在楼下。不知是不是感应到什么，他突然抬头，两人成功对视，他抬手晃了晃手机，走了。

李乐妍看着他走远的背影，又低头抿了口奶茶。

蜜桃味的，很甜。

"看什么呢这么出神？"见她在阳台外站了半天，室友没忍住走过来好奇地问。

李乐妍这才回神，摇了摇头道："没什么，随便看看。"

她注意到室友身上穿着的军训服，一下反应过来，问："你怎么穿这个衣服？"

"明天就军训了嘛，提前试试合不合身。乐妍，你要不要也试试，还有防晒什么的也要准备，听说明天温度可高了……"

"不急。"另一道女声插进来，"我听说奉师的军训每个连都有安排应急物资和志愿者工作站，咱们到时候缺什么都可以去那儿领……"

"真的假的，这么好吗？"

"当然啦，而且听说，陪护站的小哥哥长得巨帅，我给你们看照片！"

女生说着就掏出手机，几个女孩也纷纷凑过去看，李乐妍跟着扫了一眼，动作也随之一滞。

清晨，口哨声打破宁静。

操场上，放眼望去都是一排排绿色的迷彩服。李乐妍被人拉住袖子，听见旁边的女生都在低声讨论，脑袋时不时向后看。

室友也在她旁边激动地道："乐妍，我们连后面的服务站坐着一个好帅的学长！天啦，我等会儿都想直接装晕了！"

李乐妍原本还在想今天早上防晒涂得太薄够不够用的问题，闻言视线下意识随着女生看的方向投去。

她一眼扫到沈诚坐在后面的服务站里，他撑着下巴，右手指尖捏着一支水笔，不知道等了多久。在她看过去的下一秒，他也跟着笑了一下。

李乐妍心脏突地一顿，还没反应过来那阵激动，胳膊又被室友抓着狠狠晃了晃，说："妍妍，是我眼花了吗？不然我怎么觉得他刚才冲我们这边笑了一下啊！不行，实在是太帅了，下训了我就去要他的联系方式！"

"不行！"

突然的一声，李乐妍自己也蒙了，反应过来耳朵腾地烧红。

室友也被她这反应吓到，不由得呆了一下，问："为什么不行？"

"可……可能人家有女朋友了……不太好。"

"哦，我差点忘了，毕竟长这么好看，估计早就有女朋友了，而且还是上一届的学长。"室友嘀咕着拍了拍脑袋，"还好你提醒我了，不然一会儿真去了多尴尬啊。"

"嗯。"

李乐妍心虚地点了下头，没再说话了。

好在不久之后，他们连队的教官走了过来。

军训第一天，科目都比较简单，就是站军姿什么的。

不过队伍被重新换了一下位置，李乐妍之前和室友站在一起，这会儿又因为身高被调到了外面一列。

高中这几年，李乐妍个子长得很快，现在净身高一米六八，在女生里属实不算矮了。当然，还是差他大半个头……

意识到自己想远，李乐妍马上将思绪拉回来投入训练。

奉城还是那个奉城，清晨短暂的阴凉之后，温度骤升，日光毒辣，李乐妍早上的防晒到底还是涂薄了一点，这会儿两侧脸颊微微晒得发红，好在体质比以前好了很多，没再往下倒。

不过训练的强度属实不弱，没一会儿连队里就有好几名女生喊了报告，后面志愿者服务站的人见状赶紧走了上来。

李乐妍余光中瞥见那双球鞋靠近，心跳不由自主地加快，她站在最外面一排，中暑的人刚好在她这列，沈诚和同学一前一后地走过来。

男生在前面先去扶了女同学，沈诚在后面跟着，路过她的时候，悄悄伸手往她手里塞了一只冰凉贴。

李乐妍正发呆，又听见他说："拿着。"

李乐妍的手比脑子更快反应过来接住，本来也就是很迅速的动作，却在这样的场合里显出了一点暗度陈仓的感觉。

李乐妍心里突突直跳，教官的黑靴从她旁边经过又走远，中暑的女生被扶走。

一个小时的时间过去，终于等到了二十分钟的休息时间。

李乐妍脚底站得难受，揉着脑袋准备找个休息的地方，抬眼却见服务站几乎坐满了人，仅有的一点空位放着几箱矿泉水，沈诚坐在旁边清点，看起来像在工作。

不远处，还有推搡的女生准备上前，就等着沈诚什么时候清点完。

李乐妍不自觉抿了下唇。

室友走过来找到她，也在叹息道："服务站没地方了啊。乐妍，我们去那后面吧，树荫底下还有地方。"

"好。"李乐妍点点头。

室友说的地方是服务站后面的一小片空地，有树荫遮盖，两人说着就往后面走。

不想刚过服务站的时候，就听见沈诚问道："去哪儿？"

两人闻言脚步一顿，室友还有些蒙，李乐妍显然也没料到沈诚清点的时候还能有空注意到她，当即也愣了。

"就去后面。"

"过来，你们坐这边。"沈诚指了指自己身边的空位，旁边还有风扇。

李乐妍还在犹豫，室友却在看见电风扇的下一秒直接拽着她走了过去，说："那就谢谢学长了。快来，妍妍，这边好凉快的！"

李乐妍被室友拉着坐下来，一阵凉风送过来，对于刚才在外面暴晒了那么久的人来说，简直是比天堂还美好的地方。

一时之间，李乐妍的那点不自在也全被凉风吹跑了。

沈诚等她们坐下后又去了另一边清点，室友见人走远后，也终于掩饰不住惊讶，八卦之魂熊熊燃起。

"乐妍，你和学长……认识啊？"

"我……"

"别蒙我啊，我刚可都看见人家隔那么远叫你过来了！"

"是认识，以前的高中同学。"

"还有呢？"

"没了。"

"就没点别的……"

室友话说到一半，沈诚就走了过来，拿着两瓶矿泉水放在她们面前。

"要不要吃点东西？"

李乐妍闻言摇摇头道："太热了，没胃口。"

沈诚骤然靠近，指尖轻轻摸了下她的脸，问："没涂防晒吗？怎么这么红？"

微凉的指腹擦过脸颊，仿佛还有一股停留在皮肤上的触感，李乐妍怔了怔，倒是感觉室友抓住自己胳膊的手紧了又紧。

室友看看她，又看看沈诚，脸上的表情精彩纷呈，眼里冒着一点兴奋，问："学长，你是妍妍男朋友吗？"

室友的语气难掩激动，虽然克制但也能听出她的期待。

但出乎她意料的是，沈诚笑着摇了摇头道："不是。"

室友听到这答案还没来得及惋惜，又听见他开口道："还在追。"

沈诚不等震惊中的人反应过来，低头看了下腕表，说："在这儿等我一下。"

他说完就离开了遮阳棚。

再回来时，他推着推车送来一车西瓜，服务站的人见状欢呼起来——军训吃西瓜，人生无憾啊！

之前欢呼声最大的学长肖盛赶紧去借了一把水果刀，把西瓜抱在台上切开，因为考虑到人比较多，每一份都切得比较小，但相对于别的服务站，已经是相当不错了。所以哪怕是分到手里的西瓜只有一片，也分外让人满足了。

室友和李乐妍听见动静，也往那边看了过去，见学长手里的瓜快切完了，室友忙跟着问了句："我们也去拿一块吧，看着好想吃啊。"

李乐妍说："再等等吧，现在人挺多的。"

"好吧。"

室友安静下来，但视线仍看着那边。

这会儿肖盛又切完一个瓜，刚准备伸手接最后一个的时候，沈诚笑着凑过去说了句："这个切一刀就行了。"

肖盛闻言倒也配合，只是心思一歪，想到了别处，不由得笑着弯了下唇，说："行，什么时候这么贴心了啊？知道今天忙了半天，来犒劳我……"

"想什么呢。"沈诚见他切完，插了两个勺子进去，下巴冲他抬了抬，"你的在那边。"

肖盛闻言转过头，看见自己摆着的一排薄片，刚准备说点什么，再转头就看见沈诚已经抱着两半西瓜走远了，方向还是朝着两个姑娘的。

这下肖盛连瓜都不吃了，直直地看着那边，眼见着沈诚无比体贴地把西瓜分给了两个女生。

日头是从西边出来了？沈诚什么时候变成这样了？

而此刻一番操作把肖盛看得目瞪口呆的沈诚已经坐到了李乐妍旁边，从兜里掏出一支防晒霜。

"刚才回宿舍拿的，这支没用过，是你以前喜欢的那个牌子。"

李乐妍吃瓜的动作一滞，旁边的室友更是连眼睛都瞪圆了，惊叹这是什么"撒狗粮"现场，匆忙抱着西瓜起身。

"那什么……妍妍，我去那边逛逛，司月刚才好像叫我来着。"

说完也不等李乐妍回应，室友抱着西瓜跑了。

李乐妍有些尴尬，看着眼前的防晒霜，心里又是一软，问："你也用这个吗？"

"嗯。"

这还是高三那年她凑单买的两支，后来感觉效果还不错，往他桌洞里塞了一支，没想到他还记得。

"你说好用，我就没换。"

短暂的沉默之后，李乐妍感觉喉间有些发紧，和他重逢之后，她的情绪总是很容易被挑起。

李乐妍努力把那点酸涩压下去，淡声道："是挺好用的，你吃西瓜吗？"

沈诚闻言先是愣了下，低头看了一眼她手里的勺子，轻笑道："我怎么吃？"

李乐妍这才发现自己刚才说了什么，这一紧张就话不过脑的习惯如影随形，她都快僵得如老僧入定。

"我没……"

沈诚笑着扬了下唇，低头凑了过来，叼走了她勺子上的西瓜。

李乐妍脸上一红，腾地站起来，开口也结结巴巴，说："沈诚……你……你怎么……"

李乐妍脸上的温度越来越热，好在二十分钟的休息时间一晃而过，她从来没有这么期待过教官的口哨，简直是太动听了。

沈诚看着她匆忙跑回连队，忍不住伸手在耳朵上摸了摸，侧脸后知后觉地泛上一点红色。

晚上，走方阵的队伍训练完毕，随着哨声吹响，室友嗷一嗓子号着终于解放了，拉着李乐妍去服务站拿东西。

她们排在拿手机的队伍后面，到头才发现前面站的是沈诚。

室友拿完手机，拍拍李乐妍的肩就打算开溜，说道："那什么，妍妍，西门那边有一家蛋糕店，我和朋友约好了，先过去了啊。"说完也不等她回应，又一溜烟跑得没了影。

李乐妍在原地沉默，微不可察地抿了下唇，上午的异样在见到沈诚时又跟着蹿了出来。

李乐妍维持着表面的淡定，从他手里拿过手机，开口说了声谢谢就准备转身走人，却不想沈诚的手没松，甚至微一用力，将她的手机揣进了自己兜里，眼里是明晃晃的笑意。

"等我一会儿。"

"你给我。"

他只是笑。

李乐妍感觉自己要被他气到了，也不知道是什么心理，干脆就坐在一边的凳子上等他。

沈诚很快忙完，等了没几分钟就收拾完过来了。他取下一只头盔，戴在她的脑袋上。

李乐妍被吓了一跳，转头的瞬间，嘴角刚巧擦过他的下巴。

沈诚替她扣帽子的动作一滞。

李乐妍内心崩溃，又庆幸此时天黑了，她看不清他现在的表情。

最近发生的事真的能让她连夜买票换个星球生活了。

风一路从脸上吹过，沈诚感觉到脖颈上飘着一点她的发丝，被风一吹，触感痒痒的。

他不由得垂了下眼，把车速降缓了点。

后座的女生可能太过疲惫，就那么睡了过去，脑袋靠着他的后背。

肖盛和学生会的人做完清点工作后，这会儿刚好在北区女生院这边，从小卖部出来正准备过马路，抬眼就看见一辆熟悉的电动车从旁边驶过。

因为觉得眼熟，肖盛多看了两眼，当看清上面坐着的是沈诚后，他正准备清嗓子喊人，沈诚赶在他开口前递来一个眼风。

电动车从肖盛脚边开走，凑得近了，肖盛才发现后面还载着个姑娘。

还是上午吃西瓜的那个！

这两人有鬼！

肖盛有种掌握了第一手新闻的兴奋感，这姑娘到底是什么来路？看来沈诚这座万年冰山是要融化了！

另一边，沈诚把车骑到女生宿舍楼下，李乐妍还靠着他没醒，他也没动。

李乐妍最后是被下课铃给闹醒的，再睁开眼时，周围到处都是下完课回宿舍的学生，李乐妍被吓得赶紧看了下表。

九点半下训，现在都快十点了。

她这是睡了多久……

"你怎么不叫我。"

"怕你又跟我生气。"

"我哪有……"李乐妍自己说着也有些没底气，随即又转了话锋，"谁叫你最近这么……"

她话说到一半，又不说了。

沈诚不由得偏过头去看她，问："我怎么？"

"你自己知道。"李乐妍说完匆匆从车上下来，"我先回去了。"

她一溜烟跑没了影。

沈诚看着她跑回宿舍楼，眉梢也跟着扬了一点。

她终于没再跟他说谢谢了。

一周的军训生活结束以后，各大社团和学生会招新的时间也到了，大一新生最容易在各大社团招新中迷花了眼。

这里百花齐放，学长学姐一个比一个能说。

李乐妍犯了选择恐惧症，最后被一个推理社的学姐注意到了。

"学妹，是在想加入哪个社团吧？来我们推理社吧，一堆人凑在一起玩剧本杀，别提多好玩了！"

"可是我……"

"别犹豫了学妹！是社恐吧？社恐也没关系的，我们推理社成员一开始都是像你这么腼腆的人，凑在一起玩了几次，现在都可活泼了！哎呀，来嘛来嘛，学姐给你介绍男朋友啊……"

"不用……"

李乐妍说着还是被拉了过去。到底是在大学里浸泡过的学姐，李乐妍说不过她。

沈诚拿着表过来的时候，看见肖盛正站在招新棚前到处望。

沈诚抬手拍了下对方的肩，问："看什么呢？人招够了？"

"早够了好吧，有你这块招牌打出去，报名表我都让小付去加印了。"

"这么多？"

沈诚也是这会儿才注意到放在桌子上的一沓报名表，走过来简单翻了翻，问："来个人你就填？"

"哎呀，诚哥你别这么无情嘛，人家没有滑板基础，但是说不定热爱啊！"

"热爱的有这么多？"

沈诚看着那沓厚厚的表格，不由得皱了下眉。

肖盛这才意识到他们日后筛选的时候工作量将会有多大，不由得心虚地吞了下口水，说："有这么多啊……"

"现在知道了？"

肖盛都做好挨训的准备了，却见一向公事公办的沈诚突然放下了手里的东西，提步往另一边走去。

肖盛的视线追过去，看见沈诚径直走向……推理社？

推理社的学姐好不容易凑够了今年的招新指标，正坐在位置上清点份数，猝不及防见副主席朝他们这边走了过来。

以为是视察工作，学姐也连忙站了起来，喊道："主席。"

"招标够了吗？"

推理社在社团里偏冷门，上一届就有人数不够的情况，在五星精品社团里的位置一直岌岌可危，还是新任学生会换届后才有了好转。学生会对他们一直比较关照，招新学姐也以为沈诚是过来视察情况的，当即把所有的报名表都递了过去。

"今天的招新都在这儿了，刚刚还遇到一个挺可爱的小学妹。"

"是这个吗？"

沈诚指着最上面放着的那张报名表，就是李乐妍之前刚填完的那份。

"就是她，说话感觉有些腼腆。"

"嗯，她有时候很害羞。"沈诚抬手在那张表上点了两下，笑着看向招新的学姐，"方便打个商量吗？"

学姐也是很少见他们主席笑得这样好看，脑子一时有些宕机，下意识就点了头。反应过来只觉像在做梦，而那张被带走的报名表，又仿佛在告诉她，不是错觉。

不是说主席很凶不爱笑的吗……谣言都是谁传出来的？

李乐妍回宿舍睡了个午觉，醒来的时候室友也都回来了，几人都在聊自己加了些什么社团。

其中一个室友叫林梦，一直想玩比较酷帅的运动，虽然对滑板没什么基础，但还是去报名了滑板社。

"我跟你们说，滑板这项运动还真不是一般人能玩的，我这次一定要进去学点东西出来。"

"呵。"

同寝的另一名室友是齐司月，一副大小姐脾气，与当初的徐诺有点像。她停下手机上的聊天，语带嘲讽地说："都还没面试呢，话不要说太早哦。而且滑板社历来的招新还挺严格的，你想进去得好好加油。"

"齐司月，你什么意思？"

林梦也好强，这会儿感觉自己被下了面子，有点生气。

齐司月倒是没想到她反应能这么大，愣了半秒之后，挑了下眉，说："激动什么，我哥是齐铭，好心提醒一下而已，真没别的意思。"

齐司月说完还笑着弯了下唇，就若无其事地聊天去了。

林梦被她说得脸色有些发红。

偏偏齐司月说的又是事实。齐司月哥哥是齐铭，现任的学生会会长，知道内幕再正常不过，但那又怎么样？

林梦暗自咬了下牙，她就要进滑板社给齐司月看看。

宿舍因为这一个插曲气氛有点僵，但其他人反应都很快，又迅速聊到别处扯开话题，总算是把场面圆了过去。

很快到了招新那天。

李乐妍走到半路，却突然收到被调剂的短信，原因是因为这一届推理社的招新名额缩减，她报名的时间有些晚，被调剂到滑板社面试了。

李乐妍看到这条消息时，觉得有些奇怪，又想到舍友之前说滑板社报名的人多很难进，原本都准备半途折返了，但又不想白来一趟，太阳这么大，不如去面试看看，就当蹭空调也不错……

李乐妍这般想着，又往招新的逸夫楼走去。

她推开阶梯教室的门，在角落的位置坐下来，悄悄打量教室里的人。

是真的好多啊……

难怪齐司月之前说滑板社难进。

眼见着教室里的人越来越多，很多人还带了专业的滑板，李乐妍更知道自己是过来打酱油的了，于是心安理得地玩起了消消乐。

她卡在一关死活过不去，眉心都皱了起来。

她咬着唇，正思考最后一步该怎么走，一只手突然伸过来，帮她划了下猫头鹰。

"欸……"

李乐妍慌忙去阻止，但已经来不及，刚感觉心脏都快提到嗓子眼的时候，手机里却传来了通关成功的声音。

她再抬眼，只见那只骨节分明的手慢条斯理地从她眼前收了回去，手的主人此刻正低着头，似笑非笑地看着她问："来面试？"

滑板社的初期选拔很严格，社团请来了专业的老师做简单教学，随后按填表顺序依次上板，简单地看一下基础技法和平衡能力。

李乐妍本来排在队伍后面，突然被人拍了拍肩，她转头，见对方有些眼熟，想起是之前在服务站和沈诚关系很好的男同学。

"同学你好，我叫肖盛，来我们策划部吗？不会玩滑板也可以哦。"

学校里每个社团都有自己的组织架构，社员虽然多是以兴趣爱好为主，但也有几个部门供以锻炼社会能力，其中就有几个文案能力比较强的女生准备进策划部。

"不会玩滑板也行吗？"

怕自己幻听，李乐妍又问了一遍。

肖盛肯定地点点头："来吧学妹，我们策划部也挺好玩的，平时什么活动也都是大家一起，只是负责的板块不一样，就当锻炼能力的跳板也好啊。"

李乐妍抿了下唇，看着眼前队伍里不断有女生踢着滑板进场，知道自己也不是那块料，果断地答应了肖盛的邀请，填了策划部干事表。

一式两份的表格填完，李乐妍抬眼就看见排在队伍前面的林梦拿着滑板从筛选区过来，脸上的表情不是很好。

李乐妍眼皮一掀。

林梦果然落选了。

她神色惆怅地坐过来，李乐妍跑到旁边的自动售卖机，给自己买了一瓶水，给林梦买了一瓶蜜桃汁。

林梦拿起来喝了一口，喝完水站起来看她，问："你还有多久？"

林梦记得李乐妍还没有面试。

李乐妍摇了摇头道："我还有一会儿。"

林梦咬了下吸管，试探着问："你不会是在排队吧？他们选拔真的好难，很多有基础的都进不去，你等会儿万一玩摔了……"

"没有。"李乐妍说着摆摆手，"我不是玩这个的料。"

林梦好像松了口气，也没问李乐妍还待在这儿干吗，看着时间到了，她晃着手里的蜜桃汁，说："那我先回去了，你一会儿也早点回来吧。"

说完也不等李乐妍说话，人就出了教室。

李乐妍没太在意，又被肖盛叫走了。

第二天，通知李乐妍被录用的短信发了过来，宿舍里另外几个女生差不多都进了自己喜欢的社团。

大家讨论热烈，林梦一直没怎么参与，直到听见室友问起李乐妍加入了滑板社，才有些匪夷所思地问："你去了滑板社？"

"嗯。"李乐妍点点头，"但不是社员，就是策划部写办公室文稿的干事……"

"那也很棒了啊！妍妍，你这是第一次去就混进了管理层啊！"

"也没有……"

"怎么没有？都变成策划部干事了，那你接触的不都是主席一类的，很好的呀！"

"我当时没想那么多，就是听说能锻炼能力，有人让我填表，我就写了。"

林梦说："谁知道到底是怎么进的？加社团倒也不用这么藏着掖着吧，都是同学，没必要什么好处都自己占着吧。"

"脑子呢？"齐司月戴着耳机都听不下去了，对林梦翻了一个白眼，"自己没选上，别人去了就急眼？"

林梦闻言梗着脖子说："那也要看是不是正当选上的，谁知道有没有走后门。"

"走后门怎么了？那也要有门才能走啊，自己没本事选不上去就凭空诋毁别人，多大的脸？"

"齐司月，我又没说你，你怎么这么爱管闲事！"

"你管我？但凡多一点文明用语我也不呛你。"齐司月说完就挂上了自己的斜挎包，绕过林梦出门了。

李乐妍没想到事情会发展成这样，但她也没那么好欺负，林梦之前说那些话确实也没考虑到她的感受，所以她直接把昨天面试的新闻稿找了出来。

"这是昨天面试出的选题，督导部匿名打分，如果你有什么意见，这是投诉部的电话，我们可以当面复稿。"

李乐妍说话的语调并不压迫，但一听就能知道是什么意思。

林梦气得涨红了脸，丢下一句"你们都欺负我"就推开门跑了出去，速度之快，还撞到了刚下楼梯的齐司月。齐司月愣是气到仰头，翻了个白眼。

宿舍另外几人都有些面面相觑，室友看看门外，又看看李乐妍说："她不会去告诉辅导员了吧……"

"告就告呗，我们妍妍又没做错什么，谁叫她说话那么过分的。"和李乐妍一起军训的室友说。

几人都觉得有道理，不一会儿便聊到别处了，只有李乐妍后来没再参与，本来好好的心情被这么一通搅和，她也不知道宿舍关系怎么就变成这样了。

肖盛发现，小干事最近好像有心事，刚在打印文件的间隙还在打印机前发了会儿呆，于是没忍住走过去，拍了拍李乐妍的肩说："想什么呢？最近出什么事了？怎么感觉闷闷不乐的。"

"有吗？"李乐妍陡然回神，自己都有些怀疑，她表现得这么明显吗？

肖盛看着她，又重复询问："没出什么事吧？"

"没。"李乐妍摇摇头。

见她不欲多说，肖盛也跟着换了话题道："行吧，那我不问了。不过我呢，现在倒是有个好消息，保准说出来你会开心。"

"什么？"

"今天晚上八点，古记烤肉餐厅，社团迎新聚餐，别忘了哦。"

这倒真算个好消息，至少李乐妍看着琳琅满目的美食自助时，心情真的有被治愈到。

她和同部门某个女生一起去选水果，回来的时候，聚餐的社员早就聊得热火朝天。李乐妍本来缩在角落吃饭，冷不丁话题转移到他们这桌。活泼的男生们性格热络，忙着互相敬酒，李乐妍没见过这阵仗，慌忙站起来，拿了杯倒好的饮品敬回去。

李乐妍虽然每次都只抿了几口，但架不住社团活泼的人太多，她不知不觉就喝完了眼前的两大杯。

她喝完以后，整个人都有些恍惚，坐下来的时候脸颊泛红。拿蛋挞过来的女生见到她，吓了一跳，忙问："天啊，乐妍！你这是喝了多少？"

"就喝了两杯果汁。"

女生听她声音都有些飘，这才看到桌上原本摆着的果酒已经空了大半，而酒瓶旁边还放了一只玻璃杯，空的！

那是这家店特产的果酒，女生听同学说过很好喝，就是不能喝多，后劲挺大的。

现在看李乐妍这个状态，女生都愣住了。

这……两杯算不算多啊？

"怎么了？"

正犹豫着，一道男声从头顶传过来。

女生回头，看见跑完数据过来的沈诚，眼睛登时一亮，顿时有了主心骨，说："学长，乐妍她喝多了，我不知道该怎么办……"

"喝了什么？"

"就这个。"女生指了指果酒的酒瓶，"妍妍好像以为是果汁，他们过来敬酒就喝多了。"

"交给我吧。"

沈诚两步走过来，让李乐妍搭上自己的肩，一手从她的腿弯抄过，直接将人打横抱了起来。

女生在旁边看得目瞪口呆。

"学……学长，你们……"

"她是我女朋友，别担心。"沈诚解释，回头看了一眼，"肖盛，过来处理一下，人我带走了。"

"哎，诚哥。"肖盛闻言忙从另一边跑了过来，看见沈诚怀里醉着的人，心里也是"咯噔"一跳，"这什么情况……"

沈诚拿起李乐妍挂在椅背上的包，拷在自己肩膀上，说："我先带她回去，这里你们看着点，别喝太多。"

"行……行。"

肖盛脑子里还充斥着沈诚横抱着女生的画面，还有些没反应过来，倒是一旁的女生好奇地问了句："社长，妍妍和学长原来是情侣啊？"

"我哪里知道……"

沈诚抱着李乐妍走出大门，刚准备打车，怀里的人突然不安分了，紧紧地搂着他的脖子不撒手，说不想上车，闻到那股味道就想吐。

沈诚没办法，更让他没想到的是李乐妍喝醉了手劲这么大，他试着扒了一下还没弄下来，干脆就让她这么挂着，抱着人沿着路灯走了回去。

好在聚餐的地方离学校也不太远，沈诚走了一会儿，突然感觉到脖颈间传来的湿意。

他又往前走了两步，感觉到那股湿意越发明显，脚步才跟着停下来。

"不舒服？"

"没有。"她说着摇摇头，泪却变得更加汹涌。

李乐妍抬起头，头顶是白炽路灯。

被风吹了一路，她其实清醒了很多，也知道抱着她的人是沈诚，但心里的苦涩怎么也压不住。

她看着他的眼睛，终于忍不住喉间发紧，说："沈诚，对不起。"

"道什么歉。"

"因为我对你不好……我当时不知道怎么办，我一直……不敢见你。对不起……"

"不是你的错，妍妍，我没怪过你。"

"我……"

"我本来一直都想等你，我想等你过来找我就好了，到时候我们再慢慢来。"他说到这里，又停顿了下，"但我发现自己……"

她的唇瓣被他碰了下，后面的话也自动消音。

沈诚撬开她的齿关，她还有些发蒙，呆呆地看着他，直到舌尖被吸吮了下，双眸才陡然睁大。

他竟然……

"开学接你那天，我就想这么做了。

"妍妍，我也没自己想象的那么有耐心，我等不了。

"你什么时候答应我？"

……

"嗡嗡……"

电话铃声在床边响起，李乐妍扒拉着被子抓过来接听，眼睛还没怎么睁开，就听那边传来的声音："妍妍，醒了吗？"

"还没有。"

她"噌"地睁开眼睛，问："你过来了吗？"

"嗯。"那边似是压着笑意，"我在你宿舍楼下。"

"那你等我一会儿。"

李乐妍在宿舍收拾了一会儿才下楼，见他站在树下，一身白色衬衫简单干净，整个人也没有别的动作，只是淡淡地望过来，她揪着帆布包的手不由得一紧。

她第一次羡慕有人能喝醉酒断片，这样她就能把昨天又哭又号，末了还抱着他叫男朋友的丢脸黑历史忘干净了。

可自从醒来，脑子里跟放电影似的一幕幕浮现，让人想忘都难。

李乐妍深吸一口气，下了台阶，虽然对自己昨晚的行为有些害羞，但同时又感到庆幸。

还好，她终于说出来了。

她几步走到他旁边，沈诚笑着从裤兜里伸出手来。

李乐妍刚开始没反应过来，睫毛眨了下，问："干什么？"

"牵手。"

"啊？"

"不愿意？"

"没。"李乐妍被他这么一问，赶紧把手搭了上去，但又感觉有点奇怪，她偏了下头问，"我们今天去哪里？"

"青市，不是说想去逛街吗？"

"青市？那里是干什么的？"

"去了你就知道了。"

他的十指将她扣紧，拉着她出了校门。

青市与奉城师大隔了两条街，五分钟车程不到。

李乐妍进去以后，才发现这是个陶瓷交易市场。各种花鸟器具琳琅满目，青瓷红釉精致又漂亮。

李乐妍一进去，就被一株雕花树给吸引了，实在难以相信这是陶瓷做出来的。

一旁的工作人员见状凑了过来，介绍起雕花树的制作工艺。李乐妍被工作人员描述的陶瓷制作过程深深吸引，不知不觉就和沈诚上楼进了一个隔间。

房间里有转盘、颜料、黏土和各式各样的工具，专业老师过来讲了一遍操作流程，给他们准备好纺织围裙。

李乐妍听讲解听得认真，没注意到这个，沈诚接过店里递来的纺织围裙，无奈地抿了下唇，抖开围裙从她头上套进去，又抓着两根带子绕到后面。

"手抬起来。"

李乐妍乖乖做了个大鹏展翅。

沈诚憋着笑没提醒她，系好后面的带子才伸手覆住她手背。他长得高，说话时却故意贴近她的耳朵，温热的气息喷洒上来。

"妍妍，手放下来。"

李乐妍低头看清自己现在的动作，一时又羞又窘，忍不住瞪他。

奈何这人不知悔改，还看着她笑！

李乐妍决定不理他了，她要一个人做陶瓷！

制坯的时候，她头也不抬，整个人全神贯注。但做陶瓷到底还是个技术活，没过一会儿，李乐妍一个不慎就将泥甩得变了形，再反观旁边这人，完完整整都快封瓶了！

李乐妍看得眉心直皱，盯着沈诚的坯体看了半天，又鼓着腮帮自己去揉泥了。

这次她一定行！

李乐妍又上了转盘，但可能是欲速则不达，这一次还没等她弄出具体的形状，陶泥就有点按捺不住，眼见着又要变形，她顿时手足无措，这时一双手覆过来，帮她把形状稳住了。

李乐妍动作顿了顿，别别扭扭地抬头看他一眼，问："你干吗？你刚才不是做得很好吗，怎么突然来我这边，是不是觉得我做得比你好，过来偷师？"

"嗯，我做不好，过来找你偷师。"他没反驳。

李乐妍又起了两分调皮的心思，说："沈诚，你得承认，你有时候也挺笨手笨脚的。"

"嗯。"

"也就只有我能受得了。"

"谢谢妍妍。"

本来就是打趣，他还如此顺从，李乐妍脸红了红，继续专注自己的制陶工作。

大约半个小时后，他们终于完工，制作的陶坯会拿去烧制，后面出成品了店里会给他们打电话。

李乐妍和沈诚一起去外面洗手，她正低着头搓手指，脸上突然被他碰了碰。

李乐妍头微抬，看见镜子里的他正低着头。

沈诚的视线专注地落在她脸上，呼吸间气息稍近，她忍不住往旁边侧了下头，他的手却顺势抵住她的下巴，唇压过来。

一个意料之外的吻。

沈诚也只是蜻蜓点水地在她唇上碰了碰，程度还不及昨晚的半分，可不同就在于，他亲得太突然，她的视线还没从镜子里收回来。

羞耻感让她"噌"地红了耳尖，她往后退一步，磕巴道："回……回去了。"

"嗯。"沈诚笑了笑，牵住她的手，"走吧。"

出来以后，李乐妍是没什么再继续逛下去的心思了，随便看了两家店就扯了个借口要回学校。

沈诚把她送到宿舍楼下，李乐妍挥挥手上楼，在拐过墙角后，她终于没忍住抵着墙面，撞了撞脑袋。

能不能争点气！脸红什么！

谁还不会谈恋爱了！

李乐妍跑回宿舍，走到阳台洗了把脸，没忍住探头往下看了眼。

沈诚还没走，仰着头冲她笑了笑。

李乐妍的心跳又忍不住加快，但这次她绷住了，没再往后缩，看见他对自己比了个口型，说"下次见"。

李乐妍一直看着那道身影消失，才慢慢将视线收回来。

大学生活逐渐步入正轨，大一课程繁多，还有早八和跑操。

李乐妍没想到大学也摆脱不了跑操的命运，早上迷瞪着一双睡眼混在人群中跑步。

刚跑不动准备停下来歇歇时，手就被沈诚拉住，他的手臂上戴着红色的执勤袖，眉眼温和地问："跑不动了？"

他的声音太温柔，李乐妍心中一动，承认自己动了偷懒的心思，顺势抓住他的袖子撒娇。

"太难跑了，能不能休息一下……"

"不能。"

听见男朋友这么铁面无私，李乐妍当即就腿一软，还没往下倒，又被他扶住。

"我跟你一起跑。"

"啊？我……"

李乐妍被他拉着，被动地跟着他往前跑，看着他那张不近人情的脸，李乐妍一时口不择言："沈诚，我要换男朋友！"

"嗯。"这人闻言无动于衷，"跑完再换。"

最后，李乐妍几乎是被他半拖半抱地到了终点，完成了这周的跑操考核。

回去的路上，李乐妍整个人趴在沈诚的背上补觉，醒来的时候，被小黑猫的肉垫踩醒。

李乐妍眨眨眼，入目是白色的天花板和陌生的陈设。

她腾地坐起来，沈诚刚热好牛奶出来，她这才知道自己被他带来了公寓。

沈诚在学校外面租了套房子，两室一厅，带一个小阳台，房间里打扫得很干净。

小盐比以前的个子大了几倍，被沈诚养得圆头圆脑的，一直凑过来蹭她掌心。

早上跑操时那点郁结的情绪此刻早就烟消云散，李乐妍抿了口牛奶，凑到小茶几旁边看沈诚改数据。

怕她无聊，沈诚用了最快的速度改完，然后和李乐妍投屏看了一部电影。

中午的时候，两人在家做饭，沈诚做了番茄牛腩。

吃完饭，两人又接到之前手工店的电话，去取回了制作的陶瓷。

李乐妍摆弄着两个小瓶，最后还是想种花，沈诚就去房间里拿了一包向日葵的种子。

他在阳台外面种了一些多肉和小番茄，长势很好。

李乐妍以前很少养盆栽，向日葵是比较好养的一类，两人往花瓶里填土，小盐就在旁边舔毛。

不知不觉，一个下午过去，李乐妍晚上还有课，沈诚大二更是忙，两人今天把彼此课表的空余时间划了出来。

他们都是第一次谈恋爱，很多拿不准的地方沈诚也会问沈静云，但他更想自己能早早地学会如何对她好，对她更好。

李乐妍还不知道男朋友脑子里已经构思出了很远很远的事，她下车冲猫包里的小盐挥挥手，拿着向日葵花瓶，走之前鼓起勇气在沈诚右脸上亲了一口，然后头也不回地冲进宿舍楼。

晚上的课是《教育心理学》，下课之前，老师又强调了一遍师范技能大赛的事情，室友挽着李乐妍的胳膊，问："妍妍，你要参加吗？"

"嗯，想去试一下。"

李乐妍很喜欢自己现在的专业，虽然在台上讲话容易紧张，但她还是想多去参加比赛锻炼一下自己。

室友担忧地蹙了下眉，戳她胳膊，示意她看台上，压低声音在她耳边说："那你要有心理准备啊，这个比赛林梦好早就开始准备了，这些天都在找宋老师问东西……"

"没事，她准备她的。"

室友还是担心，林梦好强的性格她们都知道，就是因为不想惹麻烦，几个室友都没有参加这次比赛。

李乐妍白天不在宿舍不知道情况，加上她没有刻意去关注林梦，这会儿下课看见林梦在讲台上与老师有说有笑，心里一时有些复杂。

回到宿舍，李乐妍把小花瓶放到阳台外面就去洗漱了。

后面几天倒也还算相安无事。

一直到周六，李乐妍和室友从食堂吃饭回来，刚进门，林梦就气势汹汹地走了过来，说："李乐妍，你又来？"

"什么？"

"你就是和我过不去是吧？为什么每次我参加什么，你都要来掺一脚，处处压制别人的感觉很好吗？我真不知道自己做了什么值得你这样针对！"

"你要不要听听自己在说什么？"

李乐妍难得对人这么无语，刚准备开口，林梦就直接捂着耳朵冲去了阳台，在水龙头下边哭边洗脸。

李乐妍没想到她跑得这么快，但也知道跟情绪激动的人讲不清道理，准备等林梦平静下来再和对方谈谈。

可谁知过了几分钟，李乐妍没等来林梦从阳台出来，倒是听见

"砰"的一声。

李乐妍在听到声响后，眼皮一跳，心里隐约猜到发生了什么。

可真当她看见不久前满心欢喜地拿回来的小花瓶，现在在地上混着泥土碎了一地时，再好的脾气也压不下去了。

李乐妍狠狠地瞪了林梦一眼，问："为什么要摔我的花瓶？"

"你自己把它放外面的，风又这么大，才不是我……"

"那你放在旁边的洗碗巾怎么还在？难不成这个比我放在里面的花瓶还重？"

"我……"

林梦被这一番话说得哑口无言，李乐妍却并不想听她找借口，回宿舍找了个袋子把碎片捡进去装好，又把阳台收拾干净。

宿舍里全程安静，两个室友出来帮李乐妍打扫。

齐司月也在此时推开门回来，坐在凳子上玩了会儿手机，突然觉得哪里不对，扫一眼坐在凳子上表情别扭的林梦，她关掉手机，问："发生什么事了？"

林梦支吾了一下，到底是没说出什么。

齐司月也没再问，站起来去了阳台，刚打开玻璃门就惊了一下，问："怎么了这是？手怎么还流血了？"

李乐妍这才发现手指渗了血，她摇摇头，没有多说："可能刚才被划到了。"

齐司月没明白状况，一旁的室友把她拉过去解释。

李乐妍拎着装着碎瓷片的袋子走进宿舍，在经过林梦的时候停了下来，说："我没有处处想压你，我只关注我自己。参加比赛是我的自由，不参加也是。"

李乐妍说到这里，又停顿半秒，说："但现在，我改变想法了。

林梦，我一定会赢你，咱们赛场上见。"

李乐妍说完这些就回去收拾了电脑，然后抱着东西出了门。

沈诚今晚正在建模，数据方程搭到一半，突然听见门外的按铃响了，他起身过来开门，李乐妍红着眼睛站在门外。

沈诚有一瞬间的无措，刚想开口问怎么了，李乐妍的眼泪一下就掉出来了。

"怎么了？"

他抽了纸巾给她擦眼泪。李乐妍却说不出来为什么，明明也只是很小的一件事，之前在宿舍她的态度还那么强硬，可看到他的瞬间就是觉得委屈。

在喜欢的人面前谁不委屈？

李乐妍没想到自己哭得这么凶，几乎有些喘不过气，抽抽噎噎的，哭得专心致志，连自己什么时候被他抱到沙发上都不太记得。

纸巾用去小半包，李乐妍终于慢慢恢复过来。

袋子里碎掉的陶瓷沈诚已经看到了，但比起这个，他更关注的是她手上的伤。

他找出家里的医药箱，抓着李乐妍的手帮她处理伤口。酒精涂在破掉的口子上，稍微有些刺痛感。

李乐妍眼眶红红，愣愣地看着他，说："沈诚，我们的花瓶碎了。"

"碎了再重新做一个。"沈诚给她的手贴上创可贴，又摸摸她的头，"下次不要用手捡了，你男朋友心疼，听到了吗？"

李乐妍点点头。

"今天发生什么了？"他的手环过来抱住她，凑近了问。

李乐妍的指尖在膝盖上点了点，把今天晚上发生的事说了一遍，最后又觉得不太妥，问："我……是不是太凶了？"

沈诚吻了下她的嘴角，说："我觉得关注点不应该在这里，你是真的想参加比赛，还是单纯为了胜负？"

他的观点直切要害，李乐妍听得抿了下唇。

思索片刻后，她开口道："我想参加比赛，锻炼自己。"

"那就认真去做，比起其他事情，你更应该关注比赛本身。"

"这样吗？"她还是有些迟疑。

沈诚却笑着捏了下她的脸，说："这段时间我会充当你的讲课对象，我们一起准备。"

"好。"

沈诚怕她饿，又去厨房煮了碗面条。李乐妍吃完以后时间将近十点，宿舍里设了门禁，加上她现在也不想回去，所以她留在了沈诚的公寓过夜。

回完几个室友发来的消息后，沈诚过来敲了敲卧室的门，问："妍妍，要洗澡吗？"

"我没带睡衣出来。"

"可以穿我的。"

这话说完，两人的耳朵都有些红。

沈诚又在原地杵了半秒，说："我去给你放热水。"

"好。"

沈诚走后，李乐妍又在床上坐了半分钟，耳朵上的温度怎么也降不下来，她磨蹭着去衣柜里找了一件沈诚的短袖。

洗完澡出来，李乐妍的头发还在往下滴水。

沈诚正在客厅看球赛，听见动静偏头看过来，入眼所见是女生白皙光滑的一双腿。

他的衣服对她来说不太合身，过于大了，但也衬得她锁骨精致，腰肢纤细。

沈诚只看了一眼就慌忙收回视线，他站起来，注意到她滴着水的头发，清了下嗓子道："我去给你拿吹风机。"

"好。"

李乐妍拿毛巾擦着头发，视线一时也不知道往哪儿放，干脆专心地盯着自己的脚尖。

沈诚动作很快，拿了吹风机在旁边的沙发上插好，转头叫她道："妍妍，过来吹头发。"

"来了。"

李乐妍走过去。

热风从头顶上吹下来，沈诚把风调小了一点，许是看她僵硬得像一块石头，没忍住笑了出来，问："紧张吗？"

"没有！"

出口的音量有点大。

李乐妍窘得脸颊又一下烧起来，声音也跟着低下去，说："没有。"

"嗯，没有。"他附和。

李乐妍一下偏头瞪过来，喊道："沈诚！"

"错了，不笑你。"沈诚又摸了两下她的发顶，在她额头上亲了下，语气温柔又无奈，"你不同意，我怎么敢做什么。"

一番折腾后，李乐妍终于躺进被窝，看着在旁边打地铺的男朋友，她抱着被子卷了两圈，望着天花板，终于做好心理斗争，说："沈诚，你……你到床上睡吧。"

"你睡，我就在下面。"

"会不会感冒？"

"不会，有床垫。"他说完又转身坐到床边，亲了她一口，只是浅尝辄止的触碰，他的指腹揉揉她的耳尖。

"晚安，妍妍。"

李乐妍第二天上午还有课，沈诚把她送回学校后又去了模型演算室。李乐妍上完一节专业课就去办公室找了学科竞赛的负责人和指导老师。

在办公室待了一个小时，大致沟通完选题，李乐妍和室友一起去吃午饭。

下午没课，李乐妍回宿舍收拾了一点东西，林梦也在，但两人见面都没说话，李乐妍收拾完就又回了公寓。

快下午六点的时候，李乐妍在阳台外逗猫，顺便给花浇水，手机上进来沈诚的消息，远远看见他的身影。

他穿着一身浅灰色卫衣，右手提菜，左手抱花，步伐款款，抬头时目光温润。

李乐妍突然觉得，这一幕好像似曾相识。

初见时，拐角的少年逗着猫，抬头随便看过来的一眼，就让她喜欢了好多年。

重逢后，暗恋的少女坐在阳台，猫咪的尾巴扫过指尖，喜欢的人捧着一束向日葵，在楼下仰头笑着看她。

他们有最真诚的爱。

—正文完—

番外一

遇见你的注定，她会有多幸运

门铃不到一会儿便被按响，李乐妍听见声音跑过去，小黑猫也追了过来。

门一打开，沈诚就看见一大一小，两双漂亮的眼睛看着他。

他的眉梢没忍住弯了弯。

沈诚把买的菜放到柜子上，进去换鞋，李乐妍在旁边抱着猫咪观望，问道："怎么买这么多？"

"给你做点好吃的。"沈诚进来洗了手，"什么时候过来的？"

"上完课就过来了，帮你浇了阳台上的花。"

"这么勤快。"他说完又笑笑，突然凑过来亲她脸颊，"奖励一下。"

这人最近功力渐长，李乐妍只得把注意转移到别处，小声嘀咕道："我饿了，今天能做肉末茄子吗？"

"嗯，你来给我打下手。"

"好的！"

两人还没一起做过饭，李乐妍想着有点兴奋，找了一条围裙从后面给他系上，专心致志地绕去他身后打结。

沈诚在她环过来的时候，切菜的动作都顿了下，他掩盖住某些不合时宜的心思，专心地和她做饭。

茶足饭饱，沈诚把餐具放进洗碗机，出来的时候，李乐妍已经收拾完餐桌，在茶几上备课。

沈诚走过去，看她改了一会儿幻灯片。

李乐妍整体了一遍后，觉得没什么问题，就开始拿他当小白鼠给他讲课。

每讲完一遍，沈诚都会给她反馈，指出不足和优缺点，一直到第五遍讲完，李乐妍已经困到睁不开眼，嘴里却还念叨着改幻灯片。

沈诚去厨房给她热了杯牛奶，回来的时候就看见李乐妍倒在茶几上睡了过去。

沈诚把牛奶放在一边，抱起趴在茶几上睡过去的人，把她的脑袋搁在自己的腿上，拿过身后沙发上的毯子，抖开给她盖好。

李乐妍醒来的时候，还迷迷糊糊的，不知方向，眯着眼睛抬起头，看见他在改幻灯片。

"沈诚。"

刚睡醒，她声音还有点软糯，带着股撒娇的意味。

沈诚听见动静，笑着凑了过来，在她额角上亲亲，问："去房间睡？"

"好。"

许是他的嗓音太温柔，总能在深夜蛊惑人心，李乐妍下意识伸出手，忽然反应过来这是个讨要拥抱的姿势，脸颊顿时觉得发烫。

沈诚闷声发笑，一把将她抱了起来。

宽大温热的手掌贴在她的后腰上，李乐妍耳朵发烫，将脸埋进他怀里。

一夜无梦。

师范专业技能讲课大赛如期而至。

这天，李乐妍穿着一身简单的白衬衫站上讲台，马尾辫清清爽爽，人也收拾得干净清秀，举手投足间尽显温婉气质，竟也有了两分为人师表的风范。

讲台上，她全程吐字清晰，思维有序，讲完最后一道例题，她放下粉笔，冲台下弯腰致谢。

台下响起掌声，评委席的几名老师也都挂着笑容，温和地问了李乐妍几个相关问题。

她一一回答完，然后下了讲台。

在她后面的恰好就是林梦，一向在台上如鱼得水的林梦，到赛场上却偏偏有些紧张，好几个地方都有些磕巴。

一旁的齐司月听得都没忍住皱了下眉，压低了声问："她怎么了？之前不是讲得挺好的吗，怎么还怯场？"

"可能是太紧张了吧，下面这么多人。"另一个室友补充道，说完又看了一眼李乐妍，"不过妍妍今天好稳啊，都不带卡的，好厉害！怎么做到的？"

"其实也没什么。"李乐妍被夸得有些脸红，"就是这几天练的次数多了就熟练了，然后上台没太想别的……"

"这样啊，一定是学长陪你一起练的吧，好羡慕。"

……

最后一位选手下台，主持人开始揭幕最后的比分。

李乐妍面上看不出什么，但心里还是有些紧张的。

其实她刚上台的时候，大脑是有一瞬间空白的，可看见沈诚坐在观众席上，那一点紧张也跟着消散了，她好像又回到了之前在公寓和他一起排练的时候，也就……没那么紧张了。

比赛出来的结果也很符合预期。

李乐妍如愿拿到了一等奖，而林梦则因为太过紧张，只拿到了三等奖。

颁奖的时候，两人站位相隔不远，李乐妍余光瞥见林梦眼眶有些红，眉心稍稍敛了下，没说什么。

合影结束后，老师们相继离开，后勤人员开始收拾现场。

李乐妍和室友们一起去吃饭，齐司月拿着粉饼正在补妆，透过镜面看见林梦从后门走了。

齐司月难得抿了下唇，说："今天总算消停了。"

"什么？"

"林梦啊，我都做好她又过来挑刺的准备了，没想到今天还挺正常。"齐司月说完又拍了下李乐妍的肩，"看来你今天是真把她的锐气给挫下去了。"

李乐妍闻言也看了一眼后门的方向，只是她脸上的表情平静，并没有预想中战胜对手的欣喜。李乐妍始终记得沈诚之前说的话，她参加比赛的初衷并不是为了压别人的风头，确实只是想锻炼自己而已。

至于之前花瓶摔碎的事情，李乐妍觉得，一码归一码，她也不想和林梦这么僵持下去。

几人离开活动现场，刚走出明理楼，便看见门外的一棵香樟树下站着一位四五十岁的女人。

女人身材矮小，面容朴素，看起来像是来找学生的家长，此刻似乎是迷了路，额头上都急出了一层汗。

几人见状，向女人走过去，问有什么需要帮忙的。

李乐妍从包里掏出一包湿巾递过去，女人接过后连连道谢，声音充满感激，说自己过来看女儿，还带了些家乡的特产，但是刚进学校就迷了路。

这再正常不过。不说校外的人，就连李乐妍，面对这偌大的校园也还是有些分不清路。

女孩子们听说女人要去篮球场，准备顺路把人送过去。

不想刚走了没几步，一道声音就从背后响起，林梦急忙从另一边跑了过来，语气难掩焦急，问："妈，你怎么走到这里来了？不是让你去篮球场等我吗？"

"梦梦，你来了，快让妈看看你。"女人将林梦仔细看了一圈。见女儿好似过得不错，她放了心。

女人又说："你让我去的那个地方，没找到。这不，遇到这些同学，她们准备带我过去了。你们学校的学生真好，心善啊……"

"妈，你们……"

"原来是林梦的妈妈，阿姨你好，我叫齐司月，我们都是林梦的同学。"

"梦梦，这些都是你同学吗？怪不得，我看这几个孩子都这么有缘……"女人说着，又把目光转向她们，笑得亲切，"我们家梦梦性格有些强势，可能不太会与人相处，但她心不坏，如果有什么地方和你们闹了矛盾，还请你们多包容包容。"

"说什么呢，阿姨，林梦性格挺好的，倒是我，看着就是个大小姐脾气不好惹的，应该林梦多包容下我呢。"

齐司月这一番话把女人说得眉开眼笑，看着她们越发和善。

林梦却在原地呆了呆。

李乐妍见状也跟着接话道："阿姨，我们相处得都挺好的。"

林梦瞬间抬起头，却只对上李乐妍笑着的双眸。良久，林梦才缓过神来，也跟着笑了下。

一群姑娘陪着林梦妈妈在学校里逛了许久。

送走林梦妈妈后，林梦把妈妈带来的一些家乡特产分给了大家。

分到李乐妍这里的时候，林梦支支吾吾，犹豫了一会儿，从后面掏出个小花瓶，形状略有些怪异，但能看出用心。

"我不太会做这个，你之前那个花瓶……我真不是故意的，我洗脸的时候没看清碰倒了，这个还你。"

林梦说完又补充道："李乐妍，对不起，我之前……有些……不好，我性格是这样。"

林梦说到这里，情绪有些难以抑制，离家南下到奉城，这座繁华的一线城市与从前生活的地方大相径庭，种种的不适让林梦变得十分敏感，总有些……离谱的想法，幻想室友是什么难相处的奇葩。

到最后没想到……自己才是那个奇葩。

说到最后，几个室友轮番安慰起林梦，齐司月在一边打趣："想不到咱们梦大小姐哭起来还能这么楚楚动人的，当真是个林妹妹了。"

"你少说两句。"李乐妍没什么威慑力地瞪了齐司月一眼。

齐司月耸耸肩，划拉会儿手机后开口问道："哭饿了没有？我哥朋友新开了一家火锅店，试试味道？"

从火锅店出来，几人打车回了学校，李乐妍在校门口和她们道别，去了公寓。

沈诚还在学校演算室，家里没人。

李乐妍自己倒了杯温水喝，然后躺在沙发上睡觉。

不知过了多久，她被门外的动静惊醒。沈诚换好鞋进来，坐到沙发边摸了下她额头，问："喝酒了？"

"一点点，和室友聚餐。"

"谈开了？"

"你怎么知道？"李乐妍抱着枕头看他，微醺的眸子里藏着两分疑惑。

沈诚的眉眼弯了弯，说："猜的。难受吗？我去给你煮点蜂蜜茶。"

"会不会太麻烦？"李乐妍的脑子已经有些迷糊了，但潜意识里还是想自己做个贤惠的女朋友。

沈诚笑了笑，过来捏她的脸，说："为女朋友服务，不麻烦。"说完转身去了厨房。

他的动作很快，李乐妍喝完蜂蜜茶后，意识蒙眬地睡了过去。

宿舍关系重新变得和谐，大学生活也很充实，转眼到了年底，元旦那天，李乐妍陪沈诚过生日，送了他一条自己织的围巾。

他很喜欢，不过又加了一个生日愿望。

吹蜡烛的时候，窗外下起了雪，夜色朦胧，沈诚的嗓音温和清隽——

"妍妍，今年过年，和我一起回去见姑姑吧。"

年节将至。

腊月二十八号这天，奉城街道放眼望去一片洋溢的红，李乐妍和沈昊在玩具房里拼积木，一大一小坐在地毯上，模样专心致志。

沈诚推开门进来，他刚才被沈静云拉着念叨了半天，怪他没有提早告诉她，害她现在手忙脚乱。

沈诚被训得强忍着笑，姑姑分明是忘了他早前就提过。

沈静云如临大敌，一大早就将家里从里到外收拾了一遍，她这个当姑姑的比他女朋友还紧张。

察觉到他憋着笑，沈静云没好气地揪了下他的耳朵，说："姑姑这是为了谁？还笑这么开心，要是妍妍到时候改主意走了，我看你还笑得出来……"

"不笑了，我错了姑姑。"

"这还差不多，你别在厨房晃悠，去楼上看看你爸好了没有，刮个胡子是能炫出朵花来？都快在厕所待半个小时了。"

"我上去叫叫他。"

"行，顺便把这盘水果端过去给妍妍。"

领完命令，沈诚在房间里找到两人，李乐妍和沈昊正玩得起劲，他给两人投喂完半盘水果，又上去叫了沈振河。

不多时，开饭了。

李乐妍要去厨房，被沈诚拦住，沈静云不让他们进厨房，做好饭后也只指挥沈诚过来端菜。

李乐妍有些过意不去，沈诚只得出卖姑姑道："她今天紧张。"

李乐妍一脸问号。

"看不出来吧。"沈诚的嘴角向上弯了弯，"她紧张的时候会这样，沉着一张脸认认真真的，看起来有点严肃。"

李乐妍又抬头偷看了沈静云一眼，随即压下声来小声嘀咕道："我还以为……阿姨是心情不好。"

"没有。"

心里的石头终于落地，李乐妍松了口气，吃饭时也感觉到沈静云没有什么不高兴的情绪，反倒是一个劲儿地给她夹菜。

"妍妍，吃，我听诚诚说你爱吃这个排骨。"

"谢谢阿姨。"

沈振河见状也跟着盛了碗汤，照猫画虎地说："小诚说这个海鲜汤也是你喜欢的，多喝一点。"

"谢谢叔叔。"

"我也来！"沈昊学得快，有模有样地往李乐妍碗里夹了块土豆，"这是我最喜欢吃的，哥哥说姐姐也喜欢。"

"好。"

李乐妍看着面前堆起来的小山，忍不住踢了踢沈诚的鞋尖。

她什么时候说过的？叔叔阿姨要是以为她是吃货怎么办……

她睁着杏眼瞪过来的表情好笑又可爱，沈诚忍了忍，终于解围道："爸，姑姑，你们别老盯着妍妍，她不自在，就当平时吃饭就好。"

沈静云说："妍妍你别太紧张，想吃什么自己夹，指挥这臭小子也行，在学校的生活过得习惯吧？"

话题就此打开，李乐妍本身也没有太过拘谨，本来就很喜欢沈静云，一来一去很快就丢开了紧张。

沈静云吃完饭，拉着李乐妍一起看电视。

李乐妍正看得认真，突然感觉到手腕上碰到一层温凉的触感。

她低头一看，沈静云正往她手腕上套一只白玉手镯。

李乐妍忙摆摆手说："阿姨，这个……"

"你拿着，本来就是给诚诚留着娶老婆的。阿姨没别的意思，虽然现在说这些可能还早，但阿姨是真的喜欢你，也希望你能和诚诚好好的。诚诚小时候吃过苦，我有时候工作忙也会疏忽，他能长成现在这样……我们都很开心，如果你们相处有什么不好的地方，受了委屈也要来告诉我。"

"谢谢阿姨。"李乐妍很庆幸自己遇见了沈诚，"沈诚他对我很好，从来没委屈过我。"

"那就好，这小子有时候也挺会照顾人。"沈静云把镯子往里推了推，"这个你拿着，早晚都要用到的。"

"谢谢阿姨。"李乐妍自知推托不过，珍重地收了下来。

沈静云见她戴上，双眸亮了一下，转身又去拿桌上的黑卡。

"这是你沈叔叔给的——"

"阿姨，这个我真不能要。"李乐妍以为镯子已经够贵重的了，没想到沈静云还能拿出这张卡。

李乐妍吓得站起来，恰好沈诚刚洗完碗出来，立马走过来解围。

他们现在年纪都还小，又不是结婚，用不上这么多钱。

几番劝说下，沈静云也觉得她哥欠考虑，于是把卡收了回去，只是自己的镯子李乐妍必须戴上……

晚上八点，沈诚送她回家，小区楼下，小情侣凑在一起腻歪。

李乐妍揪着他身前的卫衣带子，酝酿着开口问："那你什么时候来我家？"

"你想什么时候？"

"正月的时候找个时间，我回去问问我爸今年亲戚怎么走。"

"嗯，那你到时候给我打电话。"

"好。"

李乐妍回去就问了今年家里的打算，和家里商量好后，沈诚在正月初十这天上门拜访。

客厅里，沈诚陪李坪下象棋，李乐妍在厨房给曾书燕打下手，李长宴在旁边看电视，不时过来看下棋局。

饭桌上氛围也很和谐，李乐妍还是第一次看见沈诚喝酒，倒是不怎么上脸，就是耳朵通红。

李乐妍在旁边忍了几次，看她爸都喝麻了，还在嘀咕，最后被曾书燕和她哥扶回了房间。

家里还有一间客房，曾书燕提前收拾过了，李乐妍拜托哥哥把沈诚扶去房间，自己去厨房找蜂蜜。出来接水的时候，她看见父亲的手机摆在桌上，因为收到了伯母过年发的信息而屏幕亮起。

李乐妍和伯母聊了几句。

她切出聊天框，竟然在微信置顶页面看见了沈诚的名字，显然是爸爸最近才和他聊过天。

李乐妍没忍住点了进去。

聊天记录一直追溯到那年的暑假，原来他那时候就加上了父亲。

她一直知道沈诚很好，却还是低估了他的好。

那些以为自己一个人咬牙度过的日子，背地里，原来有人在为她掌灯。

沈诚醒来的时候，摸到旁边一颗毛茸茸的脑袋，他迅速低头看了眼，动作有些大，李乐妍被他吵醒了。

沈诚倏地坐起来，神色难得有些蒙，说："我们……你昨晚……"

沈诚的脑子里下意识脑补出昨晚和李乐妍睡在一起的样子，虽然他醉成那样肯定做不了什么，但第一次见岳丈岳母就在对方家里搂着人家闺女睡觉，哪怕是镇定惯了的人，此刻也难免有些无措。

李乐妍被他这激动的反应逗笑，笑着说出实情："我刚才过来的，昨晚你一个人睡，我过来叫你起床，该吃早饭了。"

"哦，几点了？"他揉揉头。

李乐妍在床边坐下，说："九点多，不算晚，我爸都还没起呢。你昨晚干吗喝那么多？"

"过年，喝点喜庆。"

"哼。"李乐妍嘀咕一声，"真是小看了你讨好长辈的本事。"

沈诚被她弄得有些莫名，伸手捏捏她鼻子，说："说什么呢？"

李乐妍晃晃脑袋没话说了。

算了，给男朋友留点面子。

见过家长后，两人的感情日趋稳定，李乐妍大二这年暑假，沈诚陪着她一起去了偏远地区支教。

那是一个少数民族居多的大山，孩子们上学的路上横亘着一条江流，时而湍急，时而平缓，河道上每一颗鹅卵石都被打磨得很光滑。

同行的还有她宿舍的室友，其他各个学院的师生，当然，教育学院占比最多。

李乐妍也是才知道，数应学院并不在指定的支教名单中，但沈诚还是来了。

公交车摇摇晃晃，进山以后的路不好走，去目标村落更是要跨过一条小溪。

李乐妍挽了裤脚下水，刚走两步，就因为踩到石头脚下一滑，眼看要往下一倒，好在沈诚反应快，及时地扶住她的腰。

确认她没受伤后，沈诚一把将她抱了起来。

李乐妍四脚离地，树懒一般抱住他，又羞又窘，好在大家的注意力都在过河上面，倒是没怎么关注这边。

再后面，路就好走多了。

到支教点以后，村委会给他们安排了住处。李乐妍和室友一起换好衣服，吃完饭。天黑得早，村子里晚上八九点的样子就变得十分静谧，只偶尔有几声断续的蛙鸣。

村口的大槐树下倒是还燃着篝火，村民们和支教学生围坐在篝火旁，在村长和带队老师的主持下召开欢迎仪式。

村民表演了他们独特的火把舞，奉城师范大学这边，有随机选中的学姐唱了民歌，火把荡啊荡，最后在李乐妍旁边的位置停下。

沈诚上去弹了吉他，没有话筒，伴奏就是男生手下的琴声，清唱《小幸运》。

我听见雨滴落在青青草地
我听见远方下课钟声响起
…………
爱上你的时候还不懂感情
原来你是我最想留住的幸运
…………
一尘不染的真心
与你相遇好幸运

遇见你的注定，她会有多幸运。

那年篝火旁的弹唱，成了李乐妍那个夏天最难忘的一幕画面。

再后来，沈诚毕业在即，她升入大三，找了实习工作，李乐妍嫌来往麻烦，就此搬入了公寓。

第一天搬过来的时候，沈诚专门请了假过来接她，当晚两人在家做了自制火锅。

六月，沈诚正式入职一家医疗科技公司。李乐妍下班后去了趟菜市场。

她买了一大堆菜准备展示厨艺，结果出师未捷，切菜划了手指，最后还是他回来做的饭。

七分熟的牛排配几样精致的小菜，还开了一瓶葡萄酒。

大概是那晚烛光下的氛围实在太好，沈诚脱下西装外套，黑色衬衫解了两粒扣子，露出的那一小块皮肤意外地勾人。

美色当前，李乐妍脑子嗡嗡作响，反应过来的时候，已经被他压在了沙发上。

衣领乱了大半，被碰到的时候，李乐妍没忍住溢出一声呢喃，脸色顿时发烫。

沈诚克制地往后退了退，李乐妍条件反射一般，先一步按住他的手。

他笑着抽了张纸巾擦手。

"妍妍，家里没东西。"

他说完，扯过旁边的毯子盖住她，自己收拾好出了门。

李乐妍在安静的空间里坐了一会儿，觉得身上汗意难受，去了卫生间。

她吹完头发，沈诚刚好从门外进来。

李乐妍听见动静本来想站起来，但临了又想到些什么，耳朵一红，眼睛一闭上了床。

沈诚洗完澡出来已是半个小时后。

李乐妍搬过来后，两人一直都是分房间睡，此刻房门外响起敲门声。

李乐妍本就不怎么迷糊的思绪一下清醒，隔了一会儿，冲门外的人支吾地应了一声："门没锁。"

话音落下后，房间中一片寂静。

李乐妍等了半天没听见动静，刚想抬头看看人，床就突然往下陷了下。

"妍妍。"他的声音响在耳畔。

"嗯。"

"可以吗？"

……

李乐妍不知何时断了片，再醒来时，他正抱着她往浴室走，身体的疲惫让她只短暂地睁了下眼，很快又睡过去。

至于后面发生了什么，李乐妍哪怕后来想起也不愿再去回忆。

昨天的沈诚，一点也不温柔。

日子平和地过着，大学时光很快迎来尾声，毕业那天，沈诚用阳台上种的向日葵向她求婚。

他的爱赤诚而又直白。

沈诚用半年的工资买了一对钻戒，以及一份以她名字署名的房产，虽然只够首付，但他们搬离了原来的公寓，住进了新的平层。

李乐妍也在九月入职奉城一中，站上了她曾经梦想的三尺讲台。

毕业第二年，他们举办了婚礼。

二十四岁的李乐妍穿着白色婚纱，走上红毯，挽着父亲的手，礼堂里光线明亮。

背景音乐是沈诚选的《小幸运》。

她穿着高跟鞋，踩着红毯，洁白的婚纱礼服裙摆曳地，穿过高旷的礼堂，在台下一众宾客的注视下，成为沈诚的妻子。

拥吻的时刻，台下掌声雷动。

有人祝福，有人感慨，有人遗憾毕业那年未说出口的暗恋，但此间种种，悉数化为对台上那对新人的祝福。

新婚快乐，沈诚。

新婚快乐，李乐妍。

祝参加这场婚礼的你，也能收获自己的小幸运。

番外二
堂前竹马旧青梅 陈星 × 周峥

"岁岁恍然间掠过，堂前竹马旧青梅落……"

年节的气息在飘红的灯笼中浓郁起来，陈星推开卧室的玻璃窗，小区楼下是繁华的商业街，遥遥望去，整个城市已经被装点得十分喜庆。

这是她回到奉城的第三天，航飞组的工作终于告一段落。

陈星的高考分数很高，被南邮大学航空宇航技术专业录取，在本硕博连读毕业以后，她进到航空所，成为一名航空工作者。

在过去的三年时光中，陈星和许多个严谨认真的同事共同努力，为造出更好的人造卫星定位系统而贡献自己的力量，为一个共同的理想奋斗。

如今，卫星在西部发射场成功升空，他们的工作也终于迎来短暂的调整期。

研究所放了三个月的假。

陈星也趁这段时间，买了回来的机票。

重新回到这片阔别许久的城市，陈星望着眼前的街景，难得有些恍惚。

太久没回来了。

最开始上大学的那两年，陈星回来得还算频繁，每逢寒暑假都会回来，和以前的朋友见见面，但随着大三那年她和课题组的老师加了项目，时间便变得仓促起来。

一直到后来读研，进入研究所工作，忙碌的时候没有察觉，等现在暂时停下来往回看，才发现时间都在指缝中悄悄滑走了。

她来不及捕捉，万重山已过。

陈星浅浅抿了一下唇，将视线从繁华的户外收回来。奉城入冬以后，温度比南邮低很多，陈星又把窗户关上了，外面的风吹进来太冷。

陈星在米白色绒线毛衣外面套了件棉袄，和家里人吃完早饭，表妹过来和她一起出门。

两人昨天约好了，今天要一起去逛街买年货。

母亲嫌她这些年性格越发沉闷，整天都在和数据设计打交道，孤零零一个人，没有活力，特地安排了正在上大学的表妹过来陪她。

陈星现在二十九岁，出门裤子都要穿两条，赶不上二十刚出头的小姑娘，穿着薄薄一层丝袜就敢出门，也开始体会到当年奶奶辈人看她以前穿破洞裤是什么心情。

不过想是这样想，小姑娘有追求漂亮的权利，陈星也干涉不了。她将羽绒服的拉链拉上，听母亲在旁边念叨完要购置的年货，便和表妹一起出了门。

楼下就是商圈，两人逛街也方便。

陈星记着母亲叮嘱过的年货，表妹却没想那么多，拉着她去了一家彩妆店挑选。陈星这才注意到，一层楼都是精品店。

表妹在小镜子前挑中了一支口红，店员正走过去和她介绍，陈星见她一时半会儿挑不完，便慢慢在店里逛了起来。

她们进的这一家精品店规模很大，售卖的东西分类有序也很精致，许多设计都十分有少女心，连她看着也往小篮子里挑了几个桌面摆件。

她又往前面走，走到了周边售卖区。

人来人往的过道里，她看见了周铮。

记忆里那个曾经青涩的男孩子，一转眼，也变成银幕里闪闪发光的大明星了。

陈星滞住脚步，一些猝不及防的重逢让她的视线也一并凝住，店里的空调开了暖风，轻轻一吹，却好像让陈星一瞬间又想起了那个夏天的炙热。

高考毕业后的那个暑假，她和周铮一起坐了三天的绿皮火车，去了西藏。

人这辈子一定要去一次的地方。

陈星记得，她和周铮走在八廓街的夹道上，一起喝了酥油茶，被西北粗狂的风吹了一点沙子落进眼睛，是周铮凑过来帮她吹走。

他的呼吸离她很近，有一些隐隐扫在眼皮上，陈星垂在身侧的指尖收得很紧。

从小到大，她和周铮都是青梅竹马的关系，从幼儿园开始就一起上下学，对彼此的习惯记得比自己还清楚。

他们有着经年累月培养下来的默契，但也正是因为如此，有些关系才更加不好跨越。

大学时，室友问过她，为什么没有和自己的竹马在一起。

陈星忘了自己具体是怎么说的,好像只是笑着摇了摇头便作罢。

他们太熟悉了,熟悉到仿佛变成了彼此的亲人,关系维持在一个微妙的平衡点,就像跷跷板的两端,任何一方往前凑近,都将失去平衡。

那是不是没有谈恋爱的可能呢?

陈星想当然不是,如果当初在八廓街他凑过来的时候她亲上去,他肯定也会回吻她。

事实上,当年她的确也这么做了,在周铮没退开的时候,踮起脚尖亲了上去。

她的动作生涩,吻也只落在他嘴角,心脏狂跳。

她脑子空白,诸多情绪慌乱地交织在一起,还没找到正确的出口宣泄出来,反应过来的周铮却一把抓住她的后颈,低头吻了下来。

唇瓣相合,这才是真正的吻。

毫无预兆,如狂风暴雨。

记忆到这里戛然而止。

再后来,陈星收到南邮大学的录取通知书,从西藏回来以后,她和周铮没再说一句话。

明明彼此的家就在上下楼,却偏偏一次也没有碰过面。

很明显,他们都在刻意地躲着对方。

八廓街上的那个吻,到底是将平衡打破了,像一颗石子投进水面,在惊起的涟漪没有平息之前,是不能见面的。

因为两个人都没想好,是进一步彻底轰轰烈烈地谈个恋爱,还是干脆都装作什么也没发生,继续维持所谓的表面平静。

或许再狠一些,干脆老死不相往来?

很显然，陈星真不知道该怎么选。

她少有地陷入了纠结。

直到周铮在外面按响了她家的门铃。

在盛满阳光的房间，他们的身影被窗帘遮挡，微风拂过，风铃叮铃作响。

压抑的喘息，散落在床尾的白色连衣裙。

打湿枕头的眼泪。

是够疯狂的。

他们一起选了第一条路，肆无忌惮地过完盛夏。

九月，陈星先开学，周铮暑假拿了驾照，开车送她去南邮，帮她搬了宿舍，又将南邮仔仔细细逛了一圈才离开。

差不多过了一周，周铮也去了学校报到。

他走的春招，进了北城一所职业学院学计算机，他那时忙着游戏人间，性格又是得过且过，随波逐流，完全没有想过以后，也不在意自己的前途。他兴趣广泛，追求刺激，和一群狐朋狗友玩车，被父亲知道后发了好大一通火，他父亲还差点气得进医院。

后来周铮老实了许多，不再赛车了，而是捣鼓起了音乐。

家里人对此没再说什么，以为这不过是他又一时兴起喜欢上的东西，也没指望他能弄出个什么成绩，只要不像之前那样弄得人提心吊胆就行了。

周铮人生的前二十年过得一帆风顺，他有些少爷脾气，陈星与他谈恋爱时，总担心他那副狗德行会让两人走不了太远，但好在刚开始的那两年，周铮这个男朋友倒是出乎意料地称职。

南邮和北城隔着大半个地图，往来的飞机都要三个小时，周铮却半个月就来一次。

其实他也不是每次过来都会准备惊喜，周铮不会去刻意挑选约会的地方，逛街也好，在图书馆学习也好，形式变得不重要，重要的是两颗相隔南北的心，跨过时间与空间的维度，又重新靠在一起。

指尖缓缓交叠，拥抱传递体温。

一个缱绻绵长的吻。

并肩牵手漫步在梧桐树晕黄的灯光下，恋爱便有了具象。

那是陈星记忆里十分珍贵的恋爱影像，属于大学时期青涩的初恋。

要是没有后来那些事的话，她和周铮……

陈星想到这里，又轻轻摇了摇头。

大三那年的暑假，陈星因为跟老师做项目留在了学校，没有回奉城。

那时周铮也快放假，他本来准备放假之后就来南邮找她，不想周父在外省出差的路上出了车祸，送到医院后经过抢救虽然脱离了生命危险，却一直没有醒……

医生诊断说是因为车祸头部撞到了侧壁车厢，不排除成为植物人的可能。

变故来得猝不及防，家里的顶梁柱塌了，家里一夕之间变了天，看着母亲晚上守在父亲病床边，默默捂着脸流泪，周铮第一次生出深深的无力感。

他讨厌自己这副什么都做不了的样子。

这之后，周铮像是变了个人。

成长就是这样，疼痛在所难免，不脱胎换骨一次，怎么迎来新的人生。

　　大学的时候，周铮因为不喜欢自己的专业，利用课余时间发展起了自己的兴趣爱好，因为他擅长多种乐器，会不定时在网络平台发布自己写的歌。他出众的嗓音和多变的风格渐渐积累起了不少的粉丝。

　　周铮以前过得太散漫，家里出事之后，他开始打零工，去便利店上班，送外卖，力所能及地为家里减轻负担。

　　公司因为经营不善，负了很大一笔外债，表哥暂时帮忙顶着。

　　周铮不懂金融，压力最大的时候总是整夜失眠。

　　那时陈星已经开始接触核心算法实验，因为成绩优异，被老师推荐去了航天所封闭式学习。

　　她每天都很忙，后来知道周伯伯出事，她从航天所请假回来。

　　周铮当时状态还可以，她又时间有限，医生当时也是说周伯伯有醒来的希望，所以她一直都想得比较乐观，每次放假都会打电话过去问情况，周铮一直表现得正常。也怪她当时太过于专注所里的研究，在最关键的时候，没有察觉到周铮的反常。

　　周父出事的半年后，周铮在平台发了一首《回春》。

　　你小时候做我的树

　　长大却闭眼不想看我的天

　　用什么才能在你耳边将你唤醒

　　回到那个绿树醒芽的春……

　　歌词朴实，感情却真挚。

　　他就这么毫无预兆地火遍了各大网络平台，也因此得到了许多

机会，跃然娱乐向他抛来橄榄枝。

这之后，他一年的收入便能让父亲的公司起死回生。

周铮激动之余，却也很冷静。

激动的是他得到的关注或许真的可以解决燃眉之急，毕竟父亲昏迷的每一天，医疗费都很昂贵，公司的负债也是重重压在身上的负担。

他可以借助这样的机会暂时缓一口气。

但他也更加清醒地知道，签约跃然以后，将会是一条怎样的路在等他……

但他不在乎了。

他进入了娱乐圈。

因为没有系统地学习过音乐方面的知识，公司一边利用周铮现有的热度，给他接了一个偶像练习生的综艺，一边打磨他的专业技能。

在四个月的训练里，因为没有舞蹈基础，周铮就每天练舞到凌晨，一遍遍练习音准。这些流下的汗水，终于换来在选秀练习生中出道的机会。

而对于陈星，周铮在选择签约跃然的时候就发短信和她提了分手。可笑的是，在他的分手信息到来之前，她就已经在网络上看见他的动向。

轰轰烈烈的开始，换来一个无疾而终的结局。

陈星笑了一声，视线从过道挂着的明星海报上收回来，迈着步子走了过去。

她将海报取下来，到收银台结账。

海报有些长，店员询问她："小姐，你这个海报有些长，我这里可以给你拿海报筒做定制装册，拿起来要方便一些，你考虑装册吗？”

陈星愣了下，想到一会儿还要买年货，可能的确不太好拿，正要点头确认，后面忽然响起一道男声，抢先过来打断她道：“不用了，送一套周边给她。”

话音落下的瞬间，陈星顿住良久。

这声音耳熟……

—全文完—

有爱的青春陪伴者